le roman de

PANGLASS

Livre 1. Le Grand Traducteur

écrit par
M. Alexandre

Qui ne porte pas, au fond de son cœur, le souhait d'une aventure ? Qui n'est jamais passé devant un musée, un théâtre, un stade, un atelier, sans sentir tressaillir en lui l'instinct d'une autre destinée ? Notre monde intime n'est pas un chemin uniforme, c'est un enchevêtrement de désirs confus, de fièvres inexprimées et de dilemmes inavouables. Derrière les étiquettes de contrôleur de gestion, de boulanger, de journaliste ou de maître d'œuvre, retentissent les mouvements universels du rêve et de l'imagination.

Je suis Business Analyst et mon rêve, c'est d'être écrivain. Quel est le vôtre ?

M. Alexandre

On dit souvent que l'écriture est une épopée solitaire. En ce qui me concerne, je n'aurais jamais pu mener la mienne sans le soutien, l'amitié et les conseils de :

Ma Pouchat, dont la patience et les nerfs sont tous les jours mis à l'épreuve,
Jean-Yves, mon mentor,
Raph, mon alter-ego Barcelonais,
Céline, ma première lectrice (et une première lectrice ça ne s'oublie pas !),
Tonton Jean-Marc, détective littéraire à la perspicacité redoutable,
Nini et Ju, infatigables lecteurs et commentateurs,
Sophie, soutien inébranlable depuis les premiers jours,
Mes parents qui ont façonné l'homme derrière l'écrivain,
Vally, qui incarne par son courage les valeurs du projet,
Estelle, Magali, Olivier et Andy, graphistes et motion designers hors pair,
Julien et Florent, musicien et voix-off en chef,
Mélanie, interprète de l'obscur verbiage légal,
Véro, dont les corrections acérées mais pertinentes m'ont couté quelques nuits blanches…
Et, d'une manière générale, toutes les personnes ayant contribué (notamment en supportant les soubresauts de mon exigence) à bâtir l'édifice Panglass.

Enfin, je dédie cet ouvrage à Papou Roger, Mamou Catherine et Régis, dont les cœurs battront pour toujours en nous.

« L'artiste ne peut sentir et dominer son milieu qu'à la condition de le prendre comme moyen de création. »
Elie Faure, <u>Histoire de l'Art</u>

Prélude

— Ils arrivent, ils seront bientôt là ! répétait l'homme en boucle, tout en piochant dans sa bibliothèque des livres qu'il jetait dans une boite posée à ses pieds.

Sur le visage de sa femme, tétanisée dans l'embrasure de la porte, se lisait une frayeur indescriptible.

— Chéri, réponds-moi ! Que se passe-t-il ? le supplia-t-elle pour la troisième fois.

L'homme se figea mais ne put rien prononcer.

— Par pitié, dis quelque chose ! s'écria-t-elle en le saisissant par les épaules.

Quelques secondes passèrent.

— Ils savent que je sais, murmura-t-il enfin avec la sensation de se laisser tomber du haut d'une falaise. Ils vont… ils vont nous faire disparaître.

Sa femme recula et s'écroula sur le canapé.

« Mon Dieu… »

Le gémissement était sorti du fond dc sa poitrine.

— Et le petit ? demanda-t-elle, hagarde.

Cette question arracha l'homme à sa torpeur.

— Va le chercher !

Son épouse s'exécuta et ramena un bel enfant d'environ quatre ans, qu'elle fit asseoir sur le canapé.

— Écoute-moi mon chéri. Tu m'écoutes bien, n'est-ce pas ? prononça l'homme en s'accroupissant devant lui.

Le petit se mit bien droit et hocha solennellement la tête.

— Tout à l'heure, des messieurs vont venir chercher papa et maman pour faire un voyage, et malheureusement… tu ne pourras pas venir avec nous.

La mère posa une main sur sa bouche et étouffa un sanglot.

— Va dans la chambre ! lui ordonna son mari, sentant qu'elle nuisait à la concentration de son fils.

Elle obéit, sans songer une seconde à protester. Lorsqu'elle ne fut plus dans la pièce, il concentra dans sa voix les forces qui lui restaient et annonça au petit garçon :

— Il y a quelque chose de très important que tu vas devoir faire. Quand papa et maman seront partis en voyage, des messieurs vont te demander de garder les yeux ouverts ; lorsqu'ils te demanderont cela, tu compteras jusqu'à trois dans ta tête puis tu les fermeras. Tu sais compter jusqu'à trois, n'est-ce pas ?

L'enfant acquiesça.

— Tu m'as bien compris mon ange ? Quand les messieurs te demanderont de garder les yeux ouverts, tu compteras jusqu'à trois comme la maîtresse te l'a appris, puis tu les fermeras. Et surtout, tu ne diras rien, rien du tout, d'accord ?

— Oui, répondit timidement son fils.

— Allez, montre-moi comment tu comptes jusqu'à trois dans ta tête et comment tu fermes les yeux !

Son fils s'exécuta avec sérieux.

— Bavo mon chéri, le félicita son père en lui caressant la joue.

Après l'avoir serré dans ses bras, il se releva et se mit à fouiller dans une armoire près de la bibliothèque. Il en sortit une feuille blanche, qu'il déchira pour ne garder qu'un petit morceau de papier. Il griffonna quelque chose dessus puis le roula entre son pouce et son index. Soudain, une pensée lui traversa l'esprit.

— Valérie !

Sa femme dévala les escaliers et se planta au milieu du salon.

— Tu te souviens du trou sous le cerisier, celui que nous avions creusé lors de la chasse au trésor ?

— Oui, pourquoi ?

— Prends la boite devant toi et enfouis-la dedans !

Il donna ses instructions puis regarda frénétiquement autour de lui. Ses yeux se figèrent sur un boîtier attaché à un cordon ; l'objet, d'environ deux centimètres sur trois, ressemblait à une télécommande miniature. L'inscription *Infinite Knowledge 888* était imprimée sur le côté.

« Ils ne viendront jamais fouiller ça ! », se dit-il en bondissant dessus.

Il retira les piles de leur encoche et y cacha à la place son morceau de papier. Ceci fait, il appela son fils.

— J'espère que tu auras la curiosité de l'ouvrir quand tu seras grand, soupira-t-il en lui glissant l'étrange pendentif autour du cou.

Le bruit d'une porte qui claque glaça un peu plus le sang dans ses veines. Il se redressa et tendit l'oreille.

— C'est fait ! hurla la voix de sa femme.

Il ferma les yeux ; son cœur cognait à s'en décrocher. Il n'eut cependant pas le temps de reprendre ses esprits que l'angoisse serrait de nouveau ses doigts autour de son cou :

une voiture venait de se garer devant chez lui. Il se précipita à la fenêtre du salon et entrouvrit les rideaux. Quatre colosses, sortis d'une berline noire, marchaient en direction de son perron.

1

21 juin de l'an 14 après Panglass

Un bol de pastilles alimentaires dans la main, Rubie s'installa sur le canapé et alluma la télévision. L'image d'un homme en costume gris et chemise blanche déchira le clair-obscur de la pièce. Cet homme se tenait debout sur une estrade et observait la foule devant lui ; ses pommettes, qui faisaient saillie, et sa mâchoire, large et bien modelée, dégageaient noblesse et autorité. Autour de son pupitre flottaient des drapeaux cousus de l'inscription « N'oublie jamais qui t'a sauvé ».

— Bonsoir, tonna tout à coup sa puissante voix, et soyez les bienvenus à cette dixième cérémonie de l'Espoir Littéraire Panglassien ! Comme vous le savez, cette dernière constitue l'une des commémorations essentielles de la Révolution Panglassienne[1]. Elle nous permet de rappeler aux nouvelles générations la dette que nous portons envers Panglass, et de ne jamais oublier que sans l'intervention de son Représentant, notre pays continuerait de plier sous le joug du tyran Rénon.

Il se tut et leva les yeux au ciel, imité comme un seul homme par la foule. Lorsque son regard revint sur Terre, un sourire bienveillant illuminait son visage.

---

1 Cf l'extrait du Manuel d'Histoire Officielle à la fin du chapitre.

— Heureusement ces sombres heures sont aujourd'hui loin derrière nous, et c'est dans la joie que nous allons élire notre prochain Espoir Littéraire !

Il se tourna vers une rangée de jeunes gens, qui buvaient avec dévotion ses paroles.

— À ce titre, reprit-il en les parcourant du regard, j'aimerais tout d'abord féliciter les finalistes du concours de cette année. Ces douze étudiants, que vous allez bientôt départager, font la fierté de notre nation. Ils ont su extraire de leur mémoire des bribes de la Révolution Panglassienne, et mettre ces souvenirs au service d'une réflexion sur les fondements de notre patrie. Ces jeunes Penseurs et Producteurs représentent les plus beaux fruits de notre système éducatif. Ils…

Rubie avala une bouchée de ses pastilles et ricana amèrement. « Leur mémoire, leur mémoire, marmonna-t-elle, et comment se fait-il qu'ils se souviennent, eux, alors que moi je ne me souviens de rien ? Certes, je n'avais que quatre ans lorsque tout cela s'est passé, mais mes amis n'étaient pas plus âgés… Et je suis tout de même la fille du Grand Traducteur ! » Elle cessa de ricaner et regarda fixement son père, rayonnant de grâce et de confiance. « Que dirait-il s'il savait que j'ai tout oublié, lui qui veut faire de moi sa *petite étoile littéraire* ? » L'adolescente fut tirée de sa rêverie par les acclamations du public accueillant le premier finaliste sur scène.

Le jeune homme qui montait sur l'estrade était un grand gaillard au visage joufflu. Il s'avança en direction du Grand Traducteur et s'arrêta à quelques mètres de lui.

— N'ayez pas peur, je ne vais pas vous manger ! s'écria ce dernier en dévoilant une rangée de dents éclatantes.

Le finaliste s'approcha timidement.

— Voilà qui est mieux ! s'exclama le Grand Traducteur en lui secouant la main. Comment vous nommez-vous et à quelle classe appartenez-vous ?

— Je m'appelle Jocelyn, Monsieur le Grand Traducteur, et je suis Producteur, répondit l'adolescent en collant un micro contre ses lèvres.

Des clameurs s'élevèrent de la foule.

— Un Producteur, très bien ! Et que produisent vos parents ?

— Ma mère produit des chaussures et mon père de l'électricité.

— Les pieds au chaud pour l'hiver, donc !

Il laissa passer quelques éclats de rires puis planta son regard dans les yeux du lycéen.

— Jocelyn, vos qualités littéraires ont conquis notre Comité de Lecture Officiel, qui a sélectionné votre dissertation parmi plus de sept cent mille copies. Cependant, si vous voulez devenir le grand gagnant de cette année, c'est aujourd'hui l'ensemble du peuple Féen, devant sa télévision, qu'il va falloir convaincre.

Il fit un pas vers la caméra.

— Mesdames et Messieurs, il est temps de saisir votre télécommande ! Je vais bientôt poser plusieurs questions à

Jocelyn ; si vous estimez que ses réponses méritent de faire de lui l'Espoir Littéraire, et d'offrir ainsi à chaque membre de sa famille trois mille points pour la Course à Panglass, tapez s'il vous plaît le numéro qui s'affiche en bas de votre écran !

Deux tabourets avaient été installés sur scène. Le Grand Traducteur prit place sur le plus haut et invita Jocelyn à s'asseoir sur l'autre.

— Jocelyn, êtes-vous prêt ?

L'adolescent, qui tremblait comme une feuille, hocha la tête.

— Pourriez-vous nous dire ce qui a conduit Rénon au pouvoir, en l'an 15 avant Panglass ?

Les lèvres du Producteur se déplièrent mais restèrent muettes.

— Jocelyn, êtes-vous bien avec nous ? demanda le Grand Traducteur d'une voix affable.

L'intéressé hocha de nouveau la tête mais l'air ahuri de sa figure indiquait le contraire. Ses yeux exorbités coururent d'un coin à l'autre du public, puis soudain quelque chose d'insolite se passa : tout son corps se raidit, son regard se figea et les mots sortirent de son gosier comme des produits d'une chaîne de montage.

— Je me rappelle parfaitement cette soirée du 23 mai de l'an 01 avant Panglass, même si j'étais alors très jeune. Je jouais dans mon jardin lorsque j'aperçus dans le ciel une lueur qui attira mon regard. Aurais-je pu me douter, gamin que j'étais, que ce qui me faisait l'effet d'une luciole allait nous arracher au chaos et révolutionner notre vision du monde ? Aurais-je pu me douter que ce Représentant de Panglass, venu sur Terre pour secourir notre pays, allait descendre le genre humain du piédestal sur lequel…

— Jocelyn, l'interpella le Grand Traducteur, je ne vous ai pas demandé de réciter par cœur le contenu de votre dissertation, mais de me donner les raisons qui ont conduit Rénon au pouvoir.

L'adolescent ne cilla pas ; la peur, des années de pression familiale, l'emprise d'implacables habitudes intellectuelles semblaient éteindre en lui tout bon sens. Sans un regard pour le maître de cérémonie, il reprit avec une loquacité mécanique son monologue.

— Piédestal sur lequel ses croyances l'avaient hissé. Comme vous le savez, le Panglassien choisit notre Grand Traducteur pour mener la révolte contre Rénon, et pour rétablir paix et liberté dans notre pays. Après des mois de combats…

« Il y a des pièces défectueuses dans toute production de masse », songea le Grand Traducteur en faisant signe à deux Gardiens de reconduire le Producteur à sa place. Un court moment de flottement s'en suivit puis la deuxième finaliste fut appelée sur scène.

— Prenez place Mademoiselle. Et n'ayez crainte, le tabouret n'est pas hanté !

La foule, excitée par le numéro involontaire de Jocelyn, rit de bon cœur.

— M'avez-vous préparé un petit texte que vous comptez me déclamer, ou êtes-vous prête à répondre à mes questions ?

— Je suis parfaitement prête, répondit l'étudiante avec

un sérieux et une fermeté qui étouffèrent l'agitation.

— À la bonne heure ! Présentez-vous ! l'encouragea-t-il en jetant un coup d'œil à sa fiche.

« Numéro 749… Je ne leur connais pas de défaillance, tout devrait bien se passer. »

— Je m'appelle Céline Menyl et je suis Penseuse, Monsieur le Grand Traducteur.

— Céline, pourriez-vous nous dire, vous, ce qui a conduit Rénon à la tête de l'État, et ce que nous avons mis en place pour éviter qu'un tel drame ne se produise à nouveau ?

L'adolescente tourna ses yeux résolus vers la caméra.

— Bien sûr ! s'exclama-t-elle d'une voix nette. Ce qui a conduit Rénon sur le trône, ce sont les passions humaines. Pour éviter qu'un tel drame ne se produise à nouveau, nous avons remplacé nos systèmes obsolètes par un ensemble de mesures directement inspirées de la planète Panglass : une gestion mathématisée des relations humaines, un ministère de la Comptabilité Humaine, une interdiction formelle de tous les livres et sources d'informations non-officiels et, enfin, une fermeture de nos frontières contre l'extérieur qui n'est qu'abîmes, désordres et vermines.

— Bien, voilà qui est tout à fait clair ! s'enthousiasma le Grand Traducteur, qui reconnaissait là les phrases qu'il avait lui-même composées pour les livres d'Histoire Officielle. Maintenant Céline, dites-nous… avez-vous un rêve ?

La Penseuse esquissa un sourire contemplatif.

— Un rêve, murmura-t-elle, bien sûr oui… Mais qui ne rêve pas d'aller sur Panglass ? Qui ne rêve pas de gagner sa place pour ce monde idéal ? Qui ne rêve pas de découvrir ce modèle parfait dont nous ne serons toujours qu'une pâle copie ?

Excédée, Rubie éteignit sa télévision et se leva du canapé. « Qui ne rêve pas d'aller sur Panglass…, grommela-t-elle en posant son bol de pastilles dans la cuisine. Si déjà je pouvais m'en souvenir ! » Elle monta les escaliers et s'immobilisa sur le seuil de sa chambre, inondée de la douceur de juin. Sur les draps de son lit pétillait une brume orangée, et de ses fenêtres entre-ouvertes remontaient d'enivrants parfums de fleurs. Cette délicate atmosphère sonnait si faux dans son cœur qu'elle grimaça et se hâta de fermer ses volets. Elle se réfugia sous ses couettes et s'endormit le cœur lourd d'inquiétude et de mélancolie.

4. Chronologie de F.

Résumé

La période Pré-Rénon fut marquée par un délitement progressif de la société Féenne, abandonnée à la tyrannie des passions humaines. La conséquence inévitable de cette déliquescence fut l'élection de Rénon le 30 juillet de l'an 15 avant Panglass.

La dictature de Rénon correspond à l'âge le plus sombre de l'Histoire de notre pays ; privations, exécutions arbitraires, déportations, guerres et épidémies furent le lot quotidien du peuple durant quinze années.

La Révolution Panglassienne correspond à l'arrivée du Représentant de la Planète Panglass (dont vous trouverez l'emplacement dans la Voie Lactée page 8). Ce Géant, venu rétablir l'équilibre sur Terre, désigna l'homme qui porterait sa parole : notre Grand Traducteur (biographie page 15 à 29). D'une bravoure sans pareil, ce dernier accepta sa mission et leva le peuple contre Rénon. Après d'âpres combats, la dictature fut renversée et le pays retrouva sa liberté.

Depuis cette victoire du Grand Traducteur, F. vit une période de prospérité exceptionnelle. Toutes les institutions ont été réformées en s'inspirant du modèle Panglassien et offrent des taux de croissance annuels supérieurs à 10%. Protégé de ses ennemis grâce à la fermeture des frontières, F. s'avance confiante vers l'avenir.

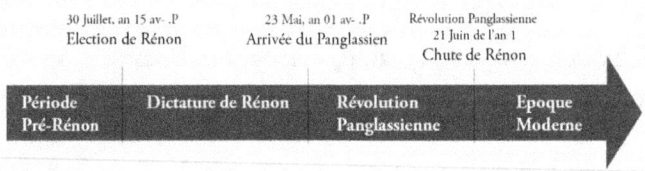

30 Juillet, an 15 av- .P	23 Mai, an 01 av- .P	Révolution Panglassienne
Election de Rénon	Arrivée du Panglassien	21 Juin de l'an 1
		Chute de Rénon

| Période Pré-Rénon | Dictature de Rénon | Révolution Panglassienne | Epoque Moderne |

Doc. 1   Frise chronologique

2

Rubie, avachie sur la table de la cuisine, croqua dans sa tartine et leva les yeux vers l'horloge.

« Et mince ! »

Lorsque l'on étudie dans le plus brillant lycée pour Penseurs du pays, être en retard n'est pas chose acceptable. Elle se hâta de terminer son petit-déjeuner et, peu après, pénétrait dans une voiture garée en face de chez elle.

— Bonjour Charles, marmonna-t-elle en s'écroulant sur la banquette arrière.

— Bonjour Mademoiselle, répondit ce dernier avec un sourire qui trahissait son habitude des réveils difficiles de la jeune fille.

Charles était le chauffeur de la famille depuis de nombreuses années. Cet homme d'environ trente-cinq ans, musculeux et de figure agréable, était communément apprécié pour sa disponibilité et sa discrétion, deux qualités indispensables lorsque l'on véhiculait les plus hautes sommités de l'État. Il était en outre l'une des rares personnes à avoir la confiance du Grand Traducteur, honneur que plus d'un courtisan tentaient d'arracher depuis la Révolution. Quant à Rubie, elle avait fait des yeux gris la regardant tendrement à travers le rétroviseur un point d'ancrage auquel elle aimait s'arrimer, lorsque les flots agités du quotidien tentaient de l'emporter.

La voiture démarra à la demande du chauffeur et remonta l'avenue menant à l'Arc de la Révolution, sur lequel le Représentant Panglassien s'était posé lors de son arrivée sur Terre. Elle le contourna et arriva dix minutes plus tard près du lycée de Rubie. Cet établissement, l'un des cinq pour Penseurs de la Capitale, avait été bâti peu de temps après la Révolution afin d'instruire les futures élites du pays ; tous les étudiants, « fils » et « filles de », recevaient ici l'enseignement indispensable pour optimiser les finances de l'État et appréhender les problématiques de Producteurs dont ils devraient plus tard servir les intérêts.

Rubie émergea de son demi-sommeil et sortit de la voiture. Comme tous les matins, elle jeta un coup d'œil distrait à la plaque sous laquelle l'automobile était garée :

AVENUE MONTAIGNE
L'effroi ne s'oublie pas

Puis elle marcha vers l'entrée de l'école. Un appareil, qui valida son identité par scan rétinien, lui ouvrit les grilles et la laissa pénétrer dans un jardinet où flânaient des étudiants. La jeune fille salua ceux qu'elle connaissait puis atteignit sa classe, où Caroline et Benjamin l'attendaient.

Benjamin était le plus ancien ami de Rubie. L'adolescente avait connu ce garçon à la robuste constitution dans les bras de Madame Poupart, nourrice dont Rubie n'avait aucun souvenir et qui avait perdu la vie lors d'un assaut mené par Rénon. Ben était un étudiant brillant et discret, au cou large et au visage débonnaire. Destiné à marcher dans les pas de son père, ministre du Redressement des Faillites, il était né trop bon et candide pour considérer ce chemin avec l'ambition que cela aurait méritée. Rubie l'aimait pour cela, Caroline s'en moquait.

Cette petite Asiatique, gaie, insouciante et fougueuse, aux yeux noirs et fiers, avait rejoint les tapis de jeu de Madame Poupart à peine deux mois plus tard. Si ce farfadet au visage pétri de malice avait longtemps affolé Benjamin par son insolence et ses bavardages, elle l'avait au final quelque peu soigné de sa naïveté débordante, ce dont le père de l'adolescent, implacable carriériste, lui avait toujours su gré.

À l'instant où elle s'apprêtait à livrer ses impressions sur la cérémonie d'hier, le professeur d'études de textes entra dans la salle. Tous les élèves se mirent debout et levèrent les yeux au ciel durant dix-sept secondes, ces dernières symbolisant les dix-sept semaines qu'il avait fallu au Panglassien pour arriver sur Terre. Lorsque le rituel fut terminé, le professeur sortit de sa sacoche un épais manuel et le posa sur son bureau.

— Bonjour à tous. Merci, vous pouvez vous rasseoir. Tout d'abord, je veux couper court à toutes les rumeurs qui sont parvenues à mes oreilles : ce n'est pas parce qu'il s'agit de votre dernier jour de classe que nous allons faire des dessins ou jouer aux cartes !

Un murmure se propagea parmi les élèves, mais celui-ci fut immédiatement étouffé par la voix rauque du professeur.

— Oui, oui, je sais, mais n'oubliez jamais pourquoi vous êtes là ! Vous êtes là car, d'ici quelques années, c'est sur vos épaules, vos petites épaules à tous, que reposera le pays !

Ses yeux, minuscules derrière leurs épais verres de lunettes, firent une courte promenade dans les rangs.

— Et, dites-moi, un pays peut-il prospérer si son conseil d'administration se transforme à la moindre occasion en tripot de poker ? À voir vos visages amusés, je crois comprendre que vous partagez mon point de vue… Bien, trêve de plaisanterie ! Aujourd'hui, et en guise de formidable conclusion à tout le travail de cette année, nous allons nous plonger dans un remarquable texte sur la conception Panglassienne de la justice : le commentaire de Jean d'Abten du livre La meilleure des Justices de Charles Dubois, lui-même inspiré des pensées de Jacques Scolas… un ami à moi…

Après avoir reçu des directives, les élèves se lancèrent dans leur commentaire de commentaire, qu'ils composeraient à la lumière des références et des connaissances qu'ils avaient absorbées tout au long de l'année. Il est ainsi très probable qu'aucun étudiant ne manquerait d'évoquer l'influence négative des passions humaines sur la stabilité du pays, la nécessaire division entre Producteurs et Penseurs, ou encore l'importance des mathématiques et de la logique, autrement dit tous les axiomes sur lesquels se bâtissait un solide raisonnement ; de même, il y a fort à parier que nul élève n'oublierait de citer dans sa copie une poignée d'illustres Penseurs, dont les précieuses sentences constituaient l'ossature de la pensée Féenne.

Lorsque la sonnerie retentit, Rubie, Caroline et Benjamin se hâtèrent vers la salle de repos du lycée, déjà pleine d'étudiants excités par la perspective des vacances. Les amis se servirent trois tasses de café puis s'éloignèrent vers un coin à l'abri du brouhaha.

— Alors Rubie, tu pars toujours chez tes grands-parents demain ? demanda Caroline en jetant un furtif coup d'œil à Benjamin.

L'intéressée esquissa un sourire et détourna le regard vers une fenêtre.

— Tu dois être ravie de retourner sur ton île, non ? insista la petite Asiatique.

Rubie, qui fixait d'un air absent la cours du lycée, acquiesça d'un mouvement de tête.

— Et sinon, as-tu parlé de la cérémonie avec ton père ? demanda après un silence Caroline avec un détachement peu naturel.

Pour toute réponse, Rubie porta sa tasse à ses lèvres.

— Écoute, reprit-elle, nous savons que c'est un sujet délicat pour toi et nous savons la pression que ton père…

— Non ! Non, vous ne savez pas ! s'écria tout à coup Rubie en manquant de s'étouffer. Vous n'avez aucune idée de l'importance que revêt à ses yeux ce concours ! J'ai eu droit à tous les professeurs de style, de grammaire et d'orthographe, à tous les cours particuliers, à toutes les méthodes d'entraînement et de préparation mentale !

Rubie essuya le café sur ses lèvres et considéra alternativement ses deux amis.

« Ils ne comprennent pas, songea-t-elle avec dépit.

D'ailleurs, comment pourraient-ils comprendre puisqu'ils ne savent pas ? Ils ne savent pas que je ne me souviens de rien et que je n'ai aucune chance de le gagner ce concours… »

Une nouvelle fois, les questions l'assaillirent. Pourquoi était-elle la seule à ne se rappeler de rien ? Pourquoi sa mémoire avait-elle comme fermé ses volets sur tout un pan de sa vie ? Pourquoi les seules images lui venant à l'esprit n'étaient pas celles d'un pays à feu et à sang luttant pour sa liberté, mais celles de jeux d'enfants à l'ombre d'un marronnier ? Quel malin génie prenait ainsi plaisir à tromper sa raison en y distillant des images de joies et de rires, là où auraient dû se peindre la souffrance et les larmes ? La jeune fille n'avait aucune réponse à cela ; ce qu'elle savait en revanche, c'est que l'illusion dont elle était victime creusait un abîme entre elle et les autres, et surtout un fossé au sein de sa propre conscience…

Une sonnerie stridente la sortit de sa rêverie et envoya le trio en leçon de mathématiques, laquelle fut abrégée d'une heure afin de permettre aux étudiants de se préparer pour le bal des Jeunes Penseurs, ayant lieu le soir même.

Libérés de toute obligation académique, les trois amis profitèrent de leur après-midi pour se rendre au Panthéglass, sorte de temple économique et financier à la gloire de Panglass. Situé plus au sud de la Capitale à proximité d'un grand parc, le Panthéglass était un chef d'œuvre architectural en forme de croix d'environ quatre-vingts mètres de haut ; au-dessus du fronton de l'entrée se lisait la phrase suivante :

« A PANGLASS LA PATRIE RECONNAISSANTE ».

Cet édifice majestueux était aujourd'hui le plus important lieu de culte à Panglass. D'immenses écrans, installés sur les colonnes du péristyle, diffusaient en continu les résultats économiques du pays. De nombreux Féens venaient chaque jour s'y recueillir.

Rubie, Caroline et Benjamin considérèrent avec une pieuse attention les chiffres qui s'affichaient au-dessus d'eux, avant de pénétrer à l'intérieur du bâtiment. Ils traversèrent une galerie marchande dont les échoppes étaient disposées entre de hautes colonnes, passèrent devant une statue gravée de la mention « A LA GLOIRE DES GÉNÉRAUX DE LA RÉVOLUTION PANGLASSIENNE », puis descendirent vers une crypte mal éclairée et noire de monde. Ils se glissèrent dans l'une des files qui s'étiraient de part et d'autre d'un couloir central puis, lorsque ce fut leur tour, s'avancèrent vers une pierre sur laquelle était vissé un écran numérique. Cette pierre était gravée de l'inscription suivante :

VOLTAIRE
L'effroi ne s'oublie pas

— Qui veut regarder en premier ? demanda Ben en chuchotant.

Caroline se proposa en tapant son nom sur l'écran.

— 851 points, marmonna-t-elle. Ce n'est pas avec un tel score que je vais m'envoler pour Panglass…

— Cela n'a rien d'étonnant, ajouta Benjamin après avoir analysé la répartition de ses points. Tu n'as pas fait de mariage avantageux, tu n'as bien entendu pas obtenu de promotion, ton niveau de consommation est en-dessous de la moyenne et…

— Merci, je crois qu'on a saisi l'idée ! s'agaça Caroline.

— Mais non, tu ne m'as pas compris ! Ce que je veux dire, c'est que ton score ne signifie strictement rien. Jette plutôt un œil à celui de tes parents.

Caroline fit une moue approbatrice et tapa le nom de sa mère.

— Quatre mille deux cent trente points ! s'exclama Benjamin.

— Oui, maman a eu une promotion le mois dernier, se félicita la petite Penseuse.

Tout à coup, un hurlement déchira la quiétude du lieu et les fit sursauter. Les trois amis abandonnèrent leur poste et suivirent la foule, avide de ce genre d'éclats. Dans une étroite pièce, à l'entrée de laquelle s'était amassé le peuple, un homme, de grande taille et très maigre, hurlait en bondissant sur place. Ses yeux roulaient dans leurs orbites et les mots semblaient se battre entre eux pour sortir de son gosier.

— Vingt mille points ! Vingt mille points ! s'écriait-il en se frappant la poitrine. Je n'ai jamais eu autant, jamais ! C'est ma Lizbeth' qui va être contente ! Contente ! Contente ! Contente ! Et moi comme je suis… Ah ! Depuis tout ce temps ! C'est formibadle, dalbe, dable… pouah, peu importe ! Bam !

La figure défigurée par les convulsions, il se laissa tomber au pied du morceau de marbre et leva les yeux vers son inscription.

— Je sais ce que tu as fait Victor Hugo, mais merci de nous donner notre chance ! Si avec ça on ne va pas sur Panglass je… je ne sais pas ce que je ferai !

Deux Gardiens ne tardèrent pas à fendre la foule pour l'éjecter de la crypte. Lorsque le calme fut revenu, chacun alla de son petit commentaire avant de reprendre ses activités ; seule Caroline, en dépit des injonctions de ses amis, s'avança vers l'écran qui avait provoqué cet accès de démence.

— Que faisais-tu ? demanda Rubie lorsqu'elle les eût rejoints.

— Je regardais son nom.

— Et alors ?

— Cuchet. Pierre Cuchet.

3

Le bal des Jeunes Penseurs était organisé chaque année à la suite de la cérémonie de l'Espoir Littéraire, et réunissait tous les Penseurs âgés de seize à vingt et un ans. Si l'ambition affichée par le Parti était de permettre aux étudiants de s'amuser et d'*expulser leurs passions* sous l'œil attentif des adultes, le véritable enjeu de cet événement était d'offrir à ces mêmes adultes un cadre dans lequel discuter alliances et mariages ; une union bien pensée était la garantie de précieux points dans la Course à Panglass pour les deux familles, et les coulisses de cette fête étaient donc généralement tout aussi agitées que sa scène. Afin que la pièce ne tourne pas au fiasco, chaque acteur se voyait d'ailleurs remettre un bracelet électronique préalablement à son entrée dans l'arène ; les lumières, verte ou rouge, qu'émettrait ce dernier au cours de la soirée désigneraient les partenaires agréés par les familles des deux protagonistes. Rubie ignorait les Penseurs que ses parents avaient choisis pour elle et à vrai dire ne s'en souciait guère ; aucun ne serait jamais en mesure d'appréhender les soubassements de son caractère. La jeune fille se prépara malgré tout avec soin pour faire honneur à sa famille, et lorsque Charles vint la chercher et qu'elle se regarda dans le miroir de l'entrée, elle fut satisfaite de l'image qu'elle y trouva.

L'adolescente posa le pied sur le tapis rouge du perron

une demi-heure plus tard. À peine se glissait-elle dans la file qu'un Gardien se présenta à elle.

— Mademoiselle, je vous prie de me suivre. Ordre de votre père.

Rubie, qui abhorrait les honneurs que lui offrait sa position, tenta de décliner l'offre mais le zèle bruyant du Gardien eut raison d'elle. Elle le suivit jusqu'au vestibule. Une vieille dame fardée accrocha un bracelet à son poignet, lui offrit une coupe de champagne puis la guida vers un escalier d'or et de marbre.

La jeune fille pénétra dans une vaste salle tapissée de toiles à la gloire de Panglass. Du plafond, haut d'une trentaine de mètres, pendaient dix-sept miroirs qui transformaient la pièce en un kaléidoscope de couleurs éclatantes. Autour de la piste de danse, pour le moment déserte, des tables recouvertes de nappes d'un rouge éclatant accueillaient des pyramides de pilules alimentaires aux goûts de raisin, d'ananas, de mangue et de pêche. Sur des banquettes en cuir, réparties entre des statues de héros de la Révolution, quelques assiettes oubliées débordaient de petits fours et de friandises fraîchement sorties de l'usine. Quant aux vins, cuvée cinq ans après Panglass et servis à profusion, ils déversaient déjà dans les gosiers leurs vapeurs ensorcelantes, et gonflaient le tumulte de tintements de verres et d'éclats de rires.

Rubie, dont nombre d'invités apprécièrent la beauté, chercha Benjamin et Caroline du regard. Elle les aperçut en compagnie de deux Penseurs aux pommettes déjà rougies par la boisson. Le premier, Arnaud, était le fils de

Victor Morsay, Premier Ministre et bras droit du Grand Traducteur. L'adolescent, vêtu d'un costume trois pièces mauve, promenait sur le monde le regard distant de celui qui n'a jamais eu à toucher une porte pour que celle-ci s'ouvre. Il avait le teint pâle, une silhouette élégante et de belles mains qui jouaient avec la chaîne en or de son gousset. Le second, Paul, lui aussi fils de ministre, était un grand garçon au visage bouffi et soigneusement rasé. Il portait sur le nez de petites lunettes en écailles et, à l'un de ses doigts, un anneau de pierres précieuses. Il était vêtu d'une ample chemise en lin et d'un pantalon d'été rose. Lorsque Rubie se joignit à eux, les quatre étudiants discutaient de Panglass Academy, un jeu de téléréalité dans lequel trente candidats s'affrontaient au cours de diverses épreuves dans le but de gagner cinq mille points pour la Course à Panglass.

— Je pense que Bruno se fera éliminer au prochain tour, soutenait Benjamin. Nous en avons discuté et nous sommes certains que…

— Tu permets ? l'interrompit Arnaud en s'avançant vers Rubie. Lorsqu'une demoiselle aussi jolie fait son apparition, la moindre des choses est de la saluer, reprit-il en lui baisant la main.

De leurs deux bracelets jaillit une lumière verte qui anima son visage d'une expression carnassière. Benjamin lui lança un regard noir. Si les nerfs de l'adolescent étaient d'ordinaire difficiles à exciter, ils pouvaient en revanche totalement se dérégler lorsqu'il s'agissait de défendre l'honneur de Rubie, qu'il avait toujours considérée comme sa sœur. Une fois, il avait étalé à coups de poings deux Gardiens qui lui avaient manqué de respect, et passait depuis pour un Hercule. Rubie posa une main sur son avant-bras et lui murmura quelque chose qui apaisa sa colère.

Tandis que les esprits des étudiants, embrumés par les vapeurs d'alcool et les fumées de narguilés, s'enfonçaient dans des raisonnements vides de sens, les balcons du deuxième étage avaient pris, eux, l'allure de tribunes d'hippodrome. Entassés contre les balustrades surplombant la piste, les parents de cette délicieuse jeunesse suivaient et commentaient les performances de leur progéniture avec la passion propre au parieur. « Mais non Paul, pas celle-là ! », « Continue Diane ! », « À ta droite Théo, à ta droite ! »... Les vociférations de ce congrès de marionnettistes se perdaient dans le tumulte bien avant d'atteindre leur cible, mais la jouissance primitive qu'on avait à les lancer suffisait à les justifier.

Victor Morsay cherchait le Grand Traducteur depuis plus d'une heure lorsqu'il l'aperçut enfin au milieu d'une meute de courtisans. Le Premier Ministre, homme plein d'un orgueil qu'il aimait étaler en public, se fraya un chemin à travers la foule et lui glissa quelques mots à l'oreille ; les deux sommités s'éloignèrent et prirent place dans le balcon particulier du père de Rubie.

— As-tu pu faire part de nos discussions à ta fille ? demanda le Premier Ministre en se servant un verre de whisky.

— Non, je n'ai pas eu le temps, répondit le Grand Traducteur d'une voix agacée.

— Mais nous sommes bien d'accord que…

— Je n'ai pas oublié ma promesse, mais c'est maintenant à ton fils de prendre l'initiative.

En disant cela, le Grand Traducteur s'était approché de la rambarde surplombant la foule.

— Ça ne te rappelle rien ? demanda-t-il.

— Cela devrait ?

— *Dans cet immense rendez-vous, la foule observe peu la foule, les intérêts sont passionnés…*

Victor regarda précipitamment l'entrée du balcon.

— Ne t'inquiète pas, ricana le Grand Traducteur, cette langue est inconnue du commun des mortels ; ceux-là mêmes qui ont cloué nos travaux au pilori…

Ses yeux brillaient d'une lueur mystérieuse.

— Te rappelles-tu cette scène de bal que nous avions mis tant d'ardeur à composer ? Cette scène pour laquelle on nous a accusés de plagier B…

Le mot resta suspendu à ses lèvres avant de s'évanouir dans un sourire diabolique.

— Eh bien qu'ils dansent maintenant !

Tout à coup minuit sonna, et une musique connue de tous les étudiants résonna comme le cor d'un général sonnant l'assaut. Les adolescents affluèrent telles des guêpes affolées par un bout de viande vers la piste de danse. Benjamin, qui avait bu sans mesure, saisit Caroline et Rubie par la main, et les entraîna au cœur de la foule qui hurlait les paroles de l'hymne.

« Tous ensemble réunis,
Nous chantons cette mélodie,

Les Penseurs te disent merci,
Et les Producteurs aussi !

Ohhhhh Panglass,
De là-haut tu nous regardes,
De la tyrannie tu nous sauvegardes,
Ta sagesse nous illumine,
Nos natures tu disciplines !

Nous dansons sur cette chanson,
Qu'en ton nom nous entonnons,
Hier esclaves nous étions,
Aujourd'hui nous revivons !

Ohhhhh Panglass,
De là-haut tu nous regardes,
De la tyrannie tu nous sauvegardes,
Ta sagesse nous illumine,
Nos natures tu disciplines !

À tous les jeunes du pays,
Nous leur adressons nos cris,
N'oubliez jamais Rénon,
Et tous ceux qui ont dit non !

Ohhhhh Panglass,
De là-haut tu nous regardes,
De la tyrannie tu nous sauvegardes,
Ta sagesse nous illumine,
Nos natures tu disciplines ! »

Les trois amis se prirent par les épaules et se mirent à sauter en cadence, approuvant leurs états d'ivresse respectifs par des grimaces bienveillantes et des sourires sots.

— Je vais me reposer, je n'en peux plus ! hurla Rubie après plusieurs heures de trémoussements ininterrompus.

La jeune fille chancela jusqu'à la banquette la plus proche et s'y laissa choir. Sur une table basse devant elle tanguait un verre d'eau. Assoiffée, elle voulut le saisir, mais ses doigts se refermèrent à côté.

— On a la gorge sèche ? demanda une voix en attrapant le verre à sa place et en le lui tendant.

Rubie tourna son regard vers son bienfaiteur.

— Cela m'aurait étonnée…, marmonna-t-elle.

À dix centimètres de ses épaules, les prunelles ardentes d'Arnaud la dévoraient.

— Tu sais, reprit-il en aventurant l'une de ses mains sur sa cuisse, nos parents verraient notre union d'un très bon œil.

Rubie le laissa faire ; sa volonté était trop ankylosée par l'alcool pour se révolter. « Cela fera sans doute plaisir à papa et maman », songea-t-elle même alors que le garçon approchait sa bouche de la sienne et qu'elle sentait sombrer le radeau de sa conscience. Soudain, alors que le souffle chaud du Penseur effleurait ses lèvres, une décharge la parcourut. Arnaud se figea dans son mouvement.

— Qu'y a-t-il ? s'écria-t-il, exaspéré.

Rubie ne répondit pas. Lentement, mécaniquement, elle écarta les cinq doigts accrochés à sa cuisse et elle se leva. À environ cinq mètres d'elle, un garçon, qu'elle n'avait encore jamais rencontré ni même vu, la regardait. Il portait sur l'épaule un plateau de verres vides, et sur le visage une expression embarrassée et stupéfaite.

Que se passait-il en elle ? Quelle était cette sensation qui remontait le long de ses nerfs, de ses tendons, de ses muscles, cette sève brûlante qui avait jailli sous l'écorce de sa peau et qui faisait fondre le sol sous ses pieds ? Ces pulsations retentissaient dans sa chair avec tant d'ivresse et de soudaineté, qu'elle ne distinguait plus ce qui était d'elle de ce qui était du monde. L'univers était devenu une peinture en mouvement, dont elle était elle-même l'une des formes. Partout, les couleurs, les lignes et les volumes se pénétraient dans une explosion irrésistible. Des deux yeux rivés avec candeur sur les siens au plafond de cette salle, de son propre cœur sur le point d'exploser aux masses secouées autour d'elle, tout n'était plus qu'une palpitation lumineuse, une circulation ininterrompue de sensations, une symphonie d'émotions, de bruits et d'intuitions confuses.

Égarée dans une extase dépouillée du protocole Féen, elle se jeta à sa rencontre, mais elle fut aussitôt embrigadée par une chenille humaine qui serpentait dans la salle. Les gorges avinées des étudiants l'invitaient par des chants et des cris à saisir les épaules d'un camarde.

— Bande d'idiots ! Poussez-vous ! hurla Rubie en les repoussant violemment.

Après une lutte acharnée qui provoqua quelques beuglements amusés, elle parvint à s'en extraire.

— Où est-il ? Il n'a pas pu s'évaporer ! s'affola-t-elle en cherchant le Producteur des yeux.

À cet instant, une main se posa sur son bras. Les jambes sur le point de défaillir, elle se retourna. Le regard inquiet de Caroline la dévisageait. Elle poussa un râle et replongea dans la foule, mais elle ne fit pas deux mètres qu'une nausée foudroyante brisa son élan. Incapable de mettre un pied devant l'autre, elle chercha appui autour d'elle, mais tous les corps se dérobaient à son contact. Alors qu'elle croyait apercevoir Caroline courant en sa direction, un voile noir recouvrit son esprit et elle s'écroula sur le sol.

4

Charles, qui somnolait à l'arrière de sa voiture, fit également une rencontre à laquelle il ne s'attendait guère cette nuit-là. Reconnaissant le rythme des coups donnés contre sa vitre, le chauffeur s'empressa d'ouvrir.

— Je dois vous parler, dit un homme d'une voix fatiguée mais nette en s'asseyant de l'autre côté de la banquette.

Le col de son manteau, remonté de part et d'autre de son visage, laissait seulement deviner ses yeux, brillants comme deux points lumineux.

— Est-il bien prudent de…

— C'est nécessaire mais je n'ai pas beaucoup de temps. Avez-vous sondé Rubie comme prévu ?

— J'ai essayé, oui, mais c'est délicat. Je ne peux pas lui forcer la main, vous comprenez…

— Oui, bien sûr. Mais vous a-t-elle au moins donné ses impressions par rapport au concours ?

— Vous n'ignorez pas qu'elle reste très discrète sur le sujet… Et encore une fois, je ne peux pas la pousser. Si elle ressent le besoin de se confier, elle le fera.

— Charles, vous êtes conscient que le temps presse ! Ses vacances sur l'île du Levant seraient peut-être une bonne occasion pour… Tiens, en parlant de ça ! s'interrompit-il en sortant une lettre de son manteau. Pourrez-vous la remettre à Pascal ? Ce sont quelques nouvelles.

Le chauffeur la glissa dans la poche intérieure de sa veste.

— En ce qui concerne le Levant, répondit ce dernier, je ne suis pas convaincu que cela soit dans notre intérêt. Elle a besoin de s'évader, de couper avec le quotidien dont je fais partie.

— Qu'est-ce que vous me chantez là, Charles ? Nous avions convenu que ce serait une bonne opportunité d'aborder le sujet avec elle, en même temps que de régler quelques points avec...

— Je sais, mais j'y ai bien réfléchi et j'ai peur qu'elle se doute de quelque chose, l'interrompit Charles. Est-ce là ce que vous voulez ? Qu'elle s'aperçoive qu'on l'espionne ?

L'homme se frotta le menton avant de lâcher :

— Faites de votre mieux et surtout gardez sa confiance.

— Évidemment. Et sinon, de votre côté ?

— C'est compliqué. Cette nuit j'ai réussi à récupérer quelques pièces qui me faisaient défaut, mais je n'ai pas tout. Et il me manque surtout les compétences de Julien...

Les deux hommes baissèrent tristement les yeux.

— Pourquoi ne m'avez-vous pas demandé d'aller les chercher pour vous ? demanda Charles après un silence. Cela vous aurait évité de vous exposer.

— C'est du matériel très pointu ; beaucoup de pièces semblables mais aucune identique. Vous n'auriez pas su laquelle choisir.

— Pensez-vous que tout sera prêt pour le Concours ?

— Honnêtement, je ne sais pas.

— Il serait peut-être temps d'en avertir Alexandra, elle pourrait nous aider...

— La mettre dans la confidence et tout lui avouer vous concernant ? J'y ai songé mais nous ignorons la réaction qu'elle pourrait avoir.

— J'ai l'impression de trahir sa confiance.

— Charles, ce n'est pas le moment de faire dans le sentiment ! Alex m'apporte tout ce dont j'ai besoin pour… vivre, et c'est bien suffisant ! Il faut protéger au maximum votre couverture.

Charles acquiesça et soupira.

— Tout de même, la pauvre…

— Sans doute n'a-t-elle pas la meilleure position mais pensez un peu à la mienne !

— Certes. Et d'ailleurs, si vous avez besoin de quoi que ce soit…

— Personne ne peut aider les hommes au sommet.

Les lèvres du chauffeur esquissèrent un rictus navré.

— Vous arrive-t-il de penser à la suite si Rubie gagne et que nous parvenons à…? demanda Charles en plissant le front.

— Parfois. En réalité, j'évite. Je songe surtout à ce que je lui dirais si elle avait un jour la curiosité de venir me voir dans mes… appartements.

— Pourquoi irait-elle ?

— Vous savez très bien pourquoi, ce n'est pas n'importe qui !

L'homme jeta un coup d'œil à sa montre.

— Je vais devoir y aller, il serait malheureux qu'on me trouve ici. Pour la suite, nous ferons comme d'habitude : épluchez les journaux, glissez moi vos lettres sous la porte et surtout continuez de surveiller Rubie.

— Et si Alexandra tombe sur l'une d'elles ?

— Cela n'arrivera pas si vous respectez le calendrier.

Sur ce, il bondit hors de la voiture et s'engouffra dans la pénombre.

5

Lorsque Rubie rouvrit les yeux, elle mit du temps à comprendre qu'elle se trouvait dans son lit et qu'elle avait sur le dos ses vêtements de la veille. Elle sentait ses bras et ses jambes affreusement raides, et plus généralement une fatigue accablante dans tout le corps. Sa bouche, sèche et pâteuse, réclamait de l'eau. Elle voulut se redresser mais une barre invisible plaqua son crâne contre l'oreiller. Comprenant qu'elle ne pourrait la vaincre immédiatement, elle remonta ses draps et s'employa à rassembler ses souvenirs. Des bribes d'images et de sons affluèrent dans son esprit : Caroline sautillant dans la salle, les lumières éblouissantes, la foule hurlante et trépignante, Arnaud assis à côté d'elle… et soudain elle le revit, *lui*. Rubie se demanda alors si elle avait rêvé ce garçon ; si son cerveau, par un escamotage dont il avait le secret, avait fait apparaître devant elle ce Producteur pour l'emmener, le temps d'un regard, loin des superficialités et des conventions. Dans tous les cas, qu'il fût de chair ou de lumière, elle savait qu'elle pouvait le ranger au rayon des souvenirs heureux.

Lorsqu'elle descendit à la cuisine après une longue douche, son visage avait retrouvé quelques couleurs et elle se sentait en meilleure forme. Elle hésita dans l'embrasure de la porte puis fit un pas en direction de ses parents. Un regard impitoyable de son père la figea sur place.

— Ce qu'il s'est passé hier ne doit plus jamais se reproduire, lança-t-il après un silence.

— Je...

— Tout ceci est inacceptable ! coupa-t-il sans la lâcher du regard. Tu es la fille du Grand Traducteur, il est grand temps que tu le comprennes et que tu agisses en tant que telle !

Rubie baissa les paupières. Ces rappels à l'ordre sonnaient dans son cœur d'autant plus durement qu'elle n'entretenait avec son père aucune relation de confiance ou d'intimité. Oui, malgré son rôle de Grand Traducteur, il passait du temps à la maison ; mais c'était le plus souvent pour rester enfermé dans son bureau à travailler sur ses dossiers. Depuis son enfance, elle n'avait vu en lui qu'une écrasante figure d'autorité, jamais avare en remontrances mais incapable du moindre réconfort paternel. L'exemple le plus frappant était le Concours de l'Espoir Littéraire Panglassien : s'il avait fait appel aux meilleurs spécialistes de la langue pour lui permettre de l'emporter, pas une seule fois ne lui avait-il demandé ce qu'elle comptait évoquer dans sa dissertation. Jamais il n'avait discuté avec elle de ses souvenirs, de ses peurs, de ses envies, de sa vie ; les seules fois où, jeune adolescente, elle avait tenté de se confier à lui, il s'était troublé et avait coupé court à la discussion. Depuis, leurs liens n'avaient cessé de se distendre.

— Ce genre de comportements immatures passent peut-être inaperçus au pied de la pyramide, mais à son sommet ils sont scrutés, commentés, amplifiés ! Le bruit de ton évanouissement doit déjà courir dans les rues de la Capitale ! Tu n'es plus une enfant Rubie, et tu dois comprendre que ces fêtes sont des étapes importantes dans la construction de ton identité sociale. Ce qui ne signifie pas que tu ne dois pas t'amuser, mais fais-le avec mesure !

Le Grand Traducteur l'examina quelques secondes puis se leva de sa chaise.

— Sans compter… la peur que tu nous as faite, ajouta-t-il d'une voix moins tranchante.

Rubie tourna ses yeux vers sa mère. Son visage, empreint d'une douce affliction, lui serra le cœur.

— Je suis désolée, murmura-t-elle en retenant ses larmes.

— Tu comprends mieux, maintenant, les dangers de la nature humaine ? L'excès, toujours l'excès ! Qu'y a-t-il, Charles ? demanda-t-il soudain au chauffeur, apparu près de la porte.

— Mademoiselle a son train, Monsieur, et si nous ne voulons pas le manquer il nous faut partir bientôt.

— Son train…, répéta pensivement le Grand Traducteur. Sans doute ne mérite-t-elle pas d'y aller mais nous ne pouvons priver Catherinette et Roger-Pierre de la venue de leur petite fille ; et puis, l'air du large ne peut pas lui faire de mal… Allez, conclut-il en se tournant vers Rubie, va donc préparer ta valise !

Trois heures plus tard, Charles et Rubie gagnaient la gare de Hyères, où les attendaient le maire de la ville ainsi qu'une armée de Gardiens, tous heureux d'accueillir la fille du Grand Traducteur. Après quelques photos qui feraient la fierté de la commune, le maire les conduisit à leur automobile.

« J'espère que vous trouverez le trajet confortable, Mademoiselle. Il y en a à peine pour trente minutes, vous verrez. Cette voiture est parfaitement équipée pour assurer votre confort et votre sécurité. Nous avons même pris le soin de vous préparer quelques films, sur les conseils de ma fille qui doit avoir à peu près le même âge que vous... C'est une brillante Penseuse vous savez. »

Rubie le remercia plusieurs fois pour son accueil chaleureux puis la voiture se mit en route pour le Lavandou, ville côtière d'où partait le ferry pour le Levant. Malgré les protestations des deux Gardiens assis à l'avant, la jeune fille ne put résister au plaisir de descendre sa vitre ; l'air marin emplissant ses poumons acheva de la dégriser et la plongea dans la somnolence propre aux lendemains de fête.

Une main posée sur son épaule la réveilla délicatement. L'adolescente ouvrit les paupières ; face à elle s'étendait une nappe azurée tachetée de triangles blancs qui dessina un sourire sur ses lèvres. Elle sortit de l'automobile, s'étira dans un bâillement puis suivit Charles en direction du ferry qui mouillait à quai.

— Rubie ! s'écria tout à coup un vieil homme à l'accent prononcé, depuis le pont du bateau.

— Bonjour Pascal !

Plus les années passaient, plus la jeune fille trouvait le visage de ce matelot imprégné de poésie. Sa figure brunie par le soleil et décorée de cheveux blancs, ses yeux bleus encastrés sous d'épais sourcils, sa dent de requin accrochée autour du cou... tout, dans son apparence, semblait faire de lui le héros d'un roman de piraterie. Le vieil homme s'empressa de terminer son nœud puis trottina à la rencontre des deux voyageurs. Il embrassa avec effusion Rubie et serra chaleureusement la main de Charles. Ce dernier en profita pour lui glisser la lettre cachée dans sa poche intérieure.

— Allez, donne-moi ça ! s'écria-t-il en s'emparant de la valise de la Penseuse, mais il la reposa aussitôt. Qu'est-ce que t'as bien pu mettre là-dedans ? Jean ! Hé minot !

Un garçon aux larges épaules tatouées de sirènes se retourna.

— Viens porter ça, c'est trop lourd pour mon dos !

Puis il s'empara du bras de Rubie et la conduisit à bord du navire ; la pression de sa main, sèche et noueuse, attestait son endurance malgré les années. Les deux amis échangèrent quelques mots et se séparèrent au bruit du moteur se mettant en marche. Rubie salua Charles, resté à quai, puis elle s'avança vers la proue du bateau. Les paupières mi-closes et la jupe claquant au vent, elle se dressa face à l'horizon. « Dans une heure, je serai à l'abri dans ma petite chambre, songea-t-elle en sentant un poids lui tomber des épaules. Dans une heure, je serai loin de la Capitale, loin de la grisaille, loin de l'angoisse… Je serai sur mon île, entourée de gens qui se moquent bien que je gagne ou non le Concours. Et je serai tranquille, si tranquille… » Sur ces pensées, elle ferma les yeux et s'abandonna au ronronnement du bateau glissant sur les flots. Lorsqu'elle les rouvrit, le ferry n'était plus qu'à quelques centaines de mètres de l'île. L'adolescente pouvait même distinguer des rochers et vallons qui lui étaient familiers, ainsi que le petit port sur lequel devaient l'attendre ses grands-parents, Catherinette et Roger-Pierre.

Dix minutes plus tard, le navire mouilla au bout du ponton et ses passagers débarquèrent. Sur tous les visages se lisait la joie d'échapper pour quelques temps au brouhaha de la civilisation. Rubie remercia le capitaine puis courut étreindre ses grands-parents. « Papou » et « mamou », comme elle les appelait, étaient deux solides septuagénaires qui paraissaient bien plus jeunes que leur âge ; leurs visages, bien que sillonnés de rides, avaient conservé fraîcheur et éclat, ce qui arrive souvent aux personnes ayant su cultiver dans leur cœur chaleur et générosité, et dans leur âme clarté et honnêteté.

— Comme elle est belle ! s'extasia Catherinette en serrant avec ardeur le bras de sa petite fille.

— Les yeux de sa mère ! renchérit Roger-Pierre en lançant un clin d'œil complice à sa femme.

On déposa la valise de la jeune fille dans une camionnette qui la conduirait directement à la maison, puis le trio se mit en marche vers la place du village, située au bout d'une montée aussi longue que pentue ; malgré la souffrance éprouvée dans les jambes, quel bonheur goûtait Rubie de gravir à nouveau ce joli chemin bordé d'eucalyptus, de lauriers roses et de figuiers de Barbarie !

Parvenue en haut, l'adolescente entama une tournée des échoppes et des restaurants, dans lesquels elle fut à chaque fois accueillie avec enthousiasme. Elle prit le temps d'échanger quelques mots avec chacun des commerçants puis, les poches remplies de sucreries que lui avait glissées Berthe l'épicière, elle repartit avec ses grands-parents en direction de leur propriété. Cette dernière, bâtie à l'extrémité d'un chemin de terre cahoteux, élevait ses fondations en bois au-dessus d'une épaisse broussaille ; construction en pilotis qui offrait à ses résidents l'un des plus beaux panoramas de l'île.

Rubie s'emplit les yeux de ce paysage sauvage et coloré, puis elle gagna sa chambre où l'attendait sa valise. Cette chambre, décorée dans des teintes turquoise et chocolat, lui avait toujours fait l'effet d'un cocon à l'abri du désordre extérieur. Après avoir rangé ses affaires avec soin, elle rejoignit son grand-père près de la piscine et l'aida à la nettoyer des feuilles et des insectes qui flottaient à la surface. Catherinette leur apporta une orangeade dont elle avait le secret puis tous les trois enchaînèrent les parties de cartes jusqu'au dîner. Lorsque le soleil eut disparu à l'horizon et que le ciel eut revêtu sa parure de diamants, Rubie embrassa ses grands-parents et partit se coucher, le corps léger mais rompu de fatigue.

6

Les semaines suivantes se déroulèrent selon la même sérénité.

Souvent, elle partait en balade le matin et s'engouffrait jusqu'au vallon des Grottes. Là, elle essayait de trouver l'une des fleurs les plus rares de l'île, la *teucrium massiliense*, plus connue sous le nom d'Herbe à pommes, du fait de son odeur de pomme de rainette ; telle une enfant, elle rêvait d'en rapporter une à sa grand-mère. Puis elle prolongeait sa promenade le long du bord de mer, cherchant parmi les couches de micaschistes quelques grenats et tourmalines noires qui compléteraient la collection de pierres de Roger-Pierre. Enfin, elle remontait à la place du village en traversant un maquis où dominaient les arbousiers et les bruyères ; elle n'oubliait jamais d'y cueillir au passage des lys de mer, griffes de sorcières ou encore corbeilles d'argent, qu'elle transformerait en bouquet pour la table du salon.

À mesure que passaient les jours, les miracles du grand air et de l'évasion fleurissaient sur sa peau, dans ses yeux et dans ses cheveux ; l'inquiétude et la nervosité qui se lisaient d'ordinaire sur son visage avaient laissé place à la plus pure innocence d'une vie rythmée par les cueillettes de fleurs et de fruits, les préparations de gâteaux de Catherinette et les parties de pétanque avec les anciens du village. Ses beaux cheveux blonds déversaient des torrents de lumière sur ses épaules brunies par le soleil, et les éclats d'or incrustés dans ses yeux pétillaient comme des ardoises frappées des rayons du soleil.

Un jour, alors qu'elle remontait chez ses grands-parents après une longue excursion, elle croisa l'un des plus anciens habitants du Levant : Monsieur Proudot.

John Proudot était un petit homme qui avait tenu pendant près de quarante ans l'un des rares commerces du village. Malgré son grand âge, son air et sa tenue avaient conservé quelque chose de magistral ; il avait la figure creusée et le geste animé du professeur d'université.

— Rubie ! s'écria-t-il en l'apercevant qui passait près de chez lui, un panier à la main. Ça fait combien de temps que tu es ici ?

— Bonjour Monsieur Proudot ! s'écria Rubie en souriant. Je suis arrivée il y a trois semaines.

— Et t'es toujours pas venue me rendre visite ?

— Eh bien…

— Enfin passons ! Tu es jeune, et vous les jeunes vous êtes tous les mêmes ! Allez, entre cinq minutes, je vais te préparer à boire !

L'adolescente ne songea pas à protester et s'installa sur le banc qu'il lui présentait. Il s'éloigna une minute et revint une limonade fraîche à la main.

— Tiens, bois pendant que c'est encore frais, dit-il en lui tendant le verre. Bien, maintenant raconte-moi un peu comment ça se passe, ta vie là-haut !

Rubie avala une gorgée et se lança dans le récit de quelques banalités concernant son quotidien. Soudain, alors qu'elle évoquait ses dernières découvertes en cours d'histoire, le vieillard posa une main sur son cœur et sourit tristement. La jeune fille se tut pour le laisser parler.

— Dis-moi, dans tes fameux cours, vous parle-t-on du froid ? demanda-t-il en levant les yeux vers elle.

— Du froid ?

— Oui, du froid. Et de la faim ? La faim qui ronge l'estomac, qui vous fait manger des rats, qui vous fait…

Il détourna le regard.

— Le règne de Rénon, ce ne sont pas deux barres sur une frise chronologique, Rubie. Ce sont des années de douleurs, d'humiliations, de bassesses, de poignards plantés dans nos consciences... Quels choix avions-nous ? Il fallait survivre, il fallait surmonter cette souffrance qui nous frappait chaque jour un peu plus, ce froid qui nous transperçait jusqu'aux os… Car c'est bien cela, le règne de Rénon : l'anéantissement même de notre condition humaine.

Après un instant de silence, Rubie vit passer une étincelle dans le regard du vieillard.

— Et puis le Panglassien est arrivé, et avec lui, l'espoir ! L'espoir et la révolte ! La révolte contre ce monstre que nous avions nous-mêmes porté au pouvoir, contre ses milices qui écumaient les rues, contre ses généraux dont les noms sont à jamais gravés en nous ! Vous parlent-ils, en classe, de ce sentiment de révolte qui nous a tous saisis ? De cette rédemption individuelle et collective ?

John se redressa et riva ses yeux dans ceux de Rubie.

— J'étais à la pharmacie lorsque j'accomplis la mienne. Je m'apprêtais à payer lorsque j'entendis une détonation ;

j'avais l'habitude des explosions à cette époque, mais le bruit de celle-là résonne encore dans mes entrailles. Agir, je devais agir, comprends-tu ? Des mois, des années, j'avais trahi mes valeurs pour nourrir ma famille, j'avais marché tête baissée, la peau collée aux pommettes. Ce soulèvement du peuple, c'était mon soulèvement ! Alors je suis sorti dans la rue et, dans un nuage de poussière, je l'ai aperçu : un petit garçon, allongé sur le trottoir, la jambe fracturée par un gravas, pleurant toutes les larmes de son corps. Un pareil sentiment de révolte, de devoir à accomplir, ça n'arrive qu'une fois dans une vie ; je n'ai pas couru vers cet enfant, j'ai volé. Dans ma folie, dans mon besoin de le sauver, de *me* sauver, j'avais trop peur que quelqu'un arrive avant moi. Mais enfin, voici le minot ! Voici ses grands yeux terrifiés fixés sur moi ! Lentement, délicatement, je le soulève et je le mets sur mon dos. Il pleure et moi aussi je pleure en songeant à tout ce que j'ai fait. « Ne t'inquiète pas, tout va bien se passer ! N'aie pas peur ! », je lui répète. Je le sens s'agripper à moi de toutes ses forces, avec ses petits doigts tremblants. Je veux m'éloigner, le mettre à l'abri, mais soudain j'entends : « Ne bougez plus ! » Je me fige sur place, les deux jambes du minot ensanglantées pendant sous mes bras, et je me retourne : trois soldats de Rénon me tiennent en joue. J'essaie de leur parler, de leur faire entendre raison, mais rien à faire, ils m'ordonnent de poser le petit par terre. Au moment où je m'apprête à m'exécuter, une rafale de balles vient les clouer au sol ; c'était un régiment du Grand Traducteur, ton père…

Le vieillard était en sueur. Sa main avait encore la forme de l'arme imaginaire qu'il avait utilisée pour rendre son récit plus réel.

— Il nous a sauvés, ton père. Je me souviens de son défilé dans nos rues, le jour de la libération ; comme il était beau, comme il souriait ! Nous étions libres !

Rubie, qui considérait John avec attention, sentit un nouveau ressort se mouvoir en elle. Pour la première fois, il lui semblait comprendre le sens du culte Panglassien, des études de textes qu'on lui faisait réaliser, des commémorations et des concours qui rythmaient la vie des Féens ; oui, pour la première fois il lui semblait entrevoir les abîmes de souffrances sur lesquels son père bâtissait ce nouveau monde, qui ancraient ses connaissances académiques dans une réalité plus humaine.

Durant les jours qui suivirent cette surprenante rencontre, Rubie n'eut cesse de se répéter les mots du vieillard qui, voulait-elle s'en persuader, sèmeraient dans son esprit ce qui lui manquait pour se souvenir de la Révolution. Elle y songeait d'ailleurs si souvent et si fort qu'elle prit un jour le parti d'en parler à ses grands-parents ; ces derniers devaient d'ailleurs eux-mêmes avoir quelques histoires à lui raconter sur ces mois de luttes féroces et d'actes héroïques, qui fourniraient à son esprit l'engrais pour y faire germer les images.

Lorsqu'enfin elle se décida, Catherinette et Roger-Pierre étaient attablés sur la place du village et discutaient avec l'un de leurs plus anciens amis : Carol, un homme d'une soixantaine d'années au visage basané et aux yeux clairs. Il portait une chemise en lin blanc et un pantalon treillis évoquant, selon lui, les sentiers de cette île dont il était amoureux. En apercevant ce visage frais et souriant, Rubie se sentit confortée dans sa démarche. Elle les embrassa tous les trois puis s'assit sur la chaise inoccupée.

— Et que nous vaut cette charmante visite ? demanda Carol en faisant un signe au serveur.

La jeune fille voulut s'expliquer mais un embarras inattendu glaça les mots sur ses lèvres. Pas une seconde elle n'avait songé qu'il pût être difficile d'aborder le sujet de la Révolution, de ses morts, de ses famines, de ses douleurs… Elle regarda alternativement Carol et ses grands-parents et baissa les paupières.

— Ça ne va pas ma chérie ? demanda Catherinette après un silence.

— Je… je voulais vous parler de quelque chose, finit-elle par articuler.

— Eh bien vas-y ma puce ! l'encouragea Roger-Pierre en souriant tendrement.

Le cœur sautant dans sa poitrine, Rubie tourna ses yeux vers lui.

— Il y a quelques jours, je suis passée chez John, dit-elle après une hésitation, et depuis je n'arrête pas de penser à cette histoire, celle qu'il m'a racontée… Oui, c'est comme si depuis cette histoire, j'avais enfin compris ce que signifiaient la Révolution, la guerre, la libération. Vous voyez, j'ai toujours pensé cela en termes académiques, froids et distants, comme si ça ne s'était pas vraiment passé, comme si ce n'était qu'un prétexte pour nous faire commenter des textes ou que sais-je. Mais maintenant, avec ce récit de John, avec l'histoire de ce petit garçon à la jambe ensanglantée, c'est si différent ! C'est comme si je me représentais enfin la *vraie* Révolution, celle qui brûle chacun dans sa petite vie, et non l'image abstraite qui me hante et dont je…

Elle s'interrompit avant d'avouer le mal qui la rongeait réellement et tourna ses prunelles enflammées vers sa grand-mère.

— Tu comprends mamou, n'est-ce pas ? Car, toi, tu l'as vécue la Révolution ! Et tu l'as connu le règne de Rénon ! Et toi aussi papou, tu as vécu tout cela !

Il était visible que Rubie avait de plus en plus de peine à se maîtriser.

— Et toi, Carol, toi aussi tu dois connaître des histoires sur la Révolution, comme John !

Catherinette prit une gorgée de son pastis et s'éclaircit la gorge.

— Tu sais Rubie, John a beaucoup souffert et…

— Mais toi, mamou, toi aussi, tu as dû souffrir !

En voyant le visage de sa grand-mère se décomposer, Rubie prit conscience de son flagrant manque de délicatesse.

— Oh mamou je suis désolée !

— Ne t'inquiète pas pour ta grand-mère, dit Roger-Pierre en posant une main sur son poignet et en jetant un regard bienveillant à sa femme.

— Tu sais, ajouta Carol, le Levant est un endroit un peu particulier ; nous n'avons pas subi tout cela de la même façon…

Catherinette se leva et passa ses bras autour du cou de sa petite-fille.

— Tout cela doit te paraître bien étrange aujourd'hui, lui chuchota-t-elle dans le creux de l'oreille, mais un jour tu comprendras ; oui, un jour tu comprendras que les Levantins ont quelque chose de… différent.

Rubie, qui venait pourtant ici presque tous les étés, sentit que cette île était loin de lui avoir livré ses secrets. Elle se tourna vivement vers sa grand-mère pour sonder sur son visage le sens de ce mot « différent », qu'elle ne pouvait avoir utilisé par hasard ; elle y lut une bienveillance si mystérieuse qu'elle garda pour elle ses questions, tout en espérant découvrir un jour par elle-même la signification de tout cela.

Carol régla l'addition puis les protagonistes de cette scène étrange se mirent en route vers les « pierres plates », sortes de matelas rocailleux trempant leurs édredons de granit dans la mer. S'y faisaient déjà bronzer quelques amis légèrement vêtus qui les accueillirent à grands bruits ; cette liberté de ton, ces sourires bon enfant, cette brise légère transportant entre ses ailes les effluves d'eucalyptus en même temps qu'une insouciance générale, c'était tout cela le Levant, et c'était ce qui faisait que Rubie l'aimait tant. L'adolescente s'adossa contre un roc aux aspérités suffisamment douces pour ne pas lui blesser le dos, puis plongea ses pieds dans l'eau cristalline ; bercée par le flux et reflux des vaguelettes, elle ne remarqua pas l'intense discussion dans laquelle ses grands-parents et Carol s'étaient lancés avec leurs amis.

— Pour l'instant il ne faut rien lui dire.

— En effet, il faut avant tout s'attacher à la protéger.

— Et l'aider à réussir son concours, nous savons tous pourquoi.

— À ce propos, avez-vous des nouvelles ?

— Oui, Pascal nous a remis une lettre l'autre jour.

— Et alors ?

— C'est compliqué.

— Comment cela pourrait-il ne pas l'être…

— Donne-t-il des précisions ?

— Quelques-unes ; il lui manque des pièces.

— Et des compétences !

— Pour cela, malheureusement, nous ne pouvons plus faire grand-chose…

— Sera-t-il prêt pour le Concours ?

— Il fait tout pour. Il nous a d'ailleurs demandé les lunettes de John.

— De John ? Pourquoi ?

— Je ne sais pas. Sans doute étudie-t-il un scénario.

— Ce ne sera pas difficile de les lui fournir. Nous les remplacerons discrètement

— Enfin, il est tout de même bien courageux…

« Qui est courageux ? », demanda soudain Rubie en faisant sursauter le petit groupe.

Tout le monde se tut et se regarda ; c'était insolite. Cela ne dura qu'une poignée de secondes, mais le malaise aurait pu se prolonger si trois énergumènes, sortis d'on-ne-sait-où, n'avaient saisi le groupe par les épaules pour le conduire vers la place du village, où une fête venait de s'improviser.

Emportée par la musique et les rires, Rubie eut bientôt

fait d'oublier sa question. Elle se laissa guider jusqu'au restaurant d'où chantait ce gentil tumulte et s'y amusa jusqu'au coucher du soleil. Alors que la fête battait encore son plein, elle s'en échappa discrètement et, par un sentier de terre, gagna une sorte de salon de verdure à l'abri des regards. Elle s'assit sur un fauteuil en grès et abandonna son regard au ciel et à la mer, fondus dans un même ruissèlement de lumière crépusculaire. Les flots indigo déposaient un liseré d'écume empourprée au bord du rivage et faisaient vibrer au loin les côtes du continent. Le cœur gonflé des forces mystérieuses de la nature, Rubie ferma les yeux et se laissa bercer par les fragments de musiques qui planaient au-dessus d'elle ; elle n'avait pas quitté cette île qu'elle s'en sentait déjà nostalgique...

7

Trois jours avant son départ pour la Capitale, Rubie se lança dans une balade qu'elle n'avait jamais eue l'audace d'entreprendre : la découverte de l'ancienne base militaire de l'île, aujourd'hui maquis à l'abandon.

Solidement chaussée et munie de la carte de son grand-père, elle arpentait depuis une poignée d'heures la garrigue lorsqu'une bâtisse attira son attention. Intriguée, l'adolescente marcha vers elle. Se dessina une cabane faite de bric et de broc arrimée à deux arbousiers courbant l'échine. Elle passa sa tête dans l'embrasure de la porte ; si des déchets jonchaient le sol, l'endroit semblait inhabité. « Ce doit être un refuge construit par quelques randonneurs ayant tenté l'aventure avant moi », songea-t-elle en balayant plusieurs fois la pièce des yeux. Elle se glissa à l'intérieur. L'endroit, frais et protégé des rayons d'un soleil alors au zénith, était idéal pour déjeuner. Elle déballa ses provisions sur une vieille table en bois, s'assit sur un tronc d'arbre qui ferait office de banc et lança de son téléphone une musique aux sonorités chaleureuses.

Tout à coup, une voix rauque la fit sursauter.

— Je vous dérange peut-être ?

À trois mètres d'elle, se tenait un homme d'un âge indéterminable au visage maigre et buriné par le soleil. Ses yeux verts exprimaient une énergie sauvage.

Rubie se leva d'un bond.

— Je ne savais pas que…

— Que j'habitais ici ?

— Oui et…

— J'ignorais qu'il est désormais de coutume de visiter les maisons des gens lorsqu'ils sont absents !

— Je pensais que c'était inhabité.

— Pourquoi ?

— Tout d'abord son emplacement ; et puis, il n'y a pas de…

— De quoi ? De télévision ? D'ordinateur ? De tableau à la gloire de Panglass ? Hein, de quoi ? l'interrompit l'homme en se dirigeant vers un placard d'où il sortit un paquet de cigarettes.

Rubie fit voltiger ses yeux autour d'elle.

— De lit ! Où est votre lit ?

L'homme l'examina le temps d'allumer sa cigarette.

— Et pour quoi faire ?

— Comment ça « pour quoi faire ? », demanda-t-elle en fronçant les sourcils.

— Votre lit : pour quoi faire ?

Tous deux se regardèrent en silence.

— Eh bien, pour dormir enfin ! s'exclama Rubie.

— Mmm, oui, ça…

D'un autre placard, il sortit un vieux morceau de pain et un bocal de pâté. Il posa le tout sur la table.

— Vous dormez beaucoup ? demanda-t-il en étalant la terrine sur la mie rugueuse.

— Pardon ?

— Je vous demande cela parce que moi je ne dors jamais.

Éteignez votre musique s'il vous plaît, c'est à peine si on s'entend.

Rubie s'exécuta hâtivement et rassembla ses affaires.

— Vous pouvez rester ici, ça ne me dérange pas.

— Merci mais je…

— Êtes-vous pressée ?

— Non mais …

— Vous savez, votre visage me dit quelque chose.

L'homme gratta sa barbe noire.

— Vous êtes la fille de quelqu'un d'important, bafouilla-t-il en faisant bouger sa cigarette.

— Le Grand Traducteur est mon père, oui, répondit Rubie.

— C'est ça, oui, le grand traduc'chose ! s'exclama-t-il en claquant des mains.

Cette remarque cloua Rubie sur place ; c'était la première fois qu'elle entendait quelqu'un parler de son père de cette façon.

— Vous ne devriez pas…

— Parler ainsi de votre papa ? demanda-t-il en décollant enfin sa cigarette de ses lèvres. Vous avez raison !

Sur ces paroles, il s'agenouilla au sol, leva les bras au ciel et hurla d'une voix sonore :

— Je ne suis qu'un bouffon, un escroc ! Pardonnez mon impudence, ô puissance supérieure ! Faites de moi…, mais il n'eut pas le temps de terminer sa phrase qu'une violente quinte de toux l'étouffa et le plia en deux.

Rubie considéra le bonhomme qui se tordait à ses pieds et fut prise d'un incontrôlable éclat de rire.

— Se moquer d'un pauvre infirme…, marmonna le curieux personnage en se relevant difficilement.

— Oh je suis désolée, je ne voulais pas…

— Je plaisante, la rassura-t-il en la regardant d'un œil moqueur. Le rire est le propre de l'homme après tout.

— Pardon ?

— Oubliez ce que je viens de dire, ce n'est pas très Panglassien ! dit-il en exécutant une courbette.

Il finit d'étaler son pâté, écrasa sa cigarette sur la table et mordit dans son sandwich. Rubie se tenait toujours debout près de la porte. Une curiosité inexplicable la retenait de s'en aller.

— Je peux vous poser une question ? finit-elle par demander.

— N'est-ce pas la plus belle chose au monde ? répondit-il en mâchant.

— Quelle chose ?

— Poser une question pardi !

— Je… peut-être… enfin…

— Ça va, je vous taquine. Allez-y.

— Vous êtes Producteur, je suppose ?

L'homme éclata d'un rire violent et frappa du poing sur la table.

— Qu'on m'apporte quelques dizaines de jambons, de langues de bœuf fumées, de cervelas et d'andouilles ! hurla-t-il.

Rubie, prise de panique et se disant que cet homme était décidément fou, recula d'un pas ; le bonhomme l'observait du coin de l'œil.

— Excusez-moi, je m'adressais à mon ami Rabelais, qui se sent parfois un peu seul dans son placard.

— Vous avez un ami dans le placard ? demanda-t-elle en fronçant les sourcils.

— J'en ai même plusieurs !

— Comment ça ?

— Ce sont des géants mais ils ne prennent pas de place.

— Des géants qui ne... non vraiment, pardonnez-moi mais je ne comprends pas.

L'homme la fixa d'un air amusé et croqua une large bouchée.

— Et puis, reprit la jeune fille, vous ne m'avez pas répondu.

— À quelle question ?

— Êtes-vous Producteur ?

— Je ne sais pas, quels sont mes autres choix ?

Rubie le considéra une fois de plus de ses yeux ronds.

— Que voulez-vous dire ?

— Si je ne suis pas Producteur, que puis-je être ?

— Vous connaissez bien les trois ordres tout de même ?

L'homme fit mine de réfléchir.

— Ah oui... Penseurs, Producteurs et Gardiens, c'est ça ? Un vieil ami me les a appris. Eh bien, soit, je suis Producteur !

— Que produisez-vous ?

— Suis-je obligé de produire quelque chose ?

— Bien entendu !

Le drôle posa son sandwich et leva les yeux au ciel.

— Dans ce cas, je suis Producteur de doute ! s'exclama-t-il après un silence.

— De doute ?

— Oui, c'est une sorte de terreau qui permet de planter tous types de fleurs.

— Ah vraiment ?

— Vraiment !

— C'est étrange, je n'en ai jamais entendu parler.

— Cela ne m'étonne pas ; depuis l'arrivée du Panglassien, nombre de nos matières premières ont disparu. Quel gâchis...

Quelques secondes s'écoulèrent.

— Bon, je devrais peut-être vous laisser, finit par dire Rubie en se tournant vers la porte.

— Mmm, comme vous voudrez, répondit l'autre d'un air détaché.

Elle ouvrit la porte.

— Mais..., ajouta-t-il d'une voix grave qui l'interpella.

Elle se retourna et resta frappée par l'intensité de son regard.

— Mais si cela vous intéresse, il m'en reste un peu... de ce terreau... juste pour voir...

Un curieux sourire courait sur ses lèvres.

— Je crois que ce ne serait pas raisonnable, répondit Rubie après un silence. Mais, merci quand même. Au revoir.

Sur ses paroles, elle quitta la bâtisse et se remit en chemin. Elle ne songeait à rien de précis, seules de vagues images désordonnées lui passaient par l'esprit. Ses jambes lui paraissaient lourdes et sans force. Après quelques secondes d'hésitation, elle fit volte-face et retourna au pas de course à la cabane.

— C'est d'accord, oui, je veux bien un peu de terreau !
lâcha-t-elle en plongeant à l'intérieur.

L'homme était assis par terre, le dos contre un mur et les
paupières closes. Il ouvrit les yeux et la regarda avec malice.

— Vous voulez vous essayer au jardinage ? demanda-t-il
en se levant.

Il traversa la pièce vers une commode fermée par un
cadenas. Il en rapporta un petit sac qu'il tendit à Rubie.

— Voilà, dit-il en la regardant avec une fixité qui la fit
tressaillir, du terreau pour douter.

8

Le sac sous son bras, Rubie marcha jusqu'à son salon de verdure. Elle s'assit sur un tronc d'arbre et posa le paquet sur ses genoux. Les battements de son cœur étaient de plus en plus forts, de plus en plus douloureux. Elle prit une inspiration et plongea sa main dans le sac. Un craquement sec la pétrifia dans son mouvement. Elle attendit une minute, faisant courir ses yeux autour d'elle, puis elle sortit lentement ce que ses doigts avaient saisi : trois petits livres. Mais de nouveau l'effroi de se faire surprendre s'empara d'elle. Pour y mettre fin, elle se leva et alla se tapir derrière un rocher qui la protégerait des regards indiscrets. Enfin elle put examiner plus attentivement les vieilles couvertures. Voltaire… ce nom ne lui était pas inconnu.

Elle cacha deux des ouvrages sous un duvet de feuilles et se lança dans la lecture du troisième, L'Ingénu. Lorsqu'elle tourna la dernière page, elle réalisa qu'il était déjà fort tard. Elle remit les livres dans son sac et rentra chez ses grands-parents.

Le regard dans le vague, elle ne prononça pas un mot du repas. Sitôt son assiette engloutie, elle prétexta un mal de tête pour échapper à la traditionnelle partie de cartes nocturne et elle alla se coucher. Elle alluma une lampe de poche sous ses couettes et partit à la découverte de Candide et de Micromégas. Ces lectures la menèrent jusqu'au milieu de la nuit. Incapable d'éteindre l'incendie qui embrasait son esprit, elle se leva à l'aube. Elle laissa un mot sur la table puis se mit en route.

Lorsqu'elle arriva chez lui, l'homme arrosait le sol devant sa porte. Il sourit en l'apercevant.

— Que faites-vous ? demanda-t-elle d'une voix lointaine.

— J'arrose mes graines.

— Pourquoi ?

— Pour que mes légumes poussent.

Les yeux cernés de l'adolescente exprimèrent la surprise. Il s'arrêta et la regarda.

— Cela vous étonne ?

— J'ignorais que l'on pouvait faire pousser les légumes du sol.

L'homme lâcha un petit rire, presque tendre.

— Et d'où viennent les légumes de votre assiette, à votre avis ?

— Des usines !

Il secoua la tête et l'invita à l'intérieur.

— Alors ? demanda-t-il après un silence en se servant un verre d'on-ne-sait-quoi.

Rubie, qui sentait son pouls s'accélérer, fixait l'homme sans rien dire.

— Oui, dit-il, je comprends. La lumière du jour peut être aveuglante.

— Qu'est-ce que ça veut dire ? Qui est-il ? finit-elle par bredouiller.

— Voltaire ?

Elle hocha la tête.

— Un ami à moi, avec qui j'aime discuter.

— J'ai… j'ai vu son nom, au Panthéglass.

Il sourit avec indulgence et porta le verre à ses lèvres.

— Ah oui ? Et qu'en avez-vous pensé ?

C'était la première fois qu'on lui posait cette question.

— Je…

Elle ne put en dire plus.

— Qu'avez-vous pensé de ce jeune Huron ? Et de Candide ? Les avez-vous trouvés braves, stupides, sensés ?

— Oui… non… peut-être…

— Et avez-vous apprécié vos lectures ? Furent-elles agréables ?

Rubie entrouvrit les lèvres mais resta muette.

L'homme ramassa un bout de bois qui traînait par terre et continua :

— Ne vous a-t-il pas paru étrange qu'on bannisse quelqu'un d'une planète pour une histoire de colimaçons et de puces ?

Le regard de l'adolescente s'illumina.

— Oui !

— Et qu'on force le Huron à croire en « Dieu », alors que chez lui on ne convertit personne ?

— Oui, oui, assurément !

— Ne vous a-t-il pas ému ce Huron, dont la sensibilité et l'intelligence se heurtent aux absurdités de son temps ?

Sa voix se faisait plus forte, plus vibrante.

— Oui, il m'a ému, beaucoup ému ! lâcha Rubie d'une traite.

— Et le monde de Candide, c'est un monde de fanatiques

que ce monde-là, non ? Quels sont donc ces arguments d'autorité et ces dogmes rigides qui envoient les soldats à la boucherie et les originaux au bûcher ? s'exclama-t-il sans la lâcher du regard et en mimant un combat d'épée avec son bâton.

— Cela m'a paru fou !

— Bien sûr que c'est fou ! C'est fou ! Fou ! Fou ! Fou !

En disant cela, il faisait voltiger son morceau de bois autour de lui.

— Et puis c'est si facile à lire ! s'exclama-t-il en exécutant une pirouette. Mais vous ne m'avez toujours pas dit : que vous ont inspiré toutes ces péripéties, tous ces personnages ?

— Je...

Il s'arrêta soudain de virevolter et la regarda.

— C'est le bazar, non ?

Rubie hocha la tête. Un sourire enfantin s'ébauchait sur ses lèvres.

— Le grand bazar de la vie et de l'expérience en fin de compte. Et puis, ce professeur Pangloss, dont le nom, vous aurez remarqué, est assez proche de notre merveilleuse Panglass, et qui enseigne sa *métaphysico-théologo-cosmolonigologie...* Je ne sais pas pour vous, mais moi il me fait furieusement penser à certaines ridicules figures d'autorité qui écument nos assemblées et nos écoles !

La jeune fille recula d'un pas. Ses tempes bourdonnaient mais elle continuait à sourire.

— Vous savez, ces savants coincés dans leur tour d'ivoire, conversant avec les dieux mais incapables d'assaisonner un plat...

L'image de son professeur de mathématiques fuyant un champ de bataille traversa l'esprit de Rubie et lui arracha un rire. L'homme l'examina avec l'attention d'un sculpteur analysant son bloc de pierre avant de le tailler.

— Vous savez ce qui me plaît, moi, dans ces trois livres ? finit-il par dire d'un air sérieux. Ce qui me plaît, c'est abandonner mon esprit sur les chemins biscornus de l'ironie et de la satire tracés par Voltaire. Ce qui me plaît c'est…

Il fit mine de réfléchir un instant, puis soudain il posa ses mains sur son ventre et s'écria :

— C'est me gaver ! Oui, me gaver d'un style concis, fantaisiste et acide, détruisant tous les systèmes clos, infernaux et réputés irréfutables se dressant devant lui !

Rubie l'observait en silence. Sur le ring de la pensée dans lequel il l'avait entraînée, elle encaissait les coups et s'employait à rester debout.

L'homme sourit avec bienveillance et lui apporta un verre d'eau.

— Tenez.

Elle se saisit du gobelet.

— Allez, trinquons ! dit-il en levant le sien.

« À quoi ? » demandèrent les yeux de Rubie.

— À vos premières pensées !

9

La voiture de Charles traversa la Capitale sous une pluie diluvienne, qui n'arrangeait en rien l'humeur morose de Rubie.

Lorsqu'elle arriva chez elle, la jeune fille trouva ses parents allongés sur le canapé, deux tasses de thé fumant entre les mains. Elle échangea quelques mots avec eux puis monta dans sa chambre. Le ciel, gris et sombre, baignait la pièce dans une triste obscurité. Elle alluma la télévision, ouvrit sa valise et se mit à ranger ses affaires.

Une édition spéciale perturbait le programme habituel du dimanche après-midi sur l'unique chaîne de télévision de F. : Igor Koprov, l'un des criminels les plus dangereux et recherchés du pays, aurait été aperçu près de la demeure du Grand Traducteur. Rubie s'arrêta immédiatement pour suivre la nouvelle. L'homme, en fuite depuis plus de dix ans, avait appartenu à la Garde Rapprochée de Rénon ; quiconque l'apercevrait avait pour ordre de contacter immédiatement le poste de Gardiens le plus proche. Une photo de lui passait en boucle sur l'écran. L'adolescente fut effrayée de la banalité de son visage, qui rappelait plus le rat de laboratoire que le chef de guerre sanguinaire.

« Ce pourrait être n'importe qui… », songea-t-elle en frissonnant.

N'osant plus sortir de chez elle malgré les mots rassurants de son père, Rubie passa donc le reste de ses vacances entre sa chambre et le jardin, lorsque le temps le permettait. Ce jardin, qui avait en apparence tout d'un havre de paix au cœur de la capitale, portait pourtant lui aussi les stigmates des combats contre Rénon. Derrière les murs de lauriers roses et de thuyas entretenus par le Grand Traducteur lui-même, se cachait en effet un vieil atelier dont l'accès était aujourd'hui formellement interdit. Une grenade de type H2.24 avait en effet explosé à l'intérieur du bâtiment, y répandant un gaz toxique qui avait la redoutable particularité de s'accrocher aux murs. Détruire la bâtisse aurait signifié libérer les particules toxiques prisonnières à l'intérieur, et comme il était hors de question pour le Grand Traducteur de déménager, celle-ci se délabrait lentement. Bien entendu, des prélèvements étaient effectués chaque année pour ne pas mettre inutilement en danger la santé de la famille.

La jeune fille profita de ces quelques semaines d'hibernation pour réviser ses cours et surtout tenter de reconstituer les bribes de la conversation qu'elle avait eue avec l'étrange personnage du Levant. Cependant, plus les jours passaient plus cet épisode se faisait flou dans sa mémoire. Tout ce qu'elle avait lu chez Voltaire se mélangeait dans un tourbillon indéchiffrable, et lorsqu'une pensée lui paraissait plus claire qu'une autre et qu'elle tentait de s'y agripper, cette dernière disparaissait aussitôt.

Lorsque Rubie fit sa rentrée le 2 septembre après-midi sous une pluie fine, il ne restait dans son esprit qu'une pelote d'idées trop courte pour coudre une réflexion. À la vue des murs de l'établissement, la lycéenne sentit remonter en elle les angoisses liées au Concours de l'Espoir Littéraire.

« Ce n'est qu'une rentrée, j'aurai bien le temps de m'inquiéter en fin d'année », s'efforçait-elle de penser, mais rien ne soulageait son estomac des crampes qui l'assaillaient.

La jeune fille se hâta de pénétrer à l'intérieur du lycée et de gagner sa classe. Elle s'assit et parcourut du coin de l'œil les visages autour d'elle ; son cœur cherchait à y déceler le même malaise que celui qu'elle éprouvait, mais seule la joie de retrouver ses camarades s'y lisait. Caroline et Benjamin ne tardèrent pas à la rejoindre. À l'instant où elle se penchait vers eux, le directeur, un grand homme à la figure angulaire, fit son entrée dans la salle, suivi des professeurs de logique et de commentaire de texte.

Il commença son discours par quelques phrases convenues et ennuyeuses, qui égarèrent en une minute l'attention de la plupart des élèves, puis catapulta un mot dont le pouvoir n'est plus à prouver pour réveiller l'attention d'une classe : TEST. Ces quatre lettres démontrèrent une nouvelle fois leur efficacité, réveillant en un clin d'œil tous les esprits encore en vacances ou pressés de discuter avec leurs camarades.

— Quoi, quel test ? laissa échapper Caroline, d'une voix qui trahissait le sursaut du réveil et qui provoqua un remous de rires dans les rangs.

— Merci pour votre intervention Mademoiselle Tung, répondit en souriant le proviseur, qui dénote parfaitement votre haut niveau d'attention. Comme je vous l'expliquais, afin de bien commencer l'année et d'aiguiser vos intelligences pour le grand Concours de juin, et juin c'est demain !, vous allez avoir l'occasion, dans une quinzaine de minutes, de vous lancer dans la rédaction d'un texte dont le thème sera très similaire à celui que vous aurez en fin d'année. Un petit cadeau que les deux professeurs à mes côtés et moi-même vous avons concocté pour vous souhaiter un bon retour parmi nous.

Le regard de Rubie se figea et les commissures de ses lèvres s'affaissèrent. Elle n'avait pas prévu cela, pas du tout. Soudain, elle réalisa que ses professeurs distribuaient les copies. Une chaleur humide se répandit dans son corps.

— Vous pouvez commencer, vous avez deux heures, résonna la voix du directeur.

Elle retourna sa feuille.

« Si vous deviez ne retenir qu'une image de votre expérience de la Révolution, laquelle serait-elle ? Pourquoi ? En quoi justifie-t-elle un ou plusieurs éléments de nos systèmes politiques, économiques ou sociaux ? »

Rubie savait précisément le genre de nourriture intellectuelle que réclamait un tel sujet et que tous les élèves de cette classe ne manqueraient de cuisiner ; elle humait déjà les effluves de soupes mathématiques et ascétiques qu'ils concocteraient, et devinait les épices de larmes, de peurs et de joies qu'ils saupoudreraient sur ces rigoureuses démonstrations. Elle voyait briller les lames des couteaux qui trancheraient la versatilité, la précarité et la vanité de la nature humaine ; elle entendait les tintements de bouteilles pleines de sang humain qu'ils verseraient afin de démontrer l'incapacité du peuple à voter avec sa raison plutôt qu'avec ses passions. Oui, tout cela Rubie le savait, l'entendait, le sentait, mais ce qu'elle savait, entendait, sentait également, c'est qu'il n'y avait malheureusement aucune place pour elle à ce banquet…

Les minutes s'écoulaient, inexorablement, et ce qu'elle redoutait depuis si longtemps était bien en train d'arriver : son esprit, prisonnier de l'étau de l'oubli, était incapable d'accoucher du moindre mot. Elle lut et relut le sujet, espérant à chaque fois que quelque gentille muse vînt lui souffler à l'oreille une ou deux phrases qui lui permettrait d'au moins débuter sa dissertation… mais non, rien, pas un bruit. Enfin si, il y avait bien cette petite voix en elle qui criait désespérément : « Ne sois pas idiote, invente une histoire ! », mais cet encouragement se brisait inlassablement sur le mur érigé autour de sa mémoire.

Elle jeta un rapide coup d'œil autour d'elle : tous les élèves étaient plongés, têtes baissées, dans la rédaction de leur essai. La chaleur qui envahissait son corps devenait de plus en plus désagréable. Elle se débarrassa de sa veste et, tel un chevalier libéré du poids de son armure, saisit son stylo pour le planter dans le corps du monstre face à elle.

« Je me rappelle… »

Elle effaça ces premiers mots.

« J'étais bien petite… »

Pas plus de satisfaction.

« Le gouvernement, conscient des dangers de… »

— C'est nul ! gémit-elle en saisissant sa tête entre ses mains.

Benjamin et Caroline échangèrent un regard inquiet.

Rubie ferma les yeux et posa ses pouces sur ses tempes.

Après une minute de néant, l'image du vieux John se dessina dans son esprit.

« J'étais dans une pharmacie quand j'entendis la première détonation… »

Lorsque la sonnerie annonçant la fin de l'épreuve retentit, sa copie était jonchée de quelques lambeaux de phrases grossièrement répartis en trois paragraphes inégaux. Elle resta pétrifiée face à son œuvre une minute. Soudain, sans doute écrasée par la honte de remettre un tel travail, elle le saisit entre ses doigts et le déchira en petits morceaux. Puis elle attrapa une feuille vierge sur le coin de sa table, y inscrivit son nom et la tendit au professeur qui s'était présenté devant elle.

Sans un regard vers son visage consterné, elle se leva de sa chaise et s'enfuit avant que Benjamin et Caroline n'aient le temps de la rattraper.

10

Les mains agrippées au manche de son parapluie, Rubie avançait droit devant elle, tête baissée. Depuis combien de temps arpentait-elle ces ruelles balayées par le vent ? Quel chemin avait-elle emprunté ? Elle n'aurait su le dire. À vrai dire, aucune de ces questions ne l'effleurait car elle se sentait à sa place sous cette ondée et dans ces ténèbres.

Le corps tremblant de froid, elle marqua le pas près d'une statue en morceaux. Autour d'elle, les façades des immeubles semblaient flotter dans un brouillard de rouille. Des vêtements colorés pendaient aux fenêtres. De loin et à travers la vapeur d'eau, ils avaient la tristesse macabre de lambeaux de chair. Des femmes, la tête entourée d'un linge, des vieux aux cirés brillants, des enfants avec de la boue jusqu'aux genoux se pressaient pour échapper au déluge. Était-elle dans ces quartiers sordides où son père lui avait formellement interdit d'aller ? Si tel était le cas, ils n'étaient pas sans exercer sur elle une sorte de fascination mystique. Soudain, un rayon de soleil perça de manière inattendue les nuages et éclaira un jeune Producteur qui sortait de son lycée.

Le cœur de Rubie cessa de battre comme si on l'avait décroché : c'était *lui*.

La sensation d'évanouissement dans la grande symphonie du monde qu'elle avait éprouvée au bal s'empara de nouveau d'elle. Les rumeurs du pavé faisaient jouer dans sa poitrine mille orchestres ; son corps, son âme, son esprit baignaient dans l'averse étincelante qui s'écrasait sur ses cils ; la lumière humide du soleil pénétrait ses veines de flammes. Après un instant de stupeur, elle mit sa main telle une visière au-dessus de ses yeux et elle se lança à sa poursuite. Elle errait telle une folle dans son délire, unie à la crasse des trottoirs et à la profondeur moirée du ciel par la masse liquide de l'atmosphère. Plus rien n'existait autour d'elle sinon cette silhouette longiligne qui était devenue, en une seconde, le centre de toute son existence.

Le jeune homme marchait vite et Rubie devait presque courir pour suivre sa cadence. Il tourna à droite. Elle s'engouffra à sa suite.

« Ce n'est pas possible ! »

Elle s'arrêta net et regarda autour d'elle : pas un chat ! Il s'était volatilisé ! Ce qu'elle aperçut en revanche, longeant les murs comme des ombres, c'étaient deux gaillards trapus qui s'approchaient d'elle.

— Hé ma jolie ! l'interpella l'un d'eux.

Rubie voulut faire demi-tour, mais le second voyou bondit derrière elle et lui barra le passage.

— Elle a l'air toute apeurée, ricana-t-il en faisant un pas en sa direction.

La jeune fille entrouvrit les lèvres mais aucun son n'en sortit. L'effroi indescriptible qui s'était emparé d'elle n'était en rien comparable à toutes les peurs ridicules qu'elle avait connues jusqu'à présent. Que signifiait un concours d'écriture à côté de sa vie ? Que valait une feuille blanche au regard de ses poumons se remplissant d'air et de sa peau frémissant au contact des gouttelettes d'eau ? Rubie les regarda alternativement et recula jusqu'à la façade d'un immeuble. Dans leurs yeux se lisait l'instinct bestial qu'animent les misères et les dénuements les plus extrêmes dans l'âme de certains individus.

— Fais pas d'histoire et tu sentiras rien, dit le plus petit des deux en sortant un couteau.

La vue de cette lame brillante, prête à s'enfoncer dans sa chair, anéantit ses dernières forces. Elle se laissa glisser le long du mur et se recroquevilla sur elle-même, ce qui fit d'ailleurs beaucoup rire les deux canailles. Elle leva les yeux vers eux ; quels rires immondes, démoniaques, humiliants ! Les muscles de leur visage jouaient et se tordaient comme les ressorts d'un pantin désarticulé ; c'était horrible à voir.

— Allez, à table maintenant ! s'exclama le coquin qui s'amusait avec son couteau.

Rubie sentit ses entrailles fondre. Elle leva le bras au-dessus de sa tête et fit la dernière chose qui lui restait à faire : elle hurla ; un hurlement sonore et vibrant qui s'éleva entre les deux rangées d'immeubles comme le brame d'une biche prisonnière d'un feu de forêt. Les voyous restèrent interdits, comme si pas une seconde ils ne s'étaient imaginé que cela pût arriver. Après un court silence, celui qui n'avait pas d'arme hurla à son tour et se jeta sur elle. À l'instant où le dos de sa main allait s'abattre sur sa joue, il fut projeté avec une violence inouïe sur le sol. D'abord ahuri, son compère ne mit pas longtemps à réagir : il bondit sur le mystérieux assaillant et tenta de l'atteindre au ventre. Ce dernier esquiva l'attaque d'un pas latéral et l'envoya au tapis d'un coup sous le menton.

Sentant la situation leur échapper, les deux prédateurs prirent la fuite, non sans lancer sur le chemin de violentes menaces de représailles.

Rubie et son sauveur se regardèrent.

C'était lui ; ça ne pouvait être que lui.

Il l'aida à se relever. De près et sans la lentille déformante de l'alcool, elle trouva son regard plus tendre, plus lumineux encore que la dernière fois.

— Veux-tu monter te réchauffer un peu, j'habite juste au-dessus ?

Ce fut tout ce qu'il trouva à lui dire.

Rubie le regardait par en-dessous, tremblante, incapable d'articuler la moindre réponse. Elle ne parvenait pas à définir ce qu'elle ressentait ; elle n'avait dans son passé aucune expérience qui pût l'aider à comprendre. Il y avait la joie, bien sûr, de se sentir saine et sauve ; le triomphe de l'instinct de survie ; cet indicible essor qui soulève le cœur après avoir échappé à un danger. Mais il y avait également autre chose ; quelque chose d'insaisissable dont l'aveugle tâtonnement suffisait à l'ébranler.

— Si tu préfères, je peux te descendre une couverture, s'empressa-t-il d'ajouter.

Le plus étrange, dans le flux désordonné de sentiments et de pensées qui se pressaient en elle, c'était cette incompréhensible mais irrésistible sensation de proximité à son égard ; comment était-ce possible de se sentir si proche de quelqu'un sans même le connaître ? Rubie ne comprenait pas cette impression, mais elle sentait qu'elle émoussait les contours de sa raison, qu'elle la rendait inapte à prendre les décisions qui auraient dû s'imposer naturellement. Car d'ordinaire, elle aurait refusé, sans même hésiter une seconde, une telle invitation ; si le garçon en face n'avait pas été *celui-là* mais un autre, n'importe lequel, elle se serait contentée de chaleureux remerciements, avant d'aller trouver refuge dans les bras de sa mère. Elle réalisa alors que pour rien au monde, elle n'aurait souhaité que les choses fussent justement comme d'habitude. Elle baissa ses paupières et répondit d'une voix lointaine :

— Merci, oui, je veux bien monter me réchauffer, j'ai un peu froid.

Le jeune homme tourna les talons et marcha jusqu'à l'entrée d'un immeuble. Il ouvrit la porte et s'écarta pour la laisser passer.

« Si papa l'apprend… si n'importe qui l'apprend… », songea-t-elle en jetant un dernier regard derrière elle.

Ils grimpèrent un escalier de bois et arrivèrent au quatrième étage. L'appartement n'était pas fermé.

— J'ai dû sortir précipitamment, lança-t-il par-dessus son épaule, comme si une porte entre-ouverte aurait pu interpeller Rubie.

Elle essuya machinalement ses pieds sur le paillasson et pénétra dans une pièce propre et bien entretenue. Il la débarrassa de son trench et l'invita à s'asseoir.

— Je vais chercher de quoi te réchauffer, dit-il en s'éclipsant.

Il apporta deux tasses de thé qu'il posa sur la table, ainsi qu'une serviette de toilette qu'il lui tendit.

— Au fait, je m'appelle Anchise, dit-il en s'asseyant face à elle.

Rubie se présenta à son tour et jeta un rapide coup d'œil autour d'elle : outre la table et sa paire de chaises, l'appartement comprenait également un lit en noyer, une kitchenette, une armoire, une télévision et une minuscule salle-de-bain qu'une porte à demi-fermée laissait deviner. L'étudiant avait également accroché aux murs quelques esquisses saugrenues, achetées à un ami Producteur de tableaux.

Anchise intercepta le regard de l'adolescente.

— Ce n'est pas le grand luxe, mais au moins je ne suis pas à la rue.

Rubie sursauta.

— C'est très bien entretenu, s'empressa-t-elle de répondre en portant la tasse à ses lèvres.

Il sourit devant son embarras ; d'un sourire candide, bon enfant.

Confuse, Rubie pencha la tête et frotta ses cheveux avec sa serviette. Elle n'osait lever les yeux vers lui, mais elle savait qu'Anchise l'observait, et cela lui procurait un contentement d'une étonnante volupté. Insensiblement, elle s'était tournée de sorte qu'il puisse la voir de profil ce qui, s'était-elle toujours imaginé, la mettait en valeur.

— Tu sais, je comprendrai si tu ne veux pas parler de ce qu'il s'est passé tout à l'heure, dit-il en posant sa tasse sur la table.

Enfin, elle le regarda ; son trouble grandit un peu plus. « Comment se fait-il que je me sente si proche de lui, alors que je ne le connais pas ? Et pourquoi suis-je si soucieuse de ce qu'il pense de moi ? D'ordinaire, cela m'est bien égal ! », palpitait-elle secrètement.

— Non, n'en parlons pas, répondit-elle en posant avec un détachement maladroit la serviette sur ses épaules. De toute façon, cela m'apprendra à m'égarer dans des rues que je ne connais pas.

— Mais, si je peux me permettre, demanda Anchise après un silence, que faisais-tu, seule, sous la pluie, dans un tel quartier ?

Rubie détourna le regard et but une gorgée. Bien évidemment, elle ne pouvait lui dire qu'elle le suivait, cette simple pensée plongeait son visage dans un bain d'incarnat. Pour se sortir d'affaire, elle utilisa l'expression embarrassée qu'elle affectait lorsque quelqu'un tentait d'aborder le sujet de son enfance durant la Révolution. Cette dernière prouva une fois de plus son efficacité puisqu'Anchise, pensant l'avoir blessée, se confondit en excuses. Honteuse, Rubie voulut le rassurer, mais au même instant un flux bouillant d'émotions la submergea et reflua les mots dans sa gorge. La tempête dura environ une minute. Lorsqu'elle reprit ses esprits, elle découvrit la graine que ce flot avait abandonnée sur le rivage de sa conscience. L'adolescente voulut remettre cette pensée démente à la mer, mais cette dernière s'était déjà transformée en un robuste chêne se riant bien des vagues frappant ses racines.

Elle se tourna vers Anchise et le regarda droit dans les yeux ; elle constata une nouvelle fois que la barrière de pudeur qui la séparait des autres semblait ne pas exister avec lui. Le corail de ses lèvres se déplia et elle dit, d'une voix qui lui parut étrangère :

— Je ne me souviens pas… De Panglass, de tout cela, je ne me souviens pas.

Au premier instant, cette confession eut une saveur inouïe et inattendue. Sa poitrine se gonfla comme si de lourdes chaînes venaient de lui être retirées, mais cette sensation ne dura pas ; bientôt, elle réalisa ce qu'elle venait de faire, ce qu'elle venait *vraiment* de faire, et elle maudit son audace. Le cœur défaillant à la pensée que quelqu'un connaissait désormais son secret, elle se leva et signifia par des mouvements précipités qu'elle devait partir.

Anchise croisa les jambes et sourit, mais son sourire n'avait plus rien d'enfantin ; c'était un sourire distrait et lointain, qui glaçait l'âme de Rubie. Elle l'examina avec insistance, espérant percer le mystère de cette expression déroutante, mais elle n'y trouvait qu'une invitation aux pensées les plus terrifiantes.

« Et si tout cela n'était qu'un piège tendu par mon père pour me faire avouer ce qu'il soupçonne depuis longtemps ? »

« Et si les deux voyous qui m'ont agressée étaient de mèche avec lui ? Mais que me veut-il dans ce cas ? »

La voix mystérieuse d'Anchise l'arracha à sa rêverie.

— C'est étrange, n'est-ce pas, cette sensation ?

Rubie ne comprenait toujours pas. Ne sachant que répondre, elle se détourna vers la porte et fit mine de n'avoir rien entendu. Lorsqu'elle leva la main vers la poignée, il lui sembla que son bras s'était couvert de plomb.

— Cette sensation d'être… différent ? reprit Anchise du même air lointain.

Rubie se figea sur place.

Serait-ce possible ?

Lentement, elle lâcha la poignée et elle se retourna.

Anchise l'observait, mais d'un œil modifié. Jusque-là, il avait savouré le divertissement qu'un jeune Producteur peut goûter en présence d'une jolie Penseuse ; il l'avait sauvée certes, mais tout cela n'était qu'un rêve fugace, un délectable moment qu'il lui faudrait bientôt oublier. Il s'était senti le témoin privilégié d'un spectacle qui avait débuté au bal et qui se terminerait lorsqu'elle passerait le pas de sa porte. Mais à présent, quelque chose avait changé : cette révélation qu'elle lui avait faite, le charme de son visage brillant d'espoir, cette électricité lorsqu'ils se regardaient…

— Assieds-toi, demanda-t-il simplement.

Rubie s'exécuta. Le jour tombant enveloppait la chambre de sa pénombre ; seule dansait, au coin de la table, la lumière d'une veilleuse. À cette lumière, la jeune fille vit que la bouche d'Anchise tremblait. Comme si elle se lançait du haut d'une falaise, elle retint son souffle et leva ses yeux vers les siens. Il n'y eut alors plus aucun doute pour elle : lui non plus ne se souvenait pas de la Révolution.

« Je ne suis pas seule », songea-t-elle en se mordant les lèvres de bonheur.

Ils se contemplaient désormais avec la complicité de deux gamins aventureux ayant atteint un endroit interdit. Le silence, celui si puissant de deux êtres découvrant dans leurs âmes une substance commune, dura encore une minute puis leurs paroles se libérèrent. Anchise lui avoua que ses parents avaient disparu lorsqu'il était petit, puis qu'il avait été ballotté d'orphelinats en orphelinats jusqu'à ses seize ans, période à laquelle il avait reçu une petite aide de l'État pour s'installer dans cet immeuble. Il avait le même âge qu'elle et ne savait pas encore ce qu'il compterait produire en sortant du lycée. Rubie se confia également à lui. Elle lui parla de sa mère, de Caroline, de Benjamin ainsi que de son père, qu'elle décrivit comme « un membre haut placé du gouvernement ». Lorsqu'elle évoqua ses grands-parents et leur maison sur l'île du Levant, elle porta la confidence jusqu'à lui révéler sa rencontre avec l'étonnant « ami » de Voltaire et de Rabelais ; ce fut d'ailleurs le seul moment où Anchise se permit de l'interrompre.

— Qu'en as-tu pensé ?

Rubie se tut et le regarda avec un puissant étonnement.

— Connais-tu ces livres ? demanda-t-elle au bout d'un instant.

Anchise hocha mystérieusement la tête.

— Comment les connais-tu ? insista-t-elle en le dévorant du regard.

Anchise jeta un coup d'œil en direction de son lit.

— Je possède quelques ouvrages comme ceux-là. Mais tu n'as pas répondu à ma question : qu'en as-tu pensé ?

Les joues de Rubie se colorèrent, moins par honte que

par envie de dire quelque chose d'intelligent.

— C'est le bazar, non ? répondit-elle d'une voix hésitante.

Anchise éclata d'un rire attendri qui la vexa.

— Excuse-moi, je ne voulais pas te blesser. Surtout que je suis tout à fait d'accord avec toi !

Le visage de l'adolescente s'illumina.

— Vraiment ? s'écria-t-elle.

— Vraiment ! Mais quel beau bazar, non ?

Rubie se leva et se mit à déambuler dans l'appartement. Anchise, le fou du Levant, les mots de ses grands-parents, Voltaire… tous ces évènements lui tombait soudainement dessus, ébranlant des années de doutes et d'espoirs. Elle se sentait pleine d'une euphorisante sensation de vie, que sa conscience était à mille lieues de pouvoir analyser.

— C'est la première fois que tu lisais ce genre de livres, n'est-ce pas ? demanda tout à coup Anchise.

La jeune fille s'immobilisa.

« Ce sont des livres interdits » : cette pensée, que la curiosité du premier moment avait étouffée, s'imposa à elle dans toute sa violence. Comme une idée négative en charrie souvent une autre, elle prit conscience de ce qu'elle venait d'avouer à Anchise, et son cœur se glaça. « Sans compter que si papa apprend mon escapade… » Toutes les peurs se levaient en elle d'un même élan.

— Je dois y aller, bredouilla-t-elle en attrapant ses affaires.

— Tu te demandes pourquoi ces livres sont interdits, n'est-ce pas ? demanda Anchise qui ne comptait pas la laisser partir ainsi.

Une nouvelle fois, Rubie se figea. Bien sûr qu'elle se le demandait, oui…

— La raison pour laquelle ils le sont, c'est qu'ils nous font douter, reprit-il après un silence.

« Le doute, toujours ce terreau… », songea Rubie. Mais elle n'eut pas le temps de s'appesantir sur ce souvenir qu'elle sentit son téléphone vibrer dans son sac.

— Allo maman ? Pardonne-moi j'aurais dû te prévenir. Je suis chez Caroline. Non, non, Charles n'a pas besoin de venir, sa mère me ramènera. Oui, à tout à l'heure.

Elle raccrocha et appela sans attendre la petite Asiatique. Cette dernière accepta de la couvrir à condition qu'elle ne s'enfuie plus de la sorte et qu'elle lui raconte dès le lendemain ce qu'il s'était passé.

Enfin, elle se tourna vers Anchise.

— Je crois que je n'ai plus le choix, je dois partir.

L'étudiant, occupé à fouiller le tiroir sous son lit, ne répondit pas. Au bout d'une dizaine de secondes, il se releva et s'avança vers elle.

— Cela devrait te plaire, dit-il en lui tendant deux livres.

Rubie les prit entre ses doigts et les considéra avec défiance et curiosité.

— Balzac…

Elle hésita encore un instant puis elle les mit dans son sac.

— N'hésite pas à passer si tu veux en parler, lui glissa Anchise en ouvrant la porte.

Rubie sourit à cette invitation déguisée de revenir le voir.

— Je t'accompagne jusqu'à la rue du Rocher, ajouta-t-il en descendant avec elle les escaliers. Retiens ce chemin, il est bien moins dangereux que celui que tu as emprunté tout à l'heure.

Lorsqu'elle arriva chez elle, Rubie fut soulagée de trouver sa mère seule à table. Elle l'embrassa sur le front et se confondit une nouvelle fois en excuses, puis elle s'assit en face d'elle. Bien entendu, Alexandra avait une foule de questions à poser à sa fille. Rubie s'évertua à répondre à chacune d'elles, mais cela lui demandait un effort considérable : si son enveloppe corporelle était bien disponible, son esprit, lui, était encore là-bas, dans cet appartement. Il était auprès d'Anchise, à tenter de deviner derrière les mots qu'il avait eus quelque signification qui lui aurait échappé.

Afin d'échapper aux regards curieux de sa mère, qui n'avait manqué de noter son air absent, la jeune fille se pressa de finir son assiette puis fila sous sa couette, impatiente de découvrir le contenu de ces fameuses <u>Illusions perdues</u>.

11

Au lendemain d'une courte nuit durant laquelle elle s'était abandonnée à l'ambition sans énergie de Lucien Chardon, Rubie partit avec sa classe en visite d'usine, première étape de sa « semaine de découverte du monde des Producteurs ».

Cette semaine avait été mise en place quelques années auparavant pour sensibiliser les Penseurs en classe de Terminale aux problématiques économiques du pays, et leur offrir un premier contact avec ceux dont ils représenteraient plus tard les intérêts ; durant quatre jours, ces futurs ministres ou conseillers étudieraient ainsi la rentabilité d'une ligne de production, les différents modèles de prévisions logistiques, les calculs d'un ROI, ROE, WACC, TRI, RAC, VAN, COGS, etc., la construction d'un budget, mais surtout le quotidien de tous ceux maniant ces outils onze heures par jour.

Après environ une heure de route, le car se rangea devant l'usine de parfums, dont les locaux s'étendaient sur plusieurs hectares. Les élèves, accompagnés de leurs professeurs de mathématiques et d'application du chiffre, furent accueillis par un homme au visage quelconque mais sur lequel se devinait l'immense fierté de recevoir les futures élites de la nation.

— Bonjour ! Bienvenue ! Comment allez-vous ? Brutus Birthe, directeur de l'usine, enchanté ! Vous allez voir, c'est extraordinaire ! Je suis si fier de mon usine ! Vous verrez comme ils travaillent bien là-dedans ! Nous avons dépassé nos objectifs de 15% l'année dernière !

Campé devant la porte du car, Monsieur Birthe saluait un par un les étudiants, ponctuant ses poignées de mains de commentaires qu'il crachait entre ses lèvres bouffies. Lorsque tous les élèves eurent quitté le bus, on les conduisit jusqu'au hall d'entrée de l'usine, dans lequel on les revêtit de blouses, de chaussures de protection et de masques ; attirail qui n'empêchait nullement Caroline de continuer son entreprise de harcèlement envers Rubie, afin que celle-ci lui raconte son escapade de la veille.

— Je sais que je te l'ai promis, répondit pour la énième fois la jeune fille, et encore merci de m'avoir couverte, mais …

— Un peu de silence s'il vous plaît ! s'écria tout d'un coup Brutus Birthe. S'il vous plaît ! Merci ! Nous avons peu de temps et beaucoup de choses à voir !

Le brouhaha s'apaisa lentement.

— Bien, voici comment va se dérouler cette journée. Vous allez être séparés en quatre groupes de sept élèves. Le premier groupe partira avec Monsieur Papinet, responsable du conditionnement, le deuxième avec Madame Césarine, responsable de la comptabilité, le troisième avec Monsieur Raguin, vice-directeur de l'usine, et le quatrième avec moi-même. Chaque bataillon visitera au cours de la journée les différentes parties de l'usine, l'objectif étant que, lorsque sonnera l'heure de la retraite, tout le monde ait vu la même chose. Nous nous rassemblerons ici à midi trente pour le déjeuner, puis devant l'usine à seize heures pour une courte conclusion.

Le directeur donna quelques informations et anecdotes pétillantes sur son usine, puis on fit les groupes. Sans surprise, Rubie, Caroline et Benjamin se retrouvèrent sous son commandement ; Brutus Birthe ne pouvait laisser passer l'opportunité d'avoir à ses côtés la fille de son héros toute une journée. À leur escadrille furent greffés trois garçons, Franck, Daniel et Antoine, ainsi qu'une fille prénommée Adrienne.

Leur visite débuta par la salle des résultats, située dans l'aile droite de l'établissement.

— Bien, approchez-vous ! Venez tous autour de moi ! Voilà, comme ça, c'est parfait ! s'excitait Brutus en rassemblant ses troupes devant un écran sur lequel tombait une pluie de chiffres. Avant de commencer notre visite, laissez-moi me présenter plus en détail, dit-il d'un air grave qui frôlait le ridicule. Brutus Birthe, directeur de la Reine des Roses, usine de parfum.

Caroline étouffa un pouffement que Brutus prit soin d'ignorer.

— Promu peu après la Révolution Panglassienne en récompense de mon courage durant les combats contre Rénon.

Il sortit une médaille cachée sous sa blouse et se souleva sur la pointe des pieds.

— Décoré de l'Ordre de Panglass par le Grand Traducteur lui-même.

Brutus embrassa sa médaille et jeta un coup d'œil à

Rubie, qui crut bon de lui sourire.

— Cette usine, c'est mon enfant, mon bébé : dix ans à la développer, à imaginer de nouvelles formules, de nouveaux procédés, de nouvelles structures de financement. L'huile lissante que vous mettez dans vos cheveux, Mademoiselle - il regarda Caroline avec une fierté revancharde -, *l'Huile Comagène*, c'est moi ! *La Pâte des Sultanes, l'Eau Carminative*, c'est moi aussi ! Les résultats qui s'affichent derrière mon dos, ça aussi c'est moi !

Il se tourna vers le tableau et sortit un laser de sa poche.

— Plus 15% de croissance en dix ans. 32% de marge opérationnelle. BFR négatif.

Il se tut et leur lança un clin d'œil.

— Brutus est intraitable en affaire ! Intraitable ! Ah ça, les fournisseurs n'ont qu'à bien se tenir !

Il ricana d'un air malin puis il se redressa et reprit avec solennité :

— La salle dans laquelle vous vous trouvez est la plus importante de cette usine ; chaque employé a le devoir d'y passer au minimum quinze minutes par jour. Un astucieux système de badge que j'ai moi-même élaboré permet de s'en assurer…

Il dirigea le laser vers une série de chiffres défilant en haut de l'écran.

—Car, comprenez-vous, cette salle, c'est mon Panthéglass. C'est un lieu de culte à la Reine des Roses, un cocon de chiffres contre lequel on aime se blottir. Dites-moi, ne vous y sentez-vous pas bien ? Ne sentez-vous pas la GAGNE s'exhaler de ces vapeurs de chiffres ? Ne sentez-vous pas…

Il s'interrompit et fit signe aux étudiants de le suivre. Un employé en blouse blanche avait fait son apparition dans la salle. Ils se cachèrent tous derrière une armoire afin de l'observer.

— Regardez, chuchota Brutus.

L'employé s'était agenouillé devant l'écran, les deux mains portées sur sa poitrine.

— Voilà pourquoi je me bats, murmura le directeur d'une voix étranglée. Voilà pourquoi je me lève tous les jours à cinq heures du matin ; c'est pour de petits moments comme celui-là… Ah, pardonnez-moi, je suis tout ému !

Il sortit un mouchoir en tissu et tapota le dessous de ses yeux.

— Enfin, ce n'est pas le tout, mais nous avons une usine à explorer ! se ressaisit-il après un silence.

Le groupe abandonna l'employé à sa contemplation et se dirigea vers les entrepôts de matières premières et d'essences florales. Puis, il parcourut les ateliers de packaging et d'emballage, pour déboucher une demi-heure plus tard sur les chaînes d'assemblage de produits finis.

— Voici un autre département fondamental de notre usine, prononça d'une voix grave Brutus en se positionnant à l'extrémité d'une chaîne. Approchez-vous, mettez-vous derrière moi ! Très bien, comme ça, oui. Bon, voyez-vous ces écrans au-dessus de chaque tapis roulant ? Ce sont eux qui indiquent notre niveau de production ; à chaque seconde, ils comparent le nombre de flacons sortis avec la production des trente derniers jours.

— Pardonnez-moi, mais que représentent ces graphiques, juste à côté ? demanda soudain Benjamin.

— Quel lèche-botte, murmura Caroline à Rubie en singeant son ami.

Rubie étouffa un pouffement.

— Je suis absolument ravi que vous me posiez la question jeune homme ! s'exclama le directeur en claquant des mains. Figurez-vous que ces graphiques analysent notre production et notre rentabilité au regard des performances des dix dernières années. *Break-even point*, courbe de Gauss, marge sur coûts variables… je suppose que toutes ces notions vous sont inconnues, mais c'est exactement ce que calculent nos ordinateurs ! Cela fonctionne comme un encouragement pour nos employés. Vous allez voir… Lucie !

La jeune fille, dont le prénom avait résonné dans la pièce, accourut aussitôt.

— Oui, Monsieur le directeur ?

— Expliquez donc votre travail à ces futures élites de la Nation ! lui commanda-t-il en se penchant en arrière et en croisant ses mains sur son gros ventre.

Lucie embrassa les sept étudiants du regard et rougit honteusement.

— Je… je suis responsable emballage… sur la ligne de production Eau de Panglass, finit-elle par chevroter.

Brutus Birthe se pencha à son oreille.

— Ne faites pas honte à mon usine ou c'est la porte !

Le visage de Lucie s'empourpra un peu plus.

— Mon, mon, tr…travail consiste à empaq…empaqueter les flacons dans les boites que nous four…fournit le packaging…

C'en fut trop pour Brutus. Le fougueux directeur lâcha un râle et l'empoigna par le bras.

— Lucie, vous êtes la honte de…

— Je trouve les explications de Lucie tout à fait intéressantes ! dit soudain Rubie, exaspérée par l'attitude du directeur.

Les épaules de Brutus Birthe se plièrent comme un roseau frappé d'un coup de vent. Le front couvert de sueur, il s'empressa de relâcher sa tenaille et invita son employée à poursuivre ses explications. Lucie remercia Rubie du regard et s'accomplit.

— J'arrive tous les matins à sept heures quinze, et je repars à vingt heures. Mon objectif est d'empaqueter un flacon toutes les cinq secondes, soit douze flacons par minute, ou encore sept cent vingt flacons par heure. Depuis deux ans que je travaille ici, je n'ai jamais manqué à mes objectifs. Ma plus grande fierté, c'est de travailler pour la Rose des Reines et de…

Sa voix s'étrangla de peur. Toutes les fibres de Brutus se tendirent pour la sermonner, mais le regard Rubie était toujours fixé sur lui et il ravala sa fureur.

— Merci Lucie… Ces quatre minutes sept secondes ne seront pas déduites de vos objectifs. Dépêchez-vous, je vous fais une fleur.

Puis, tournant son visage cramoisi vers ses jeunes recrues :

— Il est maintenant temps de mieux comprendre le

calcul de la productivité par flacon, par tête et par heure, grâce à la belle machine que vous voyez derrière vous !

Le car, rempli de têtes bien pleines, déposa la classe devant les grilles du lycée en fin d'après-midi. Rubie, Caroline et Benjamin profitèrent de leurs quelques heures de liberté jusqu'au dîner pour s'abandonner au calme voluptueux d'un salon de détente derrière le Panthéglass.

Enfoncé dans un fauteuil, près du rideau qui séparait les Producteurs des Penseurs, Benjamin fixait depuis plusieurs minutes une série de portes roses au fond de la salle ; sur son visage se devinait une fascination curieuse et gourmande.

— Mais qu'est-ce que tu regardes comme ça ? finit par demander Caroline, assise en face de lui, en se retournant. Ah oui, je vois, ricana-t-elle en croisant du regard l'écriteau « *Expulsoirs sexuels* », placardé au-dessus des portes.

Benjamin, à qui son père avait promis de lui payer une après-midi le jour de ses dix-huit ans, rougit honteusement et détourna les yeux. Soudain, une voix éraillée vibra derrière lui.

— Vous ne devriez pas vous moquer de votre ami, Mademoiselle.

La petite Asiatique sursauta et se renversa. Un homme au visage rongé par l'ivrognerie la dévisageait.

— Pardon ? demanda-t-elle.

— Ce garçon, qui contemple avec envie les Expulsoirs sexuels… c'est bien, très bien. Moi je préfère qu'il se décharge dans des lieux contrôlés par le Parti, plutôt qu'il s'abandonne à ses instincts primaires dans la rue, pas vous ?

— Je…

— Si nous avions eu ce genre de salles à l'époque, nous n'aurions certainement pas élu Rénon ; nous n'aurions pas laissé notre nature animale nous dominer ! Vous n'avez peut-être pas bien connu la dictature, Mademoiselle, mais si vous l'aviez vécue comme moi je l'ai vécue…

Il se laissa tomber sur une chaise à côté et prit sa tête entre ses mains.

— Vous ne vous moqueriez pas de votre ami, vous ne…, mais il n'eut pas le temps de finir sa phrase que deux Gardiens le saisirent par les épaules et l'expulsèrent du salon.

Le gérant de l'établissement vint présenter ses excuses à ses honorables clients et leur offrit une tournée en compensation pour le trouble occasionné.

Rubie, quant à elle, n'avait que distraitement suivi le spectacle se jouant devant elle. Toute son attention était en effet tournée vers une discussion se tenant de l'autre côté du rideau de séparation, qu'elle frôlait de l'oreille.

— Mais mon livre est très sérieux ! s'écriait une voix aux accents désespérés.

— Je n'en doute pas jeune homme.

— Comprenez, je viens de province et…

— Ecoutez, je l'ai lu, et cette histoire d'Archer de Panglass… Ça ne tient pas debout !

— Et mes poèmes ?

— Eh bien, ils ne manquent pas de talent mais ce ne sont pas ce que les gens recherchent !

— Même La Marguerite ?

— Ce n'est pas…

— Et La Pâquerette ?

— Je viens de vous le dire, il y a du talent mais personne ne vous lira ! Aujourd'hui les gens veulent de l'aventure, de l'économie, du concret… pas de la poésie !

— Ma famille a tout sacrifié pour moi !

— J'en suis désolé, mais je ne peux acheter quelque chose que je suis certain de ne pouvoir vendre !

— Ma pauvre sœur… Et ma pauvre mère !

« Voilà qui est absolument incroyable, songeait Rubie en écoutant ces deux voix. Ce jeune homme qui se bat pour qu'on lui publie ses poèmes, on dirait tout à fait le Lucien Chardon des <u>Illusions perdues</u> ! »

Une tape dans le dos administrée par Caroline la sortit de sa rêverie.

— Tu es bien silencieuse.

— Oui, excuse-moi, c'est juste que…, mais Rubie suspendit sa phrase à l'idée qu'elle allait évoquer un livre non-officiel. Je suis un peu fatiguée.

Ses deux amis compatirent avec emphase puis se lancèrent dans le compte-rendu de la visite qui avait causé cette fatigue. Cependant, les pensées de Rubie étaient ailleurs : elles étaient chez Anchise, à qui elle devait faire part de l'étrange discussion qu'elle avait interceptée quitte à ce qu'il la prît pour une folle. Elle regarda sa montre : il était dix-huit heures. Ayant promis de rentrer pour le dîner, elle avait donc environ deux heures devant elle, à condition de ne pas s'éterniser. Déployant tout son art de la comédie, elle se leva en chancelant et posa une main sur son front.

— Je ne me sens pas très bien, il vaut mieux que je rentre.

— Veux-tu qu'on te raccompagne ?

— Non, non, restez-ici, je vais appeler un taxi !

Elle mit sur la table de quoi payer ses consommations et s'échappa en ignorant le regard soupçonneux que s'échangèrent ses amis. Elle ne fit cependant pas dix mètres dans la rue qu'un spectacle insolite attira son attention : un homme, debout sur un banc, frappait du pied un autre qui semblait vouloir l'empêcher de s'exprimer. Rubie se rapprocha.

« Capitaine Mérimée, vous nous manquez ! », hurlait l'homme d'une voix hachée par ses gesticulations.

Soudain, l'autre homme bondit sur lui et le renversa à terre.

« Fermez-là ! », lui ordonna-t-il en l'assommant de coups.

Malgré la confusion de la scène, Rubie reconnut dans l'agresseur Pierre Cuchet, l'étrange personnage qui s'était fait remarquer au Panthéglass. Après quelques secondes, trois Gardiens séparèrent les deux hommes. Ils menottèrent celui qui hurlait sur son banc, et gratifièrent Pierre Cuchet de chaleureuses poignées de mains. Rubie ne s'attarda pas plus et se pressa vers l'appartement d'Anchise.

— Il faut que je te raconte, c'est incroyable ! s'écria-t-elle en jetant son sac sur la table à l'instant où la porte s'ouvrit. J'ai commencé Illusions perdues et tu ne vas jamais me croire, mais tout à l'heure au salon de détente…

— Attends, coupa Anchise en passant sa tête dans l'embrasure de la porte avant de la refermer.

Mais Rubie ne l'écoutait pas ; elle parcourait l'appartement de long en large, sa lèvre supérieure voletant au-dessus de sa lèvre inférieure, incapable de contenir les flots de pensées affluant au littoral de sa bouche.

— Tout à l'heure, au salon de détente, il y avait ce jeune homme qui parlait de son roman et de ses poésies, et qui expliquait que sa mère et sa sœur s'étaient sacrifiées…

— Doucement, la tempéra Anchise, qu'essaies-tu de me dire ?

— Ce que j'essaie de te dire, c'est qu'on aurait dit Lucien… Lucien Chardon ! Celui-là même vivant aux crochets de sa famille en attendant la fortune que lui apporteront son Archer de Charles IX et ses Margueritites !

Le Producteur la regardait sans rien dire. Rubie crut bon d'anticiper ses remarques.

— Je sais bien qu'il n'existe pas ! s'exclama-t-elle. C'est juste que… sa façon de s'exprimer, d'évoquer sa mère et sa sœur… les noms même de ses poésies et de son roman ! Et puis…

Une sorte de sourire compréhensif illuminait désormais le visage d'Anchise, mais Rubie ne le remarquait pas. Elle s'écroula sur une chaise et soupira :

— Enfin, oublie ce que je viens de dire, ce roman me monte à la tête…

— Mais non, c'est merveilleux au contraire ! s'écria le jeune homme en s'asseyant en face d'elle.

Rubie leva un sourcil interrogatif.

— C'est merveilleux d'être happé par un roman jusqu'à en reconnaître les personnages dans son quotidien ! Ce garçon, que tu as entendu parler, ce n'est pas Lucien, mais sans doute a-t-il *quelque chose* de Lucien !

Comprends-tu ? Si ce nom, Lucien Chardon, n'est pas celui imprimé sur son acte de naissance, peut-être a-t-il gravé dans son caractère l'insouciance ou l'ambition sans énergie de ce même Lucien !

Anchise s'exprimait avec feu, à la manière d'un homme ayant longuement médité un sujet, et qui trouve pour la première fois quelqu'un à qui parler.

— N'est-ce pas fantastique de deviner autour de soi les acteurs de cette extraordinaire Comédie Humaine ? De comprendre que les personnages de Balzac ne sont pas de simples productions intellectuelles, mais les pigments d'une peinture sociale qui nous aide à jeter un regard différent sur notre propre monde ?

Si Rubie nourrissait secrètement son cœur de cet enthousiasme, elle n'ignorait pas non plus le pressentiment insondable qui le traversait : Anchise faisait fausse route. Elle n'aurait su l'expliquer, tant cela semblait insensé, mais elle avait l'intime conviction qu'il n'y avait pas qu'une simple similitude de caractère entre le héros des <u>Illusions perdues</u> et le jeune homme qu'elle avait entendu. Le caractère indéfendable de cette intuition lui fit malgré tout acquiescer ses propos.

— Tu dois avoir raison. Les personnages de ce roman me font si forte impression qu'ils obscurcissent mon jugement.

— Mais non, ils ne l'obscurcissent pas, ils l'illuminent au contraire ! s'exclama Anchise. Tiens, dis-moi, ce garçon avait-il dans sa voix et dans ses propos la même envie de plaire que celle de Lucien ? Et sentait-on en lui cette soumission aux impulsions des autres ? Car rappelle-toi que Lucien, lui, voulait être « *semblable à toute cette délicate jeunesse parisienne* » ! Qu'il…

Mais Rubie ne l'écoutait plus. Elle se leva et marcha vers la fenêtre. Une question, qu'elle s'était plus d'une fois posée en parcourant Illusions perdues, tintait dans sa tête.

— Paris, c'est l'ancien nom de la Capitale, n'est-ce pas ? demanda-t-elle.

Cette question coupa court à la loquacité d'Anchise. Il se leva à son tour et s'approcha d'elle.

— Sans aucun doute, oui.

Ce livre, Illusions perdues, n'était donc pas qu'une plaisante fiction, mais un véritable témoignage du passé, délit bien plus grave aux yeux du Parti. Rubie ferma les yeux et frissonna. Lorsqu'elle se retourna, elle réalisa qu'elle n'était qu'à quelques centimètres d'Anchise. Ils se regardèrent. Quelque chose palpitait entre eux dans le silence de cette chambre. Elle voulut parler mais les mots s'étranglèrent dans sa gorge.

À cet instant, le hurlement d'un homme éclata dans l'immeuble. Les étudiants clignèrent des yeux comme si on les avait tirés de leur rêve et sortirent sur le palier. Anchise se pencha à la balustrade.

— Ce n'est que Pierre qui vient de rentrer, dit-il.

Rubie avança à son tour sa tête au-dessus de l'escalier.

— Pierre ?

— Oui, le voisin du premier étage. Il doit encore crier sur sa pauvre femme.

La Penseuse se contorsionna pour apercevoir son visage, mais elle ne distingua que deux bras s'agitant au-dessus d'un crâne dégarni.

— Et pourquoi lui crie-t-il dessus ?

— Toujours la même chose : la Course à Panglass.

12

Cette semaine d'intégration pour les Penseurs correspondait également à la plus importante période de l'année pour les membres du Parti : le Grand Exercice Budgétaire. Durant cinq jours, chaque ministre du gouvernement venait ainsi présenter au Grand Traducteur et au Premier Ministre les résultats du secteur dont il était en charge, au cours de grands oraux qui en avaient déjà fait chuter plus d'un.

Le premier des ministres à rendre compte de ses résultats en ce mercredi matin était Raphael Golfi, responsable de l'Éducation. Raphael était un homme de taille moyenne qui tentait, sans succès, de paraître plus jeune que ses cinquante-deux ans. Si les touffes de cheveux enroulées autour de ses oreilles avaient autrefois dû parer sa physionomie d'insouciance, elles lui donnaient aujourd'hui une allure négligée qui jurait avec sa personnalité angoissée.

Lorsque Raphael, suivi de ses trois assistants, pénétra dans l'imposante salle de réunion, il tremblait comme un élève sur le point de réciter une leçon. Il tendit au père de Rubie et à Victor Morsay, assis dans un couple de fauteuils pharaoniques, deux épais dossiers, puis s'éloigna vers un écran fixé au mur.

— Il te reste cinquante-quatre minutes, prononça le Grand Traducteur à l'attention de son ministre.

Raphael sursauta et entama son exposé.

— Bonjour Messieurs. Comme vous pouvez le voir sur la première page de ma présentation, nous estimons un atterrissage à +3% en fin d'année par rapport au budget. Nous avons fini de préparer huit cent mille neuf cent cinquante-trois Producteurs, qui nous ont rapporté un chiffre d'affaires consolidé de quatre-vingt-quinze milliards huit cent trente…

Le Grand Traducteur eut son premier mouvement d'impatience.

—Merci, nous connaissons ces chiffres. Peux-tu passer à la répartition sectorielle ?

Le visage du Ministre de l'Éducation se couvrit de traces écarlates. Il bredouilla quelques affabilités et s'exécuta.

— Comme vous pouvez le voir sur ce graphique…

— Et, par pitié, dépouille ton propos des fioritures qui l'alourdissent !

Raphael Golfi sentait la marée d'humiliations s'abattre sur son dos. Ne comprenant pas ce que cela signifiait, il regarda avec détresse le Premier Ministre.

— « Comme vous pouvez le voir » : tu utilises cette expression à tout bout de champ, précisa après un silence Victor Morsay.

Raphael sourit nerveusement et reprit tant bien que mal sa présentation.

— En ce qui concerne la répartition sectorielle, nous nous sommes évertués à optimiser l'orientation des élèves pour atteindre l'objectif de 15% de marge opérationnelle ; l'industrie lourde étant la plus génératrice de chiffre, nous y avons orienté 26% de la dernière promotion, ce qui nous a rapporté trente milliards deux cents…

— Je ne comprends pas, l'interrompit une nouvelle fois le Grand Traducteur d'une voix froide.

Cette attaque donna à Raphael l'impression d'étourdissement que l'on éprouve après une chute ou un coup.

— Quels sont donc ces 8% inscrits en *Autres* qui font chuter notre résultat ?

— Ce sont des provisions de Producteurs, répondit le ministre.

— Comment cela ?

Raphael était là, debout, pétrifié. Il avait cru pouvoir échapper à ce genre de questions en préparant avec soin son discours, et réalisait maintenant à quel point il avait sous-estimé la sagacité de ces deux esprits.

— C'est-à-dire que certains Producteurs ont bien trouvé du travail, mais dans le cadre de contrats précaires qui nous laissent penser que…

— Es-tu en train de me dire que tu as provisionné 8% des étudiants de la dernière promotion comme futurs bons à rien ?

Raphael ne put articuler une réponse. Après un interminable silence, son regard rencontra une horloge accrochée au-dessus des deux hommes. Il vit que les aiguilles marquaient huit heures et quart. Encore cinquante minutes à essuyer leurs foudres… il se sentit défaillir. Mais ce sentiment n'était rien en comparaison de la terreur qui le saisit lorsque, un instant plus tard, l'un de ses assistants fit un pas en avant et prit la parole.

— C'est une simple mesure de sécurité, Monsieur le Grand Traducteur.

Un silence presque absurde suivit cette déclaration. Tous les regards, surpris, curieux, horrifiés, se braquèrent sur l'intrépide qui avait sauté dans la fosse.

— Et vous êtes ? demanda le Grand Traducteur.

— Nicolas Siropin, Monsieur le Grand Traducteur, conseiller à la Finance Éducative, répondit un jeune homme au visage poupin fier comme un coq.

— Enchanté Nicolas. Dites-moi, cela fait peu de temps que vous... que vous travaillez, n'est-ce pas ? Je veux dire, que vous êtes dans le monde des *grands* ?

— Bientôt six mois, Monsieur le Grand Traducteur.

— Six mois... Mais oui, maintenant que vous me le dites, je distingue bien aux coins de votre bouche quelques gouttes du lait protéiné que notre brillante Université sert à ses prometteuses recrues !

Le Grand Traducteur examina un instant le jeune conseiller, un sourire indéchiffrable aux lèvres.

— Si j'en crois votre intervention, c'est donc vous qui êtes à l'origine de ce graphique, Nicolas ? finit-il par articuler.

— Je...

— Et qui avez provisionné 8% de la dernière promotion ?

— Oui mais je...

— Monsieur Siropin, demanda-t-il en se renversant dans son fauteuil, pourriez-vous, s'il-vous-plaît, me rappeler la mission de votre ministère ?

Une note rusée perçait dans cette question. Nicolas devint blême. Il tourna le regard vers son supérieur mais ne trouva que deux yeux égarés dans le néant.

— Instruire les étudiants afin que…

— Nous y voilà ! s'exclama le Grand Traducteur en abattant son poing sur son bureau. Nous y voilà !

Il se leva et s'avança vers Nicolas.

— Monsieur Siropin, prononça-t-il lentement en le regardant droit dans les yeux, je crois que les choses ne sont pas très claires pour vous, n'est-ce pas ?

— Eh bien je…

— À vrai dire, ce n'était pas une question. Mais n'ayez crainte, tout cela n'est pas vraiment de votre faute.

Il se tut et jeta un coup d'œil à Raphael, tétanisé sur place.

— Laissez-moi donc vous rappeler quelques fondamentaux, qui pourraient s'avérer utiles pour la suite de votre carrière. Raphael, cela ne te dérange pas que je prenne un peu de temps pour instruire ton disciple, n'est-ce pas ? Tu iras un peu plus vite pour la suite de ta présentation.

L'intéressé baissa les paupières.

— Bien, maintenant Monsieur Siropin, je vais vous poser une question ; une question d'une simplicité vraiment enfantine. Je souhaiterais que vous répondiez par… disons deux mots à cette question, vous m'entendez bien Monsieur Siropin, par deux petits mots, pas un de plus ni un de moins. Monsieur Siropin, voici cette question : quelle est la raison d'être de toute organisation désireuse de perdurer par-delà les âges ?

Le Grand Traducteur s'assit sur son bureau et ouvrit les bras en grand, comme s'il se dilatait dans la joyeuse simplicité de cette question.

— Alors, ne vous avais-je pas promis qu'il n'y aurait pas le moindre piège ? N'est-ce pas la question la plus élémentaire pour un aventureux fonctionnaire tel que vous ?

Nicolas était affreusement pâle. Sur son visage se lisait le désarroi d'un homme qui se demande par quels moyens extraordinaires il a pu se retrouver dans une telle situation. Il connaissait, bien entendu, la réponse à cette question, mais son effroi diluait l'ensemble de ses certitudes dans l'opaque marée du doute.

— Le profit, finit-il par articuler.

— Pouvez-vous répéter, je n'ai pas entendu ? demanda le père de Rubie en accompagnant sa question d'un sourire qui prouvait l'inverse.

Nicolas s'exécuta.

— Etre profitable ! Pro-fi-ta-ble ! s'exclama le Grand Traducteur en claquant des mains. Voilà l'enjeu d'une organisation qui veut résister aux attaques du temps ! Maintenant dites-moi, Monsieur Siropin, notre État n'est-il pas lui-même une organisation, ou une certaine forme d'organisation, si vous préférez ?

Nicolas acquiesça silencieusement.

— Parfaitement, oui, c'est une organisation ! C'est une entité constituée de ressources à déployer dans le but de générer suffisamment d'argent pour couvrir ses dépenses ! Comprenez-vous mieux, maintenant, l'objectif de votre département ? Oui, allez-y, dites-le plus fort, allez-y !

Optimiser de manière profitable le déploiement de vos ressources, exactement ! Et quelles sont donc ces ressources ? Vos étudiants prêts à plonger dans la vie active et à produire, c'est cela ! Chacun de ces petits atomes est une source de coûts jusqu'à ses dix-huit ans, puis une source de revenus ; vos compétences consistent donc à trouver la meilleure adéquation entre ce qu'ils apprennent et nous coûtent, et ce qu'ils nous rapporteront plus tard ! Partant de ce constat, pourriez-vous m'expliquer comment, avec vos brillantes compétences, vous avez pu atteindre un tel niveau de provisions ? Car finalement, il ne s'agit que d'un puzzle à compléter, n'est-ce pas ?

Il saisit le verre que Victor Morsay lui tendait et le porta à ses lèvres. Il considéra un instant Raphael Golfi, l'air hagard derrière son apprenti, puis se dirigea vers les fenêtres de la salle. Après les pluies des derniers jours, ce matin s'était levé doux et brillant ; la lumière du soleil revêtait les parterres humides du jardin d'une étole de diamants. Dans son dos, un homme, l'un des plus puissants du pays, attendait un signe de sa part. Il but une gorgée et se délecta de la conscience enivrante de son pouvoir. Il aimait cela, que les autres suspendent leur souffle à sa volonté, à ses gestes, à ses mots ; à ses mots surtout. « C'est à leur tour d'attendre désormais, songea-t-il en frissonnant. Ça leur apprendra à avoir méprisé mes travaux, toute cette grotesque intelligentsia… »

Une dizaine de présentations plus tard, et alors que la nuit était tombée depuis longtemps, le Grand Traducteur franchit le seuil de sa maison endormie. Il quitta ses chaussures sur le pas de la porte, traversa la cuisine où l'attendait une assiette préparée par sa femme, puis gagna silencieusement son bureau à l'étage. Il posa l'assiette sur son sous-main et se laissa choir dans son fauteuil. Après avoir chaussé son nez de lunettes, il sortit un manuscrit d'un tiroir et le déplia à côté de son repas. Les pages, jaunes et froissées, trahissaient l'insatiable appétit avec lequel son possesseur devait le parcourir. « S'ils avaient été plus sensibles, moins corrompus, moins assoiffés par le profit, moins prisonniers de leur caste, ils auraient senti le souffle qui y tourbillonnait, murmura-t-il entre ses dents serrées. Ils auraient perçu l'éclat du diamant à tailler. » Il avala une cuillerée. « Peut-être aurais-je dû persévérer, retravailler certaines choses... Mais non, cela ne justifie en rien le mépris et l'indifférence ! Pas après tant d'heures de travail, pas après tant d'efforts ! » Il referma le manuscrit et fixa une minute la page de couverture.

« *Nous n'avons pas compris la direction que vous avez voulu donner à votre ouvrage, et c'est pourquoi...* », se mit-il à lire, mais aussitôt il poussa un grognement et détourna le regard.

« Pas compris... Pouha ! Ce n'est pas de l'incompréhension, c'est de la haine ! De la rancœur ! De l'envie ! Voilà le problème quand on ne rentre pas dans le système ! » Ses yeux se figèrent sur une photographie de Rubie, posée sur son bureau. « Vois-tu, c'est pour cela que j'ai dû prendre cette décision, dit-il comme s'il s'adressait à sa fille. C'est pour que toi tu comprennes le système, car sans le comprendre, sans l'habiter, comment le dominer ? » Mais dans sa voix ne perçait aucune conviction. Il saisit sa tête entre ses mains et murmura : « Mon Dieu, qu'ai-je fait ? »

13

L'ultime volet de la semaine d'intégration fut consacré, pour la classe de Rubie, à l'exploration du *monde intime du Producteur*. Les bataillons qui visitèrent l'usine furent reconstitués à l'identique ; celui de Rubie fut placé sous la responsabilité de leur professeur de méthode de commentaire, Madame Récard. Stéphanie Récard était une femme d'une cinquantaine d'années à la figure perpendiculaire et guindée, qu'un menton saillant semblait barricader contre le débordement de tout sentiment. Elle rassembla ses élèves autour d'elle et leur remit à chacun un feuillet.

— Voici la liste des Producteurs à qui nous allons rendre visite. Nous commencerons par Monsieur Chorman, rue de Provence, continuerons avec Mademoiselle Ecotone, rue Taitbout, et finirons par Monsieur Dolas, rue La Bruyère. Vous trouverez également, page 2, des questionnaires qui vous permettront de mieux connaître le passé et le quotidien de ces trois personnes. Ils seront à me remettre à la fin de la journée. Avez-vous des questions ?

— Qui devra mener l'interrogatoire ? demanda Adrienne, une jeune fille à la beauté gâtée par un duvet de moustache hérité de sa grand-mère.

— À vous de vous mettre d'accord, répondit Madame Récard. L'essentiel est que vous posiez toutes les questions qui sont dans ce feuillet. Nous étudierons les réponses en cours puis les transmettrons au ministère de la Comptabilité, qui s'en servira pour compléter sa base. Avez-vous d'autres remarques ?... Bien, en route dans ce cas !

Le premier Producteur à qui les étudiants rendirent visite ne leur fit pas un grand effet ; s'il avait manifesté un bel enthousiasme à l'idée de recevoir chez lui les futures élites du Parti, Monsieur Chorman n'avait pas eu la vie la plus excitante qui fût, son seul fait d'arme étant d'avoir tué un soldat de Rénon. Lorsqu'ils sonnèrent à la porte de Mademoiselle Ecotone, les étudiants portaient donc secrètement en eux le souhait d'aventures un peu moins ordinaires ; vœu qu'ils rejetèrent à l'instant où le visage de la jeune femme se dessina dans l'embrasure de la porte, tant celui-ci semblait avoir été abîmé par la vie.

— Entrez donc, dit-elle en s'écartant pour les laisser passer.

Le petit groupe s'attarda avec indécision sur le seuil puis la suivit jusqu'au salon, une pièce qui conservait un air inhabité malgré une présence humaine. Elle invita les lycéens à s'asseoir sur deux vieux canapés et s'éclipsa vers la cuisine.

— Je vous écoute, que voulez-vous savoir ? demanda-t-elle en s'asseyant enfin, une assiette de sablés entre les mains.

Il y eut un silence.

— Êtes-vous devenus muets ? Caroline, allez-y, posez une question ! s'impatienta Stéphanie Récard, chez qui se devinait également une certaine fébrilité.

Caroline décrocha son regard du monticule de sablés et le haussa vers Mademoiselle Ecotone. Son cœur de petit farfadet jovial se serra. Par quelles monstrueuses combinaisons d'évènements un si beau visage avait-il pu être enguenillé de telles souffrances ? Quelle multiplication de douleurs insondables avait bien pu donner à ces traits délicats l'âpreté d'un masque de martyr ? Quant à ce foulard, ce lambeau de tissu noué autour d'un cou maigre comme une patte de poule… Tout était là, dans ce fichu maculé de suif : toute la misère de cette existence y trainait comme les miettes d'un pain rassis, grignoté en temps de famine.

— Caroline ? répéta le professeur en s'efforçant de sourire.

La petite Asiatique sursauta.

— Je… que produisez-vous Mademoiselle Ecotone ? demanda-t-elle d'une voix lointaine.

— Je travaille dans un expulsoir sexuel, répondit la jeune femme avec indifférence, et je suis Productrice de sérénité.

Cet aveu épaissit un peu plus le malaise qui enveloppait les Penseurs. Caroline baissa les yeux et griffonna sur son questionnaire. Puis ce fut de nouveau le silence, douloureux, amer.

— Pourriez-vous nous dire dans quelle mesure la Révolution eut un impact sur votre vie personnelle ?

Mademoiselle Ecotone regarda Rubie et esquissa un sourire qui déplia deux éventails de rides aux coins de ses yeux bleus.

— Je devais me marier, répondit-elle d'un air rêveur. C'était… c'était un beau jeune homme… Oh oui, comme il était beau… avec ses belles boucles blondes… Toutes les femmes l'admiraient… mais c'était le mien, vous voyez… Il n'aimait que moi… pas les autres…

Quelques secondes passèrent ; son regard était fixement

rivé devant elle.

— Et puis, un jour, il fut nommé Penseur ; ah, quelle joie ! Quelle joie ne ressentis-je pas pour lui ! Penseur ! Figurez-vous un peu ! Comme il allait briller ! Comme il allait être beau ! Comme on allait l'admirer ! Il n'aurait plus les mains abîmées par le travail à l'usine ! Ses doigts, ses jolis doigts ne seraient plus tout noirs et tout écorchés ; ce seraient de vrais doigts de gentleman, bagués et pommadés ; des doigts tout doux et tout lisses comme une peau de pêche ; des doigts pour de jolies Penseuses comme vous.

Elle se tut un instant. Le vernis de son sourire s'était lentement écaillé.

— Des semaines plus tard, un homme est venu me voir ; un homme plus large d'épaules et de cœur que tous les hommes que j'ai rencontrés dans ma vie. Cet homme a toqué à ma porte un soir d'hiver et m'a dit : « Mademoiselle, jurez-moi de ne sortir de cet appartement qu'à la nuit tombée et je ferai de vous une Penseuse digne de lui. » Qui était cet homme et pourquoi faisait-il cela, je ne me suis jamais posé ces questions. Je l'ai fait entrer chez moi, je l'ai écouté, j'ai pleuré, puis je lui ai dit : « Monsieur, vous êtes mon sauveur, mon bienfaiteur ; promettez de me rendre mon fiancé et je suis à vous. » Il promit. Depuis j'attends.

De nouveau elle se tut. Tous les regards étaient braqués sur elle. Longtemps, celui de Rubie avait tenté de résister ; longtemps, il s'était accroché, comme les griffes d'un petit chat à son panier, au tapis vert du salon. Mais à présent qu'il avait capitulé, il était rivé avec une ineffable pitié sur cet ovale blanchâtre et délabré, perché sur sa patte de poule.

« Comme elle devait être belle… Vraiment, tout cela est trop cruel, pensa-t-elle avec une pénible sensation d'étouffement. Mais qu'est-ce… » ; il lui semblait soudain que les lèvres de Mademoiselle Ecotone tremblaient comme si elle réprimait un rire. Mais voici qu'elle ne se maîtrisait plus ; c'était déjà du rire, un rire évident et grossier ; quelque chose de fiévreux et de démentiel apparaissait sur ce visage, qui n'était plus mélancolique du tout. Ses longs cils se soulevèrent et elle laissa filtrer un regard halluciné. Elle bondit sur ses maigres jambes.

— Oh mais j'y crois ! hurla-t-elle en réprimant un accès de toux. Je sais qu'il ne m'a pas abandonnée ! Je le sais, vous m'entendez ! Et lui, il sait que je travaille dur pour être à sa hauteur ! Il sait que bientôt je ne travaillerai plus dans un expulsoir ! Que bientôt, je serai une Penseuse ! Tout comme lui !

Mademoiselle Ecotone hurlait cela, et elle riait, et elle riait ; il y avait un aspect hideux, humiliant, dans ce rire. Son visage, épuisé et pâle, avait une expression de douleur, plus encore que jamais, mais son excitation ne se calmait pas. Elle courut vers une vieille commode et saisit une photo entre ses doigts.

— Un jour, nous pourrons nous marier ! Un jour, nous n'aurons plus honte d'être ensemble ! Oh non, il n'aura plus honte, plus honte du tout, car je serai bien comme il faut !

Elle plaqua la photo contre sa poitrine et voulut chanter, mais chaque fois elle était interrompue à la troisième ou quatrième note par une toux effrayante.

— Mon sirop ! Comment être jolie et présentable si je

tousse comme une tuberculeuse ?

Elle s'élança vers une armoire et attrapa une bouteille dont elle ouvrit le bouchon avec les dents.

— Oui, je serai bien comme il faut, grimaça-t-elle en se tournant vers Rubie. Je serai comme vous Mademoiselle !

Rubie se sentit transpercée par la grâce misérable de cette rose fanée.

— Selon vous, serai-je bientôt une Penseuse ?

Elle demanda cela et se jeta aux pieds de Rubie.

— Que faut-il que je fasse ? Je… j'apprends les mathématiques vous savez ! Et j'ai lu des livres ; des livres très intéressants et très importants, écrits par de grands Penseurs ! Est-ce bien ? Lisez-vous beaucoup de livres, vous aussi ? Si je vous demande tout cela, c'est que dehors il m'attend, vous comprenez, mon fiancé !

Elle laissa tomber la photo et attrapa les mains de Rubie.

— Vous m'aiderez, dites, vous m'aiderez Mademoiselle ? Vous qui êtes si belle, si propre, si joliment chaussée ! Regardez mes petits souliers à moi, on dirait qu'ils ont passé toute la nuit dans une mare tant ils sont sales et mouillés… Mais tiens, quelles sont ces tâches rouges maintenant ?

Elle essuya ses lèvres du revers de la main.

— Oh ne vous inquiétez pas, murmura-t-elle à Rubie en dévoilant ses dents mouchetées de sang, cela m'arrive de temps en temps. L'homme qui s'occupe de moi dit que cela vient d'un surplus d'amour, que c'est mon cœur qui déborde !

Pendant ce temps, Rubie respirait péniblement ; le spectacle à ses pieds était pathétique et monstrueux à la fois.

Elle dirigeait un regard douloureux, mais fixe et pénétrant sur Mademoiselle Ecotone qui, avec son foulard huileux, essuyait les gouttes de sang sur ses lèvres. Enfin, elle détacha ses yeux remplis de larmes de la malheureuse et les tourna vers son professeur. Le visage de Stéphanie Récard semblait figé dans la même stupéfaction.

— Regardez Mademoiselle, j'ai même appris à danser !

La jeune femme bondit sur ses pieds et remit la photo sur sa commode. Puis, elle fit une sorte de révérence et, les bras bien écartés, elle se mit à tourner sur elle-même. Et elle tournait, et elle tournait, et elle faisait voler ses bras autour d'elle ! Parfois, elle se jetait sur les lycéens, leur demandait leur avis, leur expliquait pourquoi c'était nécessaire qu'elle apprît à danser, les exhortait à l'accompagner… Ensuite, sans jamais terminer ses phrases, elle retournait au milieu du salon et reprenait ses gesticulations. Si elle percevait, sur le visage d'un spectateur, une expression qui lui semblait être de l'insatisfaction, elle se jetait aussitôt sur lui et le suppliait de lui dire ce qui n'allait pas.

La vision de cette poupée aux lèvres ensanglantées pirouettant tel un animal de cirque devint bientôt insupportable pour ces adolescents aux vies policées. Antoine, dont les joues ruisselaient de larmes, s'élança vers la sortie, suivi immédiatement par Franck et Daniel. Puis Madame Récard se leva à son tour et, d'une voix méconnaissable, invita les autres élèves à quitter les lieux.

Rubie obéit à son professeur, mais au moment de passer les portes du salon un besoin de savoir s'empara d'elle. Elle se retourna et marcha vers la commode sur laquelle

était posée la photo. Son cœur se serra un peu plus : vide…
le cadre était vide.

L'impression que grava cette scène dans l'âme de Rubie
fut si profonde qu'elle éprouva l'irrésistible besoin d'en parler
à sa mère lors du diner. Malheureusement, soit qu'Alexandra
eût perdu l'habitude de ce genre d'élan de la part de sa fille,
soit que cette discussion l'embarrassât pour une raison qui
lui était propre, elle se révéla être une bien piètre confidente.
   « Anchise, lui au moins saurait m'écouter et me
conseiller ! », se répéta d'ailleurs Rubie tout au long du repas.
   Lorsqu'elle rejoignit sa chambre, la jeune fille éprouva le
besoin de faire n'importe quoi qui pût débarrasser son esprit
du rire poitrinaire de Mademoiselle Ecotone. Balzac entendit
son appel : elle sortit <u>Splendeurs et misères des courtisanes</u>
de sa cachette et s'y plongea avec l'impatience qu'on éprouve
lorsqu'on s'efforce d'oublier une image douloureuse. Après
quelques heures d'errance dans les pas de Lucien Chardon,
devenu Lucien de Rubempré, Rubie avait remplacé dans son
imagination l'affreux salon de Mademoiselle Ecotone par
ceux de l'aristocratie parisienne.
   Cependant, alors que, rompue de fatigue, l'adolescente
s'apprêtait à ranger l'ouvrage sous son matelas, une phrase
fit de nouveau raisonner le rire hideux de la pauvre femme
dans sa conscience :
   « *Le lendemain, un homme, qu'à son habillement les pas-*
sants pouvaient prendre pour un gendarme déguisé, se prome-
nait, rue Taitbout… »
   Taitbout… rue Taitbout ! Aucun doute possible,

c'était bien la rue de Mademoiselle Ecotone ! Rongée par la curiosité, elle poursuivit sa lecture. À mesure que ses yeux couraient sur le papier, elle sentait une sorte de malaise l'envahir ; un malaise de la même étoffe que celui ayant recouvert sa raison lorsqu'elle était au salon de détente près du Panthéglass. Ce malaise figea tout à coup son cœur dans sa poitrine.

« Ce n'est pas possible, pas encore… », murmura-t-elle en posant le livre sur son lit.

Après une minute de stupeur, elle le ramassa.

« *Cet appartement sera votre prison ma petite. Si vous voulez sortir, et votre santé l'exigera, vous vous promènerez la nuit, aux heures où vous ne pourrez point être vue (…) Vous y avez gagné de vous faire oublier et de ressembler à une femme comme il faut…* »

Rubie détacha son regard du terrible passage et posa une main sur son front ; mais que se passait-il ?

14

Au cours des semaines et des lectures qui suivirent, Rubie découvrit l'ingratitude filiale chez le Père Goriot, l'identité mobile du neveu de Rameau, et raisonna avec Anchise sur la place du sujet pensant chez Descartes. Sans oublier les doutes déraisonnables qui l'avaient saisie à la lecture d'Illusions perdues et de Splendeurs et misères des courtisanes, elle occupa trop son esprit pour que l'envie de se confier au jeune homme se convertît en démarche effective.

Un matin, alors qu'elle se rendait au lycée, elle s'immobilisa plus longtemps que d'ordinaire devant la plaque Avenue Montaigne. Elle fut stupéfaite de constater que, pas une fois dans sa vie, elle ne s'était demandé quel personnage se cachait derrière ce nom. Elle se rendit le soir même chez Anchise, qui lui remit un exemplaire des Essais ; s'en suivirent plusieurs semaines de vagabondage intellectuel à travers ces pâturages de mots. Pour la première fois, elle discuta de notions aussi fondatrices que le doute, l'amitié, la tolérance, la relativité, l'humilité devant l'ignorance, et elle s'interrogea sur le rôle de l'intelligence.

« Comprends bien que celle-ci ne consiste pas dans le bon déroulement d'un raisonnement logique, mais dans l'exercice éclairé d'un jugement indépendant ; étudier un auteur, c'est avant tout se servir de sa parole pour faire émerger sa propre pensée ! », lui répétait Anchise.

Le chapitre qui la toucha et l'émut le plus fut le

chapitre vingt-six du livre I, traitant de l'éducation des enfants. Elle aimait l'idée qu'un professeur ne demande pas seulement compte à son élève des mots de sa leçon mais de son « *sens* » et de sa « *substance*», et que « *savoir par cœur n'est pas savoir* ». Pour illustrer cette réflexion, Anchise l'invita à lire le <u>Gargantua</u> de Rabelais ; quelques lignes, parmi les filaments métaphoriques de sa substantifique moelle, s'imprimèrent si épaissement en elle qu'il lui devint bientôt impossible d'écouter ses professeurs sans y songer.

« Puis il lui lut les Modes de la signification avec les commentaires de Heurtebise, de Faquin, de Tropditeux, de Galehaut, de Jean le Veau, de Billon, de Brelinguand, et d'un tas d'autres; il y passa plus de dix-huit ans et onze mois. Il le connaissait si bien que, si on le menait à l'épreuve, il le récitait par cœur à l'envers, et prouvait à sa mère, sur le bout des doigts, que « les modes de la signification n'étaient pas matière de connaissance » ».[1]

Parallèlement à cette mue intellectuelle, Rubie sentait germer dans son cœur de nouveaux bouquets d'émotions, dont les parfums semblaient la soulever au-dessus du triste monde à ses pieds ; parterres de sentiments d'autant plus verdoyants qu'ils prenaient racine dans les sillons de la connaissance et du partage, et qu'ils avaient pour décors les plus belles pages de la littérature. Doublement abreuvée, son âme entamait sa lente révolution.

Toutes ces délicates transformations se cristallisèrent dans sa conscience en un mot, qui déchira la monotonie de son cours d'histoire, courant octobre. Alors qu'elle recopiait

---

1 Rabelais, <u>Gargantua</u>, 1534

passivement la frise chronologique projetée au tableau, la lycéenne vit se dessiner, en lieu et place des dates et des noms, huit lettres ; huit lettres qui résonnèrent dans son crâne comme l'appel au combat du tambourineur : POURQUOI. Et ce conquérant, ce pourquoi, n'était pas un simple soldat : c'était un général en chef qui, le sabre levé, faisait défiler ses légions de questions sur le terreau labouré de son esprit :

Pourquoi naîtrait-on Penseur ou Producteur ?

Pourquoi le modèle Panglassien était-il le modèle idéal ?

Pourquoi interdire Balzac ou Voltaire ?

Pourquoi ne pas enseigner l'Histoire d'avant Rénon ?

Pourquoi ne se souvenait-elle de rien ?

Sans doute flatté par l'attention fascinée que l'étudiante semblait accorder à son cours, le professeur s'interrompit et s'adressa à elle. Rubie détacha ses yeux du tableau et le regarda. À l'expression de son visage, elle devina qu'il lui avait posé une question. Elle tenta de se ressaisir mais toutes ses fonctions semblaient anesthésiées par l'opération qui se déroulait en elle. C'était comme si toutes les questions qui avaient fleuries dans sa tête au cours de la dernière heure se concentraient dans celle du professeur. Elle agrippa ses mains à la table pour tenter de se raccrocher à la froide matérialité du monde, mais elle était déjà hors de ce monde : elle flottait dans l'éther qui émane des instants décisifs et uniques de l'existence. Après quelques secondes, elle inclina les paupières et répondit d'une voix à peine audible :

— Je ne sais pas Monsieur, je ne sais pas…

Elle ne le savait pas, non, mais les géants de la pensée avaient commencé à faire leur œuvre : ils avaient débarrassé son esprit de quelques oripeaux de faux-semblants et l'avaient mise sur le chemin du questionnement et du jugement indépendant.

∗

Le ciel, gris et froid depuis le début du mois, laissa place courant octobre au vif éclat du soleil automnal ; Rubie, lasse du petit appartement d'Anchise et le cœur gonflé d'aventures romanesques, en profita pour avancer auprès du jeune homme l'idée d'une balade dans la forêt de Fontainebleau. L'adolescent, d'abord réticent bien qu'ému par cette proposition, se laissa peu à peu convaincre par l'enthousiasme et l'assurance de la Penseuse, qui avait échafaudé un plan « imparable ».

« Je demanderai à Charles de me conduire à Melun où habite Aline, une très bonne amie à moi, qui a déjà accepté de me couvrir. Tu m'y rejoindras en transport puis nous louerons des vélos. Nous ferons cela samedi prochain. »

Comme le reste de la semaine, la matinée de tous les dangers et de tous les plaisirs s'annonça fraîche et brillante. Rubie avait donné rendez-vous à Anchise dans une discrète allée, à quelques encablures de la maison d'Aline. Lorsqu'elle atteignit le point de rendez-vous, les rayons du soleil s'étiraient joyeusement jusqu'aux paupières fermées du Producteur, adossé contre un mur. Les premières minutes furent, sinon froides, du moins teintées d'un embarras inhabituel ; le fait de se trouver ensemble, là au dehors, ajoutait au tableau de leurs rencontres un vernis à la fois grisant et inquiétant. Ils se hâtèrent de louer une paire de bicyclettes et se mirent en chemin vers la forêt.

Il y avait, en cet instant, deux êtres distincts en Rubie : l'un qui aspirait avidement à la liberté et la joie, et l'autre qui étouffait dans l'étroit cachot de la peur. Mais bientôt les halètements du prisonnier s'estompèrent, l'atmosphère se dilata, et son cœur déploya ses ailes pour s'envoler ; non, leur complicité n'était pas prisonnière des quatre murs de l'appartement.

La bordure de la forêt, qu'ils atteignirent en un peu moins d'une heure, était enveloppée d'un brouillard que des gerbes de lumières dorées transperçaient çà et là. Dans les creux boisés il faisait un peu humide ; mais sur les hauteurs l'air était plus pur et, en circulant à travers les rochers, ils atteignirent un promontoire où le printemps s'impatientait. Ils s'attardèrent à l'ombre d'un grand chêne, puis ils enfourchèrent de nouveau leurs vélos et s'engagèrent sur un chemin surplombant la forêt. Le paysage qui se déroulait au-dessous d'eux semblait à Rubie une efflorescence de sa griserie présente ; il y avait une partie d'elle-même dans ces étendues ensoleillées, dans ces amplitudes verdoyantes, dans cette sérénité.

— Arrêtons-nous ici, proposa Anchise comme ils arrivaient près d'un cours d'eau.

Rubie, les joues rosies par leur promenade, sortit de son sac une nappe et la déplia sur l'herbe. Anchise s'étendit à côté d'elle, les mains croisées derrière son crâne qui reposait contre un rocher. Tous deux étaient allongés, les lèvres dépliées par l'effort de leur virée, les yeux vagabondant sur les lignes du paysage. Ils s'amusèrent, pendant un temps, à reconnaître dans les nuages au-dessus d'eux la forme de quelque animal familier, avant que celui-ci ne disparût en flocons d'écumes. Puis leurs paroles s'étirèrent et ce fut bientôt le silence ; non pas un silence gêné, contraint, mais une sorte d'engourdissement délectable, de bercement tranquille réglé sur le flux de l'eau roulante. Ils n'avaient désormais plus le moindre désir de parler ; leur repos était fondu dans l'harmonie de la forêt.

Rubie n'aurait su définir cette indolente sensation de plaisir qui frémissait en elle. Était-ce cet essor du cœur, *l'amour*, qu'elle n'avait encore jamais connu mais dont Balzac parlait si bien ? Ou bien était-ce un simple agencement d'impressions joyeuses ? Dans quelle mesure ce gonflement de l'âme était-il dû à la magie de cette matinée, aux senteurs boisées qui s'exhalaient des toisons de feuilles, aux papillons multicolores qui voltigeaient autour d'eux ? Si l'adolescente n'aurait su rationaliser ses intuitions, leur balade dans cet écrin d'or et d'émeraude lui rappelait ses flâneries dans les Illusions perdues. Ce fut l'inconscient prolongement de cette pensée qui lui fit demander :

— Anchise, d'où viennent tous ces livres que tu me prêtes ?

Après une hésitation, l'adolescent plongea sa main dans le col de son t-shirt et en remonta un pendentif accroché au bout d'un cordon.

— Je n'en ai aucun souvenir, mais je sais que mes parents me l'ont remis lorsque j'étais petit, prononça-t-il difficilement.

— On dirait la télécommande qui nous sert à voter pour l'Espoir Littéraire Panglassien, dit Rubie après un silence.

Anchise acquiesça.

— C'est drôle, je n'avais jamais remarqué la petite inscription sur le côté, reprit-elle en plissant les yeux.

Cette observation faisait diversion à toutes les questions embarrassantes qui se pressaient dans son esprit.

— *Infinite Knowledge 888*, confirma le jeune homme. Je ne sais pas ce que ça signifie.

Rubie l'examinait attentivement, guettant une brèche dans la façade qu'il présentait. Comme celle-ci demeurait impénétrable, elle céda à la curiosité.

— Mais comment sais-tu que…

— Que cela vient de mes parents ? l'interrompit Anchise.

Après un instant durant lequel ils se regardèrent, il tendit la main afin qu'elle lui rende le pendentif.

— Il y a environ trois ans, dit-il en caressant l'objet, je l'ai fait tomber sur le carrelage de ma salle de bain. Quelle peur ! J'ai d'abord cru qu'il avait volé en éclat et que j'avais détruit la seule relique de mon passé.

Il se tut pour absorber l'émotion qui l'envahissait puis reprit :

— Heureusement, lorsque je me suis penché pour ramasser les morceaux, j'ai vite compris que seule l'encoche où se trouvaient les piles était abimée. Et c'est en voulant la réparer que je l'ai trouvé : un petit bout de papier roulé à l'intérieur. Figure-toi ma réaction lorsque j'ai compris qu'il s'agissait d'un mot de mon père…

Il se tut de nouveau. La télécommande tremblait entre ses doigts.

— Ce mot m'indiquait l'adresse d'une maison. Sous le plus gros arbre de son jardin se trouvait une boite que je devais absolument récupérer. L'écriture était hachée et les derniers mots presque illisibles, sauf *papa* et *maman*.

Rubie se sentait comme la visiteuse privilégiée du laboratoire où s'étaient formés la nature et le caractère de l'adolescent. Envahie à son tour par l'émotion, elle posa une main sur la sienne ; un frisson inattendu les parcourut.

— Quelques nuits plus tard, continua Anchise, je me suis donc rendu à cette fameuse maison. Quelle étrange sensation que de voir remonter des souvenirs si profondément enfouis qu'on finit par les prendre pour des songes ; les murs, la porte d'entrée, le cerisier près des rosiers… tout cela ne m'était pas inconnu.

La voix d'Anchise s'était abaissée au murmure ; dans ses yeux flottaient les morceaux d'une lointaine rêverie. Tout à coup, ils entendirent un bruit, comme le bourdonnement d'un frelon géant et, dans le ciel cotonneux, un avion de tourisme traversa leur champ de vision. Anchise sortit de sa torpeur.

— Enfin, dit-il, j'ai fait ce qu'indiquait le mot, et sous l'arbre en question j'ai bien trouvé une boite que j'ai rapportée chez moi.

— Et à l'intérieur, il y avait tous ces livres.

— Exactement…

Cette confession, bien qu'éprouvante, eut pour effet d'emplir le cœur d'Anchise d'une sorte de souffle, d'envie de vivre et de s'épancher, et réveilla une pensée qui l'animait depuis longtemps. Il sortit de son sac un mince ouvrage et le posa sur ses genoux.

— En parlant de livres, dit-il, j'ai apporté avec moi un recueil de poèmes. Veux-tu que nous en lisions quelques-uns ?

Si le lycéen avait prononcé cela d'un ton qui affectait le désir de changer de sujet, l'expression de son visage paraissait plus rêveuse qu'embarrassée. Déclamer des vers de Rimbaud à une demoiselle, prendre en peine avec elle les plaintes de Lamartine, respirer l'air de la nature en se réfugiant dans celle d'Hugo, tout cela était pour lui un idéal que ses lectures et son tempérament lui avaient inspiré ; et puis, cette combinaison d'une belle Penseuse et d'un site romanesque lui semblait trop précieuse pour être gaspillée.

Rubie sourit de surprise et se redressa.

— D'accord, mais c'est toi qui lit ! dit-elle d'un ton enfantin en croisant les jambes.

Anchise s'éclaircit la gorge, prit un air faussement sérieux puis se mit à lire :

« *Aimons donc, aimons donc ! De l'heure fugitive…* », mais il n'eut le temps de finir son vers qu'un sifflement attira leur attention.

Ils se retournèrent et aperçurent, non loin d'eux, un homme qui avançait en leur direction. Rubie, prise de panique, arracha le recueil des mains d'Anchise et le jeta dans son sac.

— Allons-nous en ! dit-elle en se redressant. Si on nous surprend avec ce liv…

— Il nous a sûrement déjà vus. Reste ici, je vais aller lui parler.

Le Producteur se mit debout et marcha à la rencontre de l'inconnu. Rapidement, il vit se dessiner une silhouette de taille moyenne mais de constitution plutôt chétive. « Je n'aurai pas de mal à m'en débarrasser s'il nous cherche des ennuis », songea-t-il en bombant le torse. Il s'arrêta à quelques mètres de l'individu, qui s'était adossé contre un arbre.

— C'est une belle journée, n'est-ce pas ? dit ce dernier en esquissant un sourire mélancolique.

— Très belle, oui, répondit Anchise d'une voix méfiante.

— Vous venez souvent ici, vous et votre… amie ?

Anchise l'examina brièvement ; une sorte d'indicible chagrin émanait de son visage, et plus particulièrement de ses grands yeux bleus qui balayaient du regard la rivière. « Celui-là ne ferait pas de mal à une mouche… »

— Non, c'est la première fois.

— Ah… et avez-vous déjà visité la Gorge-au-Loup, la Mare-aux-Fées ou la Marlotte ?

— Je ne crois pas, non.

— Ce sont de très beaux endroits. Je m'y rendais souvent avant.

— Ah oui ? Je lisais justement à mon amie un livre sur cette forêt, récemment édité par le Parti.

Anchise avait dit cela en examinant chaque trait du visage face à lui, mais aucun ne s'était animé de manière suspecte. « Non, vraiment, il n'y a rien à craindre de lui. Il n'a rien vu. »

— Oh vous savez, ce ne sont pas les livres qui vous la feront découvrir, ni vivre, cette forêt, répondit l'homme en tournant ses yeux vers Anchise.

Il soupira et passa sa main dans sa chevelure blonde semée de fils argentés.

— Moi, reprit-il, je l'ai vraiment connue lors des journées Révolutionnaires de juin. J'y étais venu avec une jeune femme spéciale… très spéciale. Rose, c'était son nom. Nous nous y étions réfugiés alors que ça grondait dans la Capitale. C'était drôle, ces coups de feu qui faisaient s'envoler les oiseaux… enfin, pas drôle, mais… vous comprenez n'est-ce pas ?

— Je…

— Vous devez sans doute me trouver bien lâche, mais pourtant ce n'était pas de la lâcheté. C'était plutôt de l'insouciance, voyez-vous. L'insouciance qui déploie les voiles du cœur et le fait voguer dans les mers étrangères à la morale et à la raison.

— Ce…

— Bien entendu, tout cela a pris fin lorsque j'ai appris que l'un de mes meilleurs amis avait été blessé au combat ! Je suis alors remonté aussi vite que possible sur la Capitale afin de…

Anchise comprit qu'il ne parviendrait pas à arrêter ce flot de paroles élégiaques ; sans quitter l'individu des yeux, il se mit à reculer lentement. L'étrange orateur, qui n'avait manifestement besoin de personne pour tenir une discussion, ne cilla pas. Une minute plus tard, le jeune homme avait rejoint le cours d'eau. Il chercha Rubie du regard, mais ne trouva que son sac et son vélo, abandonnés sur la couverture de pique-nique.

— Je suis ici ! souffla-t-elle soudain de derrière un arbre.

Anchise rassembla les affaires et la rejoignit.

— Je voulais éviter qu'on nous surprenne ensemble, se justifia-t-elle en jetant des coups d'œil méfiants autour d'elle. Mon père n'apprécierait pas s'il l'apprenait. Tu comprends, dans son ministère…

Anchise sourit sans chercher à sonder ses craintes. Ils attendirent que l'homme termine sa causerie puis, lorsqu'il se trouva suffisamment éloigné, ils enfourchèrent leur bicyclette et repartirent vers le ruban automnal du sentier. Les larmes des marronniers et des bouleaux pétillaient sous leurs roues, et le soleil caressait de ses traînées le miroir argenté de la rivière.

Durant le reste de la journée, ils se gardèrent bien de sortir à nouveau le recueil, contentant leurs cœurs de la poésie diaprée des corolles de fleurs et des collines de bruyères de la forêt. Le cœur alourdi de toutes les joies de la journée, ils se séparèrent à l'entrée de Melun, puis chacun regagna la Capitale en fin d'après-midi.

Lorsque Rubie passa le seuil de sa maison, Alexandra était en train d'accrocher sa veste sur le porte-manteau de l'entrée.

— Bonjour ma chérie, lança-t-elle à sa fille en voyant sa figure églantine émerger dans l'embrasure de la porte. Alors, cette journée à Melun ?

— Ensoleillée ! répondit Rubie en abritant ses lutines pensées derrière un masque impassible.

Comme elle sentait chaque goutte de son sang bouillir et prête à affluer au visage, la Penseuse préféra ne pas s'éterniser près de sa mère. Elle se hâta de retirer son blouson puis, comme elle en avait l'habitude, voulut enlever ses chaussures sans prendre la peine de s'asseoir. Cependant, si la première fut ôtée sans difficultés, la seconde se montra bien moins conciliante ; après une lutte acharnée, Rubie perdit sa patience et son équilibre et, par un mouvement de bascule vers l'avant, elle envoya son sac aux pieds de sa mère, qui se pencha immédiatement pour le ramasser.

Lorsque la jeune fille se souvint qu'elle y avait glissé le recueil de poésies, il était trop tard : Alexandra tenait déjà entre ses doigts le livre à la couverture jaunie par le temps.

15

Alexandra pâlit comme si elle avait vu la mort en personne.

— Où as-tu trouvé ça ? bredouilla-t-elle sans quitter l'ouvrage des yeux.

Rubie bondit sur sa mère et lui arracha ses affaires des mains. Sans dire un mot, elle se jeta, tête baissée, vers l'escalier. Alexandra fit un pas de côté et lui barra le passage. L'étudiante comprit qu'elle ne pourrait éviter la confrontation. Elle glissa le recueil dans son sac et leva les yeux vers sa mère ; l'égarement qu'elle lut sur son visage anéantit en elle tout désir de révolte.

— Où as-tu trouvé ça ? répéta Alexandra en saisissant sa fille par les bras.

Rubie voulut se dégager mais l'effroi semblait décupler les forces de sa mère.

— Où as-tu trouvé ça ? Où as-tu trouvé ça ? répéta-t-elle en la secouant violemment.

— Maman, tu me fais mal ! hurla Rubie, dont la gorge se remplissait de sanglots.

Alexandra répondit en relâchant son emprise. Après sa violente bouffée d'exclamations, la flamme était morte ; elle demeurait transie et terrassée. C'était comme si un air gelé avait dissipé les fumées de sa furia et la réalité s'esquissait devant elle, plus sombre qu'un paysage de cendres. Elle recula jusqu'à un mur et s'y laissa glisser. Après une minute de stupéfaction, Rubie s'accroupit à côté d'elle.

— Maman ?

— Tout est ma faute, tout est ma faute, répétait Alexandra d'une voix faible.

— Mais qu'est-ce que tu racontes maman ? Qu'est ce qui est ta faute ?

— Tout ! Je n'aurais pas dû… Je n'aurais jamais dû…

— Dû faire quoi ?

— Tout, tout…

L'affaissement de la volonté de sa mère laissait Rubie seule capitaine d'un navire à la dérive et elle s'entendit dire, d'une voix pleine d'un surprenant aplomb, qu'elle avait trouvé ce livre par hasard et qu'elle n'avait aucune idée de ce qu'il renfermait. Elle ne savait d'où lui venait cette force, mais quelque chose se battait manifestement en elle pour mettre fin à cette scène insupportable.

À l'instant où elle prononça ces mots, l'espoir alluma le regard d'Alexandra.

— Où l'as-tu trouvé ? demanda-t-elle.

— À la bibliothèque, répondit Rubie sans hésiter.

— C'est impossible…

— Je t'assure que si ! Entre deux livres de droit même ; il m'a intrigué, je l'ai donc pris avec moi.

Alexandra saisit sa tête entre ses mains.

— Comment est-ce possible ? murmura-t-elle.

Tout à coup, des bruits de pas claquèrent sur le perron. Les deux femmes se regardèrent et bondirent sur leurs pieds.

— Tu ne sors pas ce livre de ton sac, et à la première heure demain matin, tu t'en débarrasses ! Tu m'as bien comprise ?

souffla Alexandra en réajustant sa coiffure.

La porte s'ouvrit une seconde plus tard, laissant entrer quelques feuilles mortes en même temps que le maître de maison.

— Je vois que nous arrivons tous en même temps ! s'exclama-t-il dans un large sourire.

Rubie profita de cet instant de flottement pour s'enfuir dans les escaliers.

— Aurait-elle décidé de s'inscrire aux Jeux Panglassiens sans nous le dire ? s'en amusa son père.

Il retira son manteau puis s'approcha de sa femme.

— Tu as les yeux rouges Alex, que se passe-t-il ?

— Oh je…

La sonnerie d'un téléphone résonna comme un gong libérateur.

— Je dois le prendre, dit le Grand Traducteur en sortant son appareil.

Il s'éloigna vers l'escalier avant de décrocher.

— Combien ? Trois élèves vous dites ? Et dans les autres classes ? Le nombre se réduit, c'est bien, nous sommes sur la bonne voie. Oui, procédure habituelle. Les parents aussi, bien sûr. Il y a autre chose ? Une feuille blanche ? Je lui parlerai, il doit y avoir une explication.

Rubie, qui écoutait la conversation derrière sa porte, sentit un frémissement la parcourir.

« Il parle de ma copie, c'est certain… »

Sonnée, elle s'avança vers son lit et s'y laissa tomber. Toutes ces terreurs s'abattaient sur son esprit avec d'autant plus de violence qu'elles faisaient suite aux triomphes de cette merveilleuse journée. Tandis qu'elle essayait de rassembler ses idées, son regard s'arrêta sur un gros chat rose en peluche. Elle se précipita dessus et le posa sur son lit. Une fermeture éclair serpentait sous les poils de son ventre. Elle l'ouvrit et vida la peluche de son contenu. Parmi les breloques qu'elle éparpilla sur son lit, une, en particulier, attira son attention : sa paire de lunettes Panglassiennes. Ces dernières avaient été conçues après la Révolution pour protéger les rétines humaines du rayonnement émis par le Panglassien ; chaque Féen en avait reçu un modèle. Pour la première fois, elle remarqua sur les branches une inscription : « *Infinite Knowledge 2040* ». Elle fit une moue étrange mais ne s'attarda pas et glissa le recueil dans la peluche. Au même instant, la voix d'Alexandra annonçant le dîner retentit dans la maison. Rubie rangea le chat à sa place et descendit à la cuisine.

L'ambiance à table fut glaciale. Le Grand Traducteur avait perdu sa bonne humeur suite au coup de téléphone qu'il avait reçu, Alexandra, toujours sous le choc, communiquait par onomatopées, et Rubie, elle, naviguait entre ces deux fronts, les yeux rivés sur son assiette.

Tout à coup son père prit la parole, de sa voix qui commandait l'attention.

— Rubie, je souhaiterais avoir une discussion avec toi après le dîner.

La gorge de la jeune fille se serra mais elle parvint malgré tout à articuler :

— Oui, bien sûr, je crois de toute façon connaître le sujet

sur lequel tu veux m'entretenir.

— Parfait, dans ce cas cela ne devrait pas durer trop long-temps.

À vingt et une heure précises, la Penseuse suivit le Grand Traducteur dans son bureau. Comme ses employés, elle le laissa s'installer dans son fauteuil puis, sur un geste de sa main, s'assit en face de lui. Depuis qu'elle avait rendu cette fameuse copie blanche, Rubie s'était psychologiquement préparée à ce moment ; pourtant, à l'image de l'astronaute qui s'est entrainé des années pour aller dans l'espace et qui sent ses jambes flageoler au bruit des réacteurs, elle ne pouvait empêcher son cœur de sauter violemment dans sa poitrine.

— Pourquoi as-tu rendu copie blanche ? lui demanda-t-il soudain, comme s'il désirait abréger au maximum cette conversation.

Rubie ne se laissa pas déstabiliser par l'attaque, dont elle apprécia même la franchise ; elle préférait cela au jeu du chat et de la souris dont il était parfois friand.

— Pour être honnête, je ne me sentais pas bien, répondit-elle avec un aplomb dont elle fut la première surprise.

Le Grand Traducteur se carra un peu plus dans son fauteuil et la considéra fixement.

— Comment ça, « pas bien » ? prononça-t-il après un silence.

L'adolescente s'employa à soutenir le regard qui s'enfonçait en elle. Plus d'une fois dans sa vie, elle avait dû recourir à l'escrime la plus fine pour se sortir de situations délicates ; elle sentait qu'en cette circonstance, c'était à toutes ces facultés qu'elle devrait recourir pour se tirer d'affaire.

— Oui, je me sentais fiévreuse. Au lieu de rendre un travail bâclé, j'ai préféré remettre une feuille blanche. « L'excellence sinon rien », c'est ce que tu me répètes toujours, n'est-ce pas ?

Son père répondit en souriant mystérieusement.

— Mais, ce que je ne comprends pas, reprit-il soudain, c'est pourquoi, si tu étais vraiment malade, tu n'es pas rentrée directement à la maison, après ton épreuve ? Lorsqu'on est malade, on ne cherche pas à vagabonder je ne sais où, mais on court plutôt se mettre au lit, n'est-ce pas ?

— Oui, mais comme la mère de Caroline est médecin, j'ai préféré…, mais les mots restèrent suspendus à ses lèvres.

— Rubie ? s'impatienta son père.

— Oui, je… La mère de Caroline… La mère de Caroline m'a auscultée, marmonna-t-elle, les yeux rivés sur une carte accrochée derrière son père.

— Que regardes-tu ainsi ? s'exclama-t-il sans chercher à dissimuler son irritation.

Cette phrase libéra en Rubie le mécanisme enroué par cette soudaine apparition. Elle cligna des yeux et les planta dans ceux de son père. Toute trace de rêverie s'évanouit de sa figure et elle lui dit d'un ton ferme :

— Rien du tout. Je me disais simplement que ce concours blanc était finalement peut-être une chance.

— Que veux-tu dire ? s'étonna-t-il en fronçant les sourcils.

— Eh bien, une chance de ne pas montrer aux autres ma vraie valeur ; de ne me découvrir que le jour du Concours… Ne t'inquiète pas, je ne te décevrai pas.

C'était finalement tout ce que le Grand Traducteur

voulait entendre. Et cette discussion n'avait déjà que trop duré pour lui. Il se savait en partie responsable du vernis impénétrable qui avait recouvert le visage de sa fille au fil des ans, mais tenter de le percer lui aurait demandé des peines qu'il ne pouvait aujourd'hui affronter. Il la scruta encore quelques instants puis, d'un geste de la main, l'autorisa à quitter les lieux.

En se levant, Rubie éprouva une palpitation, grisante comme la première lampée d'air pur qu'aspire un homme sorti des décombres ; mais son cerveau restait lucide et, au moment de passer la porte, elle ne put retenir un dernier coup d'œil en direction de la carte. « Qu'est-ce que cela veut dire ? Dès demain, il faudra que j'aille l'examiner de plus près », songea-t-elle en rejoignant sa chambre.

16

Charles habitait au dernier étage d'un bel immeuble planté non loin de la résidence du Grand Traducteur. Comme chaque samedi soir, le chauffeur alluma un feu dans l'âtre de la cheminée, se prépara un thé à la camomille puis s'installa dans le fauteuil face à son bureau. Derrière la table de travail, de vieux rideaux laissaient s'infiltrer la clarté de la Lune et, sous la fenêtre, les contours d'une photo tremblaient à la lumière d'une veilleuse.

Le vigoureux Producteur saisit l'image de Rubie entre ses doigts, mais au même instant son attention fut détournée par le miaulement d'un petit chat aux longs poils blancs, qui venait de bondir sur son bureau. Des gouttes de lait frémissaient sur ses moustaches et, dans ses pupilles rondes et dilatées, se lisait l'excitation d'un ventre bien plein. Le chaton réitéra son miaulement et gambada jusqu'à la photographie. Après s'y être langoureusement gratté les babines, il la frotta de ses coussinets parsemés de poils argentés. Charles attrapa l'animal d'une main et le blottit contre sa poitrine.

— Eh bien Hermès, chuchota-t-il à son oreille, trouverais-tu Rubie à ton goût ?

Le chaton répondit à son maître par un miaulement ron-ronnant.

— Mais tu vois, poursuivit le chauffeur, Rubie n'était encore qu'une petite fille à cette époque ; une petite fille qui aurait certainement beaucoup aimé jouer avec toi !

La petite bête miaula de nouveau et, accrochant ses griffes au pull de Charles, grimpa sur son épaule.

— Où vas-tu comme ça ? s'amusa le chauffeur en caressant sa petite tête ronde.

Le chaton cligna de ses grands yeux verts et sauta sur le bureau. Il joua une minute avec la mine abandonnée d'un criterium, puis trottina jusqu'à une trousse entrouverte sur laquelle il se roula en boule.

— Si tu la voyais aujourd'hui mon Hermès, comme elle a grandi… C'est une belle et grande jeune fille maintenant, murmura Charles en passant son doigt sur le ventre dodu du félin. Il n'y a que son regard qui s'est éteint… Mais un jour, il s'illuminera de nouveau, tu verras. En réalité, puisque tu veux tout savoir, j'ai même la singulière intuition que ce jour n'est pas si loin ; que quelque chose est déjà en train de changer.

Le chaton s'était légèrement déplacé, de sorte que l'index de Charles était maintenant devenu un véritable oreiller pour sa tête. Ses griffes continuaient de s'agripper à la peau de son maître, mais bientôt la prise de sa patte se relâcha et Charles sentit qu'il dormait.

Le chauffeur retira doucement sa main et sortit un journal qu'il posa sur son bureau. Les premières pages, qui l'intéressaient peu, évoquaient les formidables chiffres de l'économie Féenne, tirée par la consommation des ménages, les dernières nominations au Conseil des Penseurs, et présentaient les avis éclairés d'un groupe d'experts sur quelques sujets d'actualité financière. Enfin il parvint à la rubrique qui l'intéressait : celle des faits divers.

Le premier attira immédiatement son attention :

« *Monsieur Paul Lenard et Madame Virginie Lenard, ainsi que leurs trois enfants, ont récemment tenté de quitter F. par la frontière de l'ouest. S'ils ont été aperçus rebroussant chemin, ils n'ont malheureusement pu être interpellés.*

Nous souhaiterions rappeler que cette famille s'expose non seulement aux réprimandes des autorités, mais surtout à d'immenses dangers en quittant le territoire. Nul doute que ces individus tenteront à nouveau leur entreprise insensée, et c'est pourquoi il vous est demandé d'avertir le poste de Gardiens le plus proche si vous deviez les apercevoir.

Une photo de cette famille est disponible en bas de cet article pour vous aider à l'identifier. »

Le chauffeur avala une gorgée de thé, découpa l'article et le glissa dans une longue enveloppe. Ceci fait, il sortit un carnet d'un tiroir et l'ouvrit sur son sous-main. Il y nota la date du jour ainsi que le nom de la famille cité dans l'article, puis il continua sa lecture.

« *Dans la ville de Chelles, un réseau de négationnistes Panglassiens a été démantelé. Madame Nourmois, Monsieur Montes et Monsieur Dalem seront jugés prochainement.* »

À nouveau, Charles découpa l'article, l'inséra dans l'enveloppe et ajouta les noms dans son carnet.

Après avoir parcouru l'ensemble de la rubrique, le chauffeur plia ce qui restait du journal et le jeta à la poubelle. Cependant, à peine une seconde plus tard, quelque chose le fit changer d'avis et il ramassa l'hebdomadaire. Il le posa sur son bureau et considéra attentivement l'avis de recherche imprimé au dos de la couverture : dix milles points pour la Course à Panglass étaient offerts à quiconque mettrait la main sur Igor Koprov.

Après quelques secondes d'hésitation, il arracha la page et l'introduisit à son tour dans l'enveloppe. Puis, il détacha une feuille de son carnet et y griffonna quelques mots.

« Ci-joint, les individus de cette semaine à surveiller. Il faudrait retrouver les Lenard le plus tôt possible. Concernant Rubie, j'ai remarqué des choses curieuses dont il faudra que nous nous entretenions. J'essaierai d'avoir bientôt plus d'informations. »

Il joignit ce mot au reste, enfila un manteau puis sortit discrètement de son appartement. Il arriva en cinq minutes à la résidence du Grand Traducteur, dans laquelle il pénétra par la grille du jardin. Il se dirigea à pas de loup vers une porte en verre, sous laquelle il glissa son enveloppe. Puis, sa mission accomplie, il rentra chez lui.

17

Charles conduisit Rubie chez Caroline pour onze heures en ce dimanche matin ; la jeune fille devait y rejoindre Benjamin afin de terminer un travail de groupe en mathématiques.

Quelques secondes après que la sonnerie eut retenti dans la maison, la porte d'entrée s'entrebâilla et le visage de la petite Asiatique apparut dans l'ouverture.

— Madame, je ne vous laisserai pas entrer tant que vous ne m'aurez pas tout dit ! annonça-t-elle en affectant une expression sévère.

Rubie sourit et soupira.

— Je ne vois pas du tout de quoi tu parles.

— Oh si vous voyez, vous voyez très bien même ! Vous le voyez depuis exactement…

Elle regarda sa montre et prit un air pincé.

— … quarante-quatre jours, huit heures, trois minutes…

— Oui, ça va, on a compris !

— Et sachez que je suis au courant pour hier.

Les yeux de Rubie s'agrandirent de peur.

— Calme-toi, s'empressa d'ajouter Caroline, je suis la seule au courant. Aline m'a tout raconté.

— Aline…

— Tu régleras tes comptes avec elle en temps voulu ! En attendant, tu avais promis de tout me confier, et je n'ai toujours pas vu la couleur du moindre aveu…

— Tu as raison, admit Rubie après un silence. Laisse-moi entrer et je te dirai tout.

Caroline s'écarta et la mena dans sa chambre.

— Il s'agit d'un garçon n'est-ce pas ?

Rubie posa son manteau sur une chaise et s'assit sur le lit.

— Il s'appelle Anchise... Anchise Dephros.

L'œil de Caroline s'alluma ; elle se jeta à son tour sur le matelas.

— Où l'as-tu rencontré ? Je le connais ? Où étudie-t-il ?

Rubie contemplait la figure excitée de son amie avec un sourire. Elle hésita un instant puis finit par concéder :

— Non, tu ne le connais pas ; et je ne sais pas où il étudie.

— Comment peux-tu ne pas connaître le nom de son lycée ? s'exclama Caroline. Il n'y a que cinq lycées pour Penseurs dans la Capitale !

Rubie détourna le regard et croisa les bras.

— Il faut croire que nous n'avons pas jugé utile d'en parler.

Une lueur d'inquiétude passa dans les yeux de Caroline.

— Rubie, tu ne me cacherais pas autre chose, rassure-moi ? C'est bien un Penseur, ce fameux Anchise, n'est-ce pas ? continua l'adolescente en cherchant son amie du regard.

Rubie déplia les lèvres mais les referma aussitôt.

— Ne me dis pas que…, balbutia Caroline après un silence.

— Oui, et alors, qu'est-ce que ça peut faire ? s'exclama Rubie sans quitter la fenêtre des yeux.

— Qu'est-ce que ça p…, manqua de s'étouffer Caroline. Qu'est-ce que ça peut faire ?

Elle bondit sur ses pieds et se dressa devant Rubie.

— Mais que t'arrive-t-il ? finit-elle par s'écrier devant l'impassibilité de son amie. Ah je savais que quelque chose se passait, je le savais ! Mais un Producteur ! Non mais vraiment, qu'as-tu dans la tête ? Tu sais pourtant que c'est contraire à…

— À quoi ? Hein, à quoi ? s'impatienta Rubie en roulant ses yeux vers Caroline. À ce qu'on nous enseigne ? À ce que mon père a décidé ? À la morale Panglassienne ? Moi je trouve tout cela stupide ! conclut-elle en détournant de nouveau le regard.

Il y eut un silence, durant lequel Caroline prépara plusieurs répliques cinglantes, mais elle n'eut pas le temps d'en lancer une que la porte de la chambre s'ouvrit, et que l'imposante stature de Benjamin surgit du couloir.

— Salut les filles !

Le froid qui régnait dans la chambre gela ses pas dans l'embrasure.

— Que se passe-t-il ici ? demanda-t-il.

N'obtenant aucune réponse, il se débarrassa de ses affaires et s'assit près de Rubie.

— Ça ne va pas ?

L'adolescente ouvrit la bouche mais les mots expirèrent sur ses lèvres. Il tourna alors ses yeux vers Caroline, qui fixait toujours Rubie, la mâchoire serrée.

— Enfin il y en a bien une qui va m'expliquer !

— Tu veux savoir ce qu'il se passe ? explosa Caroline, qui ne parvenait plus à maîtriser sa colère. Ce qu'il se passe, c'est que Rubie s'est amourachée d'un Producteur, voilà ce qu'il se passe ! Et que ça lui est apparemment bien égal que cela soit en contradiction totale avec toutes les règles de notre pays !

Le visage de Benjamin exprima l'incompréhension la plus profonde. Il déplaça lentement son regard vers Rubie et, s'employant à lui sourire, lui demanda d'une voix calme :

— Est-ce vrai, Rubie ?

La jeune fille répondit par un râle agacé.

— Tu sais bien que tu peux tout me dire, n'est-ce pas ? insista Benjamin en tentant de communiquer à sa voix la douceur de son sourire.

— Peut-être, mais étant donnée la réaction de Caroline je n'ai aucune envie d'en parler ! s'exclama Rubie après un silence.

Les traits de Benjamin s'assombrirent mais n'exprimèrent pas la colère à laquelle la jeune fille s'attendait ; ce qui s'y lisait, c'était plus l'austère conscience d'un devoir à accomplir. Il jeta un rapide coup d'œil à Caroline puis se tourna vers Rubie.

— Ce… Producteur, le vois-tu souvent ?

Le décalage entre l'air grave qu'il affectait et la trivialité de ses paroles ne manqua pas d'arracher un sourire à Rubie ; en outre, l'étudiante sentait ses fibres s'attendrir devant les efforts déployés par son ami pour ne pas la heurter.

— De temps en temps seulement.

— Et quel genre de… relation, entretenez-vous ?

Benjamin avait beau s'efforcer de puiser dans son vocabulaire les richesses que des années d'études de textes avaient empilées, les mots se refusaient à venir plus pénétrants. Cela fit de nouveau sourire Rubie.

— Superficielle.

Un murmure de soulagement s'échappa de la poitrine du garçon.

— Et tes parents sont…

— Ma mère se doute de quelque chose et j'ai peur que mon père ne se lance un de ces jours dans une enquête dont il a le secret, mais en attendant, non, ils ne sont pas au courant.

Caroline tournait dans sa chambre comme un lion en cage. Ses nerfs, tendus d'impatience, se contractèrent d'un seul coup.

— Mais on s'en moque de ça, Ben, on s'en moque ! s'écria-t-elle en tirant une chaise en face de Rubie. Tu n'aimerais pas mieux savoir où ils se sont rencontrés, ce qu'elle lui trouve, si elle compte nous le présenter jour, s'ils vont s'enfuir ensemble ?

Si le franc-parler sarcastique de la petite Asiatique s'avérait parfois exaspérant, il mit cette fois-ci un terme aux dernières tensions qui palpitaient entre eux. Rubie baissa les paupières et, d'un air faussement embarrassé, déclara :

— Je ne savais comment vous l'annoncer mais tout est déjà préparé, oui : mes faux papiers, ma valise de billets, mon…

La figure de Benjamin se décomposa.

— Elle plaisante Ben, ricana Caroline. Bon, plus sérieusement, comment vous êtes-vous rencontrés ?

Rubie songea que maintenant que ses amis connaissaient l'existence d'Anchise, elle n'avait plus aucun intérêt à leur cacher la vérité.

— Je l'ai croisé pour la première fois au bal des Jeunes Penseurs.

— Je croyais que c'était un Producteur ?

— Il ne buvait pas le champagne, il le servait.

Caroline rougit honteusement.

— Et depuis nous nous voyons de temps en temps.

— Mais ce que je ne comprends pas, insista Caroline, c'est que tu as toujours trouvé les garçons que l'on te proposait « sans intérêt » ou « plats » ! Comment se fait-il que tu aies d'un coup trouvé l'âme sœur chez un Producteur ? Alors, peut-être est-il très bien, ce garçon, mais…

— Il n'est pas « très bien » Caro, la coupa Rubie en se levant du lit. Il est… différent.

La jeune fille s'avança jusqu'à la porte de la chambre et s'y adossa ; les regards de ses amis étaient rivés sur elle avec appréhension. Rubie sentait que la discussion avait atteint une sorte d'intersection, et que c'était maintenant à elle de décider quel chemin lui faire prendre. Parfois elle entrouvrait la bouche et s'apprêtait à dire quelque chose, mais au même moment une pensée contradictoire lui traversait l'esprit et elle repliait ses lèvres ; elle ne savait pas si elle devait continuer à se montrer évasive et à contourner les questions comme elle savait si bien le faire, ou bien leur avouer crânement l'expérience interdite et fascinante qu'elle vivait.

— Il me fait découvrir des choses nouvelles, finit-elle par dire, en s'imaginant qu'il y avait dans cette phrase une espèce de bon compromis.

Caroline et Benjamin se regardèrent ; ce caprice était manifestement plus sérieux qu'elle voulait bien leur faire croire.

— Que veux-tu dire ? demanda Caroline.

Le rictus qu'eut Rubie trahissait l'impossibilité d'atteindre un compromis. Sur la toile de ses aveux, il n'y avait de place pour aucune nuance de gris : ses confidences se peindraient à l'encre noire de la vérité ou ne se peindraient pas.

— Il me prête des livres qui ne sont pas officiellement reconnus et nous en discutons ensemble, finit-elle par dire en baissant les yeux.

Le silence qui suivit dura plusieurs secondes. Rubie restait debout, tête baissée, les pupilles clouées au sol ; Benjamin et Caroline étaient assis, collés l'un à l'autre, et ils regardaient leur amie avec stupeur.

— Par exemple, reprit-elle en levant les yeux, pourquoi naîtrait-on Producteur ou Penseur ? Et pourquoi un Penseur ne pourrait-il fréquenter un Producteur s'il se désintéresse de la Course à Panglass ?

— Qu'est-ce que tu racontes là, Rubie ? murmura Caroline, dont le visage grimaçant rappelait celui de l'amateur de musique entendant une fausse note. Que signifient toutes ces questions ?

Le feu follet fit courir ses yeux entre Benjamin et Rubie, cherchant l'appui de l'un pour condamner l'autre.

— C'est donc cela, les « choses nouvelles » qu'il te fait découvrir ? C'est te faire douter du modèle Panglassien pour que l'on retombe dans l'anarchie et le chaos ? C'est te faire lire les livres qui ont amené Rénon au pouvoir ?

Rubie sentait que ce n'était plus son amie qui s'exprimait, mais la voix du Parti dont les antennes étaient implantées en chaque Féen ; elle connaissait par cœur cette symphonie qui n'allait pas aux oreilles mais directement aux tripes, et qui bourdonnait aussi encore en elle.

« Et si Caroline avait raison ? »

C'était la première fois qu'elle partageait ses pensées avec d'autres personnes qu'Anchise, et il avait suffi d'un ou deux mots exaltés de Caroline pour la faire vaciller. Malgré tout, elle persévéra.

— Non mais Caroline, penses-y, que sais-tu vraiment de Panglass ? Je veux dire, que sais-tu de manière certaine, qu'aucune force extérieure ne pourrait te faire remettre en cause ?

Rubie n'avait pas seulement lu Descartes : grâce à ses discussions avec Anchise et à ses lectures comparées d'autres ouvrages, elle en avait assimilée, intégrée, digérée la moelle. Les flots de mots que le Discours de la méthode et les Méditations métaphysiques avaient déversés sur son entendement s'étaient retirés en y abandonnant leurs sédiments. La démarche, entreprise par Descartes, de sortir des évidences de leurs contextes pour en faire des sujets d'examen, était devenue sa démarche ; elle était devenue ce sujet pensant qui, avec son esprit et sa méthode, peut se détacher de l'opinion commune pour atteindre la vérité.

— Ce que je sais de Panglass de manière…, balbutia Caroline en plissant les yeux. Vraiment Rubie, je ne comprends pas ce que tu racontes et tout cela commence à me faire peur.

La petite Penseuse se leva et marcha vers elle.

— Je pense que tu joues à un jeu dangereux, reprit-elle d'une voix solennelle. Toutes ces questions que tu te poses sur Panglass, c'est mauvais, très mauvais… pour tout le monde. On en connaît ce qu'on nous en apprend. Tout le reste, c'est bon pour finir en prison !

Inlassablement, les chiens de garde intellectuels, que dix ans d'éducation formatée avaient parfaitement dressés, ramenaient son esprit vers les vastes pâturages de la pensée commune.

— Et pourtant imagine que…, mais au même instant Rubie intercepta le regard fixe et perdu de Benjamin, et elle ravala ses mots.

Quelque chose, sur le visage de l'adolescent, semblait comme éteint ; d'implacables contraintes, la mainmise d'une règle inflexible, de vieilles habitudes intellectuelles reconquéraient cet esprit qu'un trait de lumière avait secoué hors de son ornière. Il avait l'œil hagard du somnambule qui s'éveille au bord d'un gouffre ; l'air transi de l'aveugle ayant aperçu, l'espace d'une seconde, un rayon de soleil avant de retomber dans ses ténèbres. « Ils ne comprennent pas, songea Rubie, et je leur fais du mal. Je n'ai pas le droit de les entraîner dans cette folie… » Le visage transfiguré, elle se tourna vers Caroline.

— Vous avez raison, je ne sais pas ce qui m'a pris.

Caroline réprima un mouvement de surprise.

— Vraiment, insista Rubie en s'efforçant de sourire, pardonnez-moi, tout cela n'est pas correct.

Caroline resta un instant incrédule puis, comme Rubie

semblait sincère, elle fit un pas vers elle et posa une main maternelle sur son épaule.

— Bon, très bien, mais promets-moi de te débarrasser au plus vite de ces livres et de toutes les vilaines pensées qui en découlent !

Rubie donna sa parole et s'avança vers Benjamin. Elle s'accroupit devant lui et lui saisit les mains. Le visage du Penseur était toujours celui d'un homme égaré et traqué, comme si l'existence était devenue une course effrénée entre ses pensées et lui-même. Il leva les yeux vers elle ; dans son regard flottait une étrange chimère, qui fit mesurer à l'adolescente le gouffre qui s'était creusé entre elle et les autres.

À peine fut-elle rentrée chez elle que Rubie, hantée par cette pensée, s'empressa de rassurer son père sur ses ambitions et ses motivations ; élan qu'elle n'avait auparavant jamais manifesté et qui arracha un cri victorieux au Grand Traducteur.

— Voilà qui fait plaisir ! Voilà des paroles dignes de ma fille ! Et que me vaut cette soudaine et bienvenue déclaration ?

— J'ai simplement discuté avec Caroline et Benjamin, et…

— Ah oui ? Quels brillants éléments, n'est-ce pas ? C'est bien, très bien, que tu sois restée amie avec eux au fil des années.

— Oui, je m'efforce d'étoffer mon réseau d'influence, et les avoir à mes côtés sera certainement un atout précieux pour l'avenir.

Le Grand Traducteur écarta les bras.

— À la bonne heure ! Tu devrais parler avec tes amis plus souvent, ils ont une excellente influence sur toi !

Rubie acquiesça, mais dans sa voix résonnait déjà l'impatience et la nervosité liées à ce qu'elle s'apprêtait à faire. Elle se retourna et s'éloigna vers l'escalier.

— Au fait ! ajouta tout à coup le Grand Traducteur.

Rubie se figea sur ses marches ; elle n'avait pas pénétré dans l'antre de son père que la terreur de s'y faire surprendre suspendait déjà les battements de son cœur.

— As-tu prévu de venir avec tes amis à ma présentation de la Course à Panglass, jeudi prochain ?

Quelques instants passèrent.

— Nous viendrons tous ensemble, finit-elle par répondre d'une voix qui lui parut étrangère.

Ses yeux, qui avaient glissé le long de l'escalier, croisèrent ceux de sa mère, adossée près de l'entrée. Le temps d'un regard, elles prirent conscience du monde d'incompréhensions et d'hypocrisies qui gonflait entre elles. Rubie sourit tristement et reprit sa montée.

Elle arriva devant la porte du bureau ; ce bureau dans lequel elle n'entrait d'ordinaire que sur ordre du maître de maison. Elle l'ouvrit lentement, délicatement, en tendant continuellement l'oreille, puis elle pénétra à l'intérieur. « Il vaut mieux la laisser ouverte ; si quelqu'un monte, je l'entendrai. » Rassurée par cette pensée, elle continua d'avancer.

Elle était maintenant tout près du mur. Le tableau était en fait une carte de la Capitale, sur laquelle étaient dessinés des personnages et leur légende.

« Paris », « Lucien Chardon, rue Saint-Fiacre », « Esther,

rue Taitbout », « Père Goriot, rue Tournefort », « Balthazar Claës, rue de Douai », « César Birotheau, rue Saint-Honoré » : chacun de ces mots était un coup de marteau sur sa tête.

Elle sortit fébrilement son téléphone de son sac et parvint à prendre une photo. Le coeur battant, elle s'appuya sur le bureau de son père mais sa main glissa et fit voler un dossier sur le parquet.

— À table Rubie !

Les tempes bourdonnantes, elle n'aurait su déterminer la matérialité de cette voix.

— Rubie ! Ton assiette est servie !

Cette fois, aucun doute possible.

— J'arrive maman ! cria-t-elle le plus naturellement possible, mais sa voix ne lui appartenait plus.

Elle s'accroupit et ramassa le dossier. Son regard se figea une nouvelle fois : dans ses mains tremblait un manuscrit dont la première page, rayée de rouge et annotée, portait le nom de son père.

« *Monsieur, nous avons examiné avec attention votre manuscrit. Malheureusement, notre comité de lecture n'a pas retenu l'ouvrage que vous nous avez confié...* »

— Mais qu'est-ce que c'est que ça ? murmura Rubie en ouvrant la première page.

« *Hondique avait suivi l'unique voie suffisamment large...* »

— Ton père monte te chercher !

Cette annonce lui glaça l'âme. Elle reposa le manuscrit sur le bureau, bondit dans le couloir et referma la porte derrière elle.

Son père émergea en haut des marches.

— Qu'est-ce que tu fais ? Nous t'attendons !

18

Les mouvements de Rubie étaient si mécaniques depuis qu'elle s'était levée qu'elle fut presque surprise de constater qu'elle se trouvait dans sa salle de classe, et que le directeur de l'établissement se tenait debout sur l'estrade.

— Bonjour à tous, prononça-t-il solennellement. Vous devez certainement vous demander les raisons de ma présence face à vous aujourd'hui. C'est tout d'abord avec beaucoup de tristesse que je dois vous annoncer que trois de vos camarades ont attrapé une dangereuse infection…

Sa voix se perdit dans le brouhaha qui, tel un nuage de fumée après une explosion, se propagea dans la salle. Caroline, qui n'était jamais le dernier atome à s'exciter lors d'un ébranlement du corps, leva la tête bien haute et regarda circulairement autour d'elle.

— C'est Adrienne, Antoine et Daniel ! annonça-t-elle à ses deux amis, avec la fierté de l'inspecteur ayant résolu une affaire.

Le directeur laissa le chahut s'écouler puis reprit son discours.

— Comme je m'apprêtais à vous le dire, ils ont tous les trois été parfaitement pris en charge, et si nous ne pouvons dire quand ils reviendront, nous les estimons aujourd'hui hors de danger. Sachez également que tout le lycée a été passé au peigne fin et que vous ne craignez donc plus rien.

Il se tut puis, jetant un coup d'œil aux deux professeurs

derrière lui, plongea la main dans sa sacoche.

— La seconde raison de ma présence ici, dit-il en posant un épais tas de copies sur son bureau, est que nous avons enfin terminé de corriger vos concours blancs.

Le silence qui suivit cette déclaration se posa telle une chape de plomb sur la classe.

— Le moment pour vous les rendre n'est sans doute pas le mieux choisi, mais nous sommes déjà mi-octobre et nous ne pouvons attendre davantage.

Espoir, angoisse, résignation, terreur, soulagement, joie : toutes les couleurs de la palette des sentiments humains se peignirent sur les visages des étudiants, dont les yeux s'étaient cramponnés à la pile devant eux. Le directeur saisit les vingt-huit verdicts entre ses mains veinées et s'approcha de Benjamin.

— Félicitations, c'est un travail tout à fait brillant, dit-il en glissant sa copie sur le coin de sa table.

Caroline se contorsionna pour tenter d'apercevoir la note de son ami.

— Dix-huit !

Le petit cri qu'elle lâcha provoqua un remous admiratif dans la salle.

— Merci de garder ce genre de commentaires pour vous Caroline, dit d'une voix lasse le professeur en continuant sa tournée. Mais oui, Benjamin a fait un excellent travail.

Bien loin de toutes ces considérations, Rubie regardait fixement le mur devant elle ; s'y était dessinée la carte de la Capitale qu'elle avait examinée dans le bureau de son père. Elle songea qu'il y a quelques semaines déjà, un curieux pressentiment l'avait traversée en écoutant ce jeune homme défendre son « Archer de Panglass » ; et puis il y avait eu cette pauvre femme, rue Taitbout ; et maintenant cette carte… mais non, cette carte c'était encore autre chose. Avant, c'était une sorte de rêve bâti sur une série de coïncidences et d'impressions intérieures ; une chimère composée avec la fumée de son imagination sans doute avide de mystères, alors qu'aujourd'hui… aujourd'hui ce n'était plus un songe aux contours mobiles, mais une forme nouvelle et menaçante qui lui écrasait l'esprit. Soudain, elle prit conscience que le directeur se tenait près de sa table et que tous les regards étaient posés sur elle.

— Rubie, vous êtes dans la Lune en ce moment, soupira-t-il en en lui tendant sa copie. Vous avez certainement déjà eu une conversation avec votre père à ce sujet, je n'insisterai donc pas plus.

La Penseuse la saisit entre ses doigts ; une expression soucieuse passa sur ses traits. « Il ne faut pas que j'oublie de demander à Caroline de me couvrir, ce soir. Mais après notre discussion d'hier, elle n'acceptera jamais. Sauf si… » Elle attendit que le directeur ait rejoint l'estrade puis elle se pencha vers son amie.

— Je dois te demander une chose, chuchota-t-elle.

Caroline n'aurait su expliquer pourquoi mais la voix de Rubie lui arracha un frisson ; il y avait quelque chose de faux dans cette voix, comme un faux enthousiasme, une fausse spontanéité ; ce n'était pas ses inflexions habituelles.

— Il faut que tu me couvres, je vais chez Anchise après les cours, continua Rubie.

Si d'ordinaire Caroline aurait sans doute manifesté son indignation face à une telle demande, elle se sentait cette fois-ci prisonnière d'un inexplicable attentisme.

— Pour lui demander de jeter ses livres, comme je vous l'ai promis hier. C'est important. Tu comprends, n'est-ce pas ? Alors, c'est d'accord, je peux compter sur toi ?

Caroline continuait de dévisager Rubie, souriante comme une petite fille prête à tout pour une poupée.

— Alors, c'est d'accord ? C'est vraiment très important, tu le sais bien ! Je dois y aller, je dois le convaincre !

Ces supplications enfantaient en Caroline un étrange phénomène ; une sorte d'impératif catégorique brandi par sa conscience, qui brisait une à une toutes les briques de sa volonté. Après un dernier sursaut de son intuition, elle baissa les paupières et, d'une voix faible, répondit :

— D'accord, oui, je te couvrirai.

Lorsqu'elle parvint devant la porte d'Anchise, Rubie se sentait sans force, le cœur rempli d'appréhensions et de doutes. Elle posa une main sur la poignée et s'immobilisa. « Que va-t-il penser de tout cela ? Se moquera-t-il encore une fois ? Non, non, il ne peut pas se moquer, il verra que je suis tout à fait sérieuse ! Mais, imaginons qu'il soit d'accord avec moi, que ferons-nous ? » Elle réalisa que tous les cas de figure menaient vers un gouffre dont elle n'apercevait pas le fond ; pour couper court à ses réflexions, elle toqua à la porte. À peine Anchise eut-il ouvert qu'elle pénétra dans l'appartement et s'assit sur une chaise.

— Tu ne remarques rien ? demanda-t-il en souriant avec fierté.

Rubie haussa les épaules.

— Vraiment ? insista-t-il. Le parquet ne te paraît-il pas plus… brillant ? Et la vaisselle éclatante ? Et les rideaux fraîchement dépoussiérés ?

Rubie, toujours muette, riva ses yeux au sol.

— Cela fait deux heures que je fais le ménage ! s'exclama-t-il dans un gémissement qui n'attendrit que lui. Passe donc ton doigt sur la table !

— Il faut que je te parle, dit soudain l'étudiante.

Il y avait un je-ne-sais-quoi de trop sérieux dans son expression pour qu'Anchise fasse le pitre plus longtemps. Il s'assit près d'elle et posa ses coudes sur la table.

— Ce que tu évoquais hier dans ton message ?

Elle hocha la tête et sortit son portable de son sac.

— J'ai découvert quelque chose, dans le bureau de mon père…

Rubie savait qu'elle ne pouvait plus reculer mais elle avait si peur qu'il se moque d'elle ! Ou pire, qu'il la prenne pour une de ces illuminées qui allaient jusqu'à remettre l'existence de Panglass en question !

— Quelque chose qui avait toujours été là, mais que j'ai vu pour la première fois. Tiens, voilà, regarde.

Anchise saisit le téléphone qu'elle lui tendait.

— Qu'est-ce que c'est ? murmura-t-il en plissant les yeux.

— C'est une carte de la Capitale. Des personnages de romans y sont dessinés.

— Je ne peux pas lire, c'est trop petit. Qu'est-il écrit ici ?

Rubie concentra son regard et sa mémoire à l'endroit qu'Anchise indiquait.

— Lucien Chardon, rue Saint-Fiacre.

— Et là ?

— Père Goriot, rue Tournefort.

— Et là au-dessus ?

— Balthazar Claës, rue de Douai.

L'étonnement s'esquissa sur le visage du garçon.

— C'est le nom de ma rue !

— Qu'est-ce que cela signifie à ton avis ? Qui est ce Balthazar Claës ?

— C'est le personnage principal de La recherche de l'absolu, de Balzac ; un scientifique rongé par l'obsession de trouver l'absolu jusqu'à la ruine de sa famille, pourtant lignée historique de la ville de Douai.

Un éclair passa dans ses yeux.

— Oui, l'encouragea Rubie, c'est sans doute le seul moyen que l'auteur du tableau ait trouvé pour l'inclure dans le tableau. Car Esther, s'il s'agit de celle de Splendeurs et misères des courtisanes, habite bien rue Taitbout, et Lucien loge aussi à une époque de sa vie rue Saint-Fiacre !

— Il faut croire que tous les Penseurs ne détestent pas tant la littérature d'avant Panglass que ça…, marmonna sarcastiquement Anchise.

— Cela me fait penser au jour où j'ai écouté ce jeune homme, dans le salon de détente, dit-elle après un silence. Rappelle-toi, je t'en avais parlé.

— Oui, je m'en souviens, mais où veux-tu en venir ?

— Et si… si il y avait plus que cela ? Si ce n'était pas

qu'une simple peinture, mais autre chose ?

— Autre chose ?

— Je ne te l'ai jamais dit, mais au cours d'une sortie avec l'école j'ai rencontré une jeune femme dont l'histoire était tout à fait similaire à celle d'Esther, et qui habitait également rue Taitbout !

— Va au bout de ta pensée, dit-il après silence.

— Je... je n'en ai pas, souffla l'adolescente d'une voix faible. Mais il y a trop de coïncidences. Lucien, puis Esther, et maintenant ce tableau...

Anchise se frotta le menton et croisa les bras.

« Il me prend pour une folle... », s'imagina Rubie en retenant les larmes qui déjà lui venaient.

Pourtant, aucune moquerie ne se lisait sur le visage du jeune homme. Il attrapa le portable, posé sur la table, et plissa les yeux.

— Qu'est-il écrit, tout en bas à droite ?

— Frédéric Moreau, répondit hâtivement Rubie. Le lieu indiqué est Fontainebleau.

Un moment d'étrange silence s'écoula. Lorsqu'Anchise se tourna vers elle, elle trouva son visage d'une pâleur inhabituelle. Comme ses lèvres semblaient murmurer quelque chose, elle approcha son oreille.

— Frédéric Moreau... Fontainebleau... Rosannette... Rose... Un ami blessé pendant la Révolution...

Soudain, il se leva et s'avança vers la fenêtre. Il l'ouvrit, s'accouda à la rambarde et resta ainsi plusieurs secondes.

— Tu as raison, dit-il en se tournant vers elle, il y bien autre chose...

176

Un sentiment indéfinissable avait enchaîné le cœur de Rubie au fond d'une cuve où fermentaient les plus extrêmes versants de l'espoir et de l'incompréhension. Elle ne pouvait prononcer un mot.

— À Fontainebleau, te souviens-tu de l'homme qui nous inquiétait ? Celui à qui je suis allé parler ? demanda-t-il.

Rubie acquiesça d'un léger mouvement de la tête.

— C'est *lui*.

Anchise avait expiré plus que prononcé ce mot, comme si plus aucune force ne l'animait.

— C'est… c'est Frédéric Moreau…

— Frédéric Moreau ? demanda Rubie.

— Le héros de l'Éducation sentimentale, de Flaubert. Un jeune homme réfugié à Fontainebleau pendant la révolution avec une femme nommée Rosanette… et remonté sur la Capitale à cause d'un ami blessé…

Comme s'il prenait graduellement conscience de cette révélation, Anchise s'exprimait avec plus de force et d'ardeur.

— C'est exactement la même histoire… jusqu'au prénom même de sa fiancée : Rose. C'est trop proche de Rosanette pour être une coïncidence !

Une lueur fébrile crépitait désormais dans son œil.

— Mon père ne m'a pas laissé ces livres hasard, et ton père n'a pas non plus ce tableau dans son bureau par hasard !

Effleurée par un sombre pressentiment, Rubie le regarda droit dans les yeux et lui dit :

— Il faut bien garder tout cela pour nous, n'est-ce pas ?

Mais Anchise était devenu étranger à toute communication.

— Je n'y vois pas clair pour l'instant, murmura-t-il, mais il ne fait pas de doute que nous avons mis le doigt sur quelque chose…

— Anchise ! l'apostropha Rubie en lui saisissant les poignets et en le forçant à la regarder.

Le jeune homme eut un mouvement de paupières.

— Tout cela doit rester entre nous, tu m'entends ?

— Oui, bien sûr, répondit Anchise comme s'il venait d'être tiré d'un rêve.

Rubie le considéra un instant. « Il y a vraiment quelque chose de différent chez lui… », frémit-elle.

Lorsqu'elle revint chez elle, la jeune fille trouva sa mère seule à table. La scène qu'elle avait vécue avec Anchise la poussait vers la prudence, et l'encouragea à se montrer pleine de bonne volonté durant tout le repas. « Il faut faire bonne figure ; tout ne dépend que de cela, faire bonne figure, se répétait-elle. Lorsque je présenterai Anchise à papa, il faudra également… » *Présenter Anchise à son père* : cette idée avait envahi sa conscience avec la fulgurance et la puissance d'une vague scélérate. Rubie connaissait sa mécanique corporelle et elle savait que, d'une minute à l'autre, ces remous intérieurs pousseraient leurs sédiments jusqu'à la surface de sa peau ; déjà, elle se voyait rougir. Avec l'assurance d'un équilibriste qui sent dans sa corde une vibration inhabituelle elle se leva et, prétextant des devoirs à rendre pour le lendemain, s'éclipsa dans sa chambre.

Elle s'assit à son bureau et sortit son ouvrage de mathématiques, espérant atteindre dans les chiffres quelque hauteur qui la mettrait à l'abri de cette idée dévastatrice ; cependant, elle constata bien vite qu'aucune démonstration, aussi ardue fut-elle, n'arrêterait le déferlement. L'une après l'autre, les vagues s'écrasaient contre les murailles de son entendement et les faisaient voler en éclat aussi facilement que des feuilles de papier. Lorsque tout l'édifice fut anéanti, la tempête se retira et, presque calmement, Rubie s'en alla ramasser les coquillages de conjectures qu'elle avait laissés derrière elle. « Comment cela, présenter Anchise à papa et maman ? Bien sûr, si cela se passait bien... oui, si cela se passait bien, cela changerait beaucoup de choses ; plus besoin de se cacher, de mentir, de demander à Caroline et Benjamin de me couvrir... Peut-être même pourrait-il devenir Penseur, qui sait ? » Tout en abandonnant ses sens à la nacre rêveuse de ces réflexions, ses doigts faisaient défiler les pages de son manuel scolaire. Elle tomba soudain sur la figure souriante de son père. « Non, je suis folle ! Présenter Anchise... quelle idée ! Je ne pourrai de toute façon jamais le dire à papa ! Affronter son regard en lui avouant que je fréquente un Producteur ; m'asseoir devant lui, à son bureau, comme je me tiens assise actuellement, et lui dire la vérité... »

Cette terrible lutte intérieure enflamma ses joues. Elle ouvrit sa fenêtre, posa ses mains sur la rambarde glacée et ferma les yeux. L'air automnal qui lui emplit les poumons remit de la sérénité dans ses idées. « Le mieux est encore de ne pas y penser. Peut-être qu'un jour, si les circonstances s'y prêtent, mais en attendant...»

Lentement, elle rouvrit les paupières. Les lumières suspendues dans un haut chêne formaient des guirlandes d'émeraudes dans les profondeurs du feuillage ; une douce brise les faisait frémir. Elle se pencha en avant et, le menton reposant sur les paumes de ses mains, s'abandonna au languissant ballet de ces lucioles céladons. Mais soudain son pouls se glaça ; là-bas, vers le bâtiment au fond du jardin, quelque chose avait bougé ! Tous ses nerfs tendaient vers la chambre de ses parents mais un pressentiment singulier l'empêchait de bouger. Elle plissa les yeux.

— Ce ne serait pas…, murmura-t-elle, incrédule.

Elle tourna la tête vers son réveil, qui affichait 22h45.

— Que fait-elle dehors à cette heure-là ?

Après une courte hésitation, elle s'élança hors de sa chambre.

Apercevant sa fille dans le couloir, Alexandra s'immobilisa dans l'escalier.

— Tu es encore debout ? demanda-t-elle après un silence.

— Tout va bien maman ?

— Oui, pourquoi ?

Rubie descendit les marches qui la séparaient de sa mère et posa une main sur son bras ; à ce rare contact, par un courant inattendu, se fit l'un de ces échanges de sentiments dont la substance échappe au langage. L'adolescente tressaillit et retira ses doigts.

— Je t'ai aperçue dans le jardin en fermant mes volets, et j'ai pris peur.

Alexandra eut un moment d'hésitation.

— Tu peux te recoucher. Je suis juste allée m'assurer que ton père avait bien refermé la grille du jardin.

Puis, comme Rubie ne bougeait pas :

— Vraiment, tout va bien ma chérie, tu peux retourner au lit.

Pour ajouter du crédit à ses paroles, elle embrassa sa fille sur le front ; mais ses lèvres tremblaient. Rubie remarqua que ses épaules étaient couvertes de poussière. Dévorée par la curiosité, elle ouvrit les lèvres, mais au dernier moment elle se ravisa et les resserra en un sourire.

— Bonne nuit maman.

19

Si le Grand Traducteur avait été absent pour le dîner, c'est qu'il avait décidé de réunir, en urgence et sur un coup de tête, tous les membres de son Conseil pour une session extraordinaire. À la façon dont il se carrait dans son fauteuil, mâchoire serrée et bras croisés, chacun devina en un instant l'objet de cette réunion imprévue et, par conséquent, l'humeur massacrante qui devait animer son organisateur.

— Messieurs, commença-il lorsque la salle fut comble, veuillez m'excuser de vous déranger en pleine soirée, mais l'heure est grave ! Comme vous le savez, nous menons depuis plusieurs mois une traque effrénée pour tenter de retrouver Igor Koprov. Cette traque se révélant jusqu'à présent infructueuse, et Monsieur Korpov représentant le plus grand danger pour cette nation, nous avons décidé de franchir un pallier supplémentaire dans nos méthodes d'investigation. Kévin, je te laisse la main.

L'homme que le père de Rubie avait désigné se leva ; sur sa figure perçait une détermination farouche. Un badge, gravé de la mention « Kevin Moller, Chef de l'Ordre des Gardiens », était épinglé sur son pardessus.

— Messieurs, cela fait maintenant dix ans que cet individu se joue de nous, et cela ne peut plus durer ! Nous avons fouillé tous les parcs, tous les cinémas, tous les magasins, tous les salons de détente, tous les lieux de culte dans lesquels cette vermine serait susceptible de se terrer… et pourtant l'animal court toujours ! Oui, il court, il rampe, il vole, que sais-je, mais il n'est en tout cas pas dans le seul endroit qui devrait accueillir un pareil parasite : la prison !

Il sortit un mouchoir et épongea la bave qui moussait aux coins de ses lèvres.

— Cet homme, Messieurs, a des complices. Pourquoi ? Parce qu'un homme seul ne pourrait échapper à la sagacité de mes équipes aussi longtemps ! Des traîtres - il avait prononcé ce mot avec un tremblement dans la gorge -, vous m'avez bien entendu, des traîtres, se cachent dans la Capitale !

Il regarda un par un les hommes assis autour de la table et explosa brutalement de rage.

— Et ceci n'est plus possible ! Nous devons les faire tomber ! Tous ! Tous ces traîtres qui pourrissent les rouages de notre justice ! Toutes ces termites qui dévorent le parquet de nos tribunaux !

Il passa la main dans ses cheveux brillants de sueur et remonta le nœud de sa cravate.

— C'est pourquoi, reprit Kevin plus calmement, nous avons décidé, le Grand Traducteur et moi-même, de mettre sur pied une unité d'élite qui, à compter d'aujourd'hui, fouillera méthodiquement, et sans prévenir, chaque foyer de la Capitale ; chaque cuisine, chaque salle de bains, chaque chambre à coucher, chaque salon, chaque cabanon, chaque cave, chaque grenier sera passé au peigne fin pour mettre la main sur cette nuisance. Car il n'est pas tolérable que dans notre pays…

« Cet homme a été créé pour ne pas s'arrêter. C'est un Javert qui mourra avec sa fonction », songea le père de Rubie en levant la main pour le freiner.

— Merci Kevin, je suis persuadé que tes équipes mèneront ces investigations avec le plus grand sérieux qui soit.

— Mais je…

— Non, vraiment, le message est passé, insista-t-il avec un sourire sans équivoque.

Après quelques secondes d'hésitation, le Grand Traducteur se leva.

— Mais ce n'est pas tout Messieurs…

Il croisa les mains derrière son dos et se mit à déambuler avec une inquiétante lenteur derrière ses hommes.

— La véritable raison pour laquelle je vous ai convoqués et que je ne me suis pas contenté d'une simple communication, c'est que ces fouilles n'épargneront personne.

De nombreux fronts se plissèrent.

— Comment ça, personne ? demanda Victor Morsay après un silence.

— Non, Victor, personne. Je suis conscient de ce que cela implique et je sais que cela en fera grogner plus d'un parmi vous, mais nous ne pouvons désormais plus écarter la moindre possibilité.

—Autant nous accuser directement de traîtrise ! s'exclama tout à coup un vieil homme au crâne dégarni.

— Ce n'est pas du tout ce que je fais Rémi, mais vous connaissez comme moi la nécessité absolue de le trouver. Et aujourd'hui, tous les moyens sont bons pour y parvenir…

Le murmure de protestation se densifia. Pour y mettre fin, le Grand Traducteur retourna à sa place et dévisagea les protestataires.

— En résumé, conclut-il lorsque le silence fut revenu, je vous demanderai de vous montrer conciliants lorsque l'on sonnera à vos portes pour inspecter vos demeures. Sachez que je serai intransigeant avec ceux qui auront posé problème.

Lorsqu'il lut la soumission qu'il cherchait dans tous les regards, il rassembla ses affaires et se dirigea vers la sortie.

— Vous pouvez disposer.

Victor le rattrapa au milieu d'un couloir.

— Tu penses vraiment qu'un traître pourrait se cacher parmi nous ? lui demanda-t-il dans un chuchotement.

— Non, mais la situation est devenue trop critique pour prendre le moindre risque. Reste attentif de ton côté aux comportements suspects.

— Évidemment. À demain.

Alors que le Grand Traducteur s'apprêtait à pénétrer dans sa voiture, une main se posa sur son bras.

— Je suppose que cette mesure ne nous concerne pas ?

Le père de Rubie tressaillit et se retourna.

— Non, bien sûr, répondit-il aux deux hommes figés derrière lui.

Il les salua puis disparut dans l'automobile.

Le Grand Traducteur passa le pas de sa porte aux alentours de 23 heures. Il se débarrassa de ses chaussures pour ne pas réveiller sa fille et traversa sans un mot le salon en direction de la cuisine.

Sa femme le trouva paralysé face au réfrigérateur.

— Je t'ai préparé une assiette, je me doutais que tu aurais faim, lui dit-elle.

— Ah, merci, marmonna-t-il sans la regarder.

Après environ une minute, sa tête tomba comme celle d'un pantin subitement privé de son fil. Lorsqu'il se tourna vers Alexandra, ses yeux étincelaient de fureur.

— Comment est-ce possible ? s'exclama-t-il. Comment peut-on échapper à mes services si longtemps ? Et dans la Capitale, en plus, sous mon nez !

Il avança vers la table de la cuisine et y appuya ses deux poings.

— Kevin a raison, il a forcément des complices... Des Iago errent dans mes rues ! Mais je ne serai pas un Othello ! Oh non, je leur mettrai la main dessus bien avant !

Alexandra comprit qu'il parlait d'Igor Koprov. Elle s'avança vers lui et posa une main bienveillante sur son bras.

— Vous finirez bien par le trouver, dit-elle d'une voix douce. Il se cache certainement dans le dernier endroit où vous vous attendriez à le trouver.

Les prunelles du Grand Traducteur s'élargirent brutalement.

— Aurais-tu une idée ?

Il pivota vers sa femme et s'approcha si près d'elle qu'elle dut reculer d'un pas.

— Non, mais comme tu l'as dit toi-même il doit avoir des complices ; et peut-être des gens que tu as toi-même placés !

Le maître de maison se mordit les lèvres de rage.

— Oui, cela me paraît évident maintenant que tu le dis ! Un simple Producteur ne pourrait échapper à la vigilance de mes Gardiens. Cela doit être quelqu'un de pouvoir, quelqu'un à l'apparence insoupçonnable !

Il s'approcha d'un mur et y abattit son avant-bras.

— Je vais faire un tour, je n'en aurai pas pour longtemps, dit-il en s'élançant vers la porte d'entrée.

Un manteau noir sur le dos, il arriva dix minutes plus tard devant l'appartement de Charles. Il s'assura que personne ne l'avait suivi puis toqua à la porte.

Le chauffeur, en chemise de nuit et muni d'un bâton, vint lui ouvrir.

— Vous ? murmura-t-il.

— Je dois vous parler ! répondit ce dernier en pénétrant sans y être invité dans l'appartement.

Ce n'était actuellement plus le Grand Traducteur qui agissait mais un homme convaincu de s'être fait trahir et blessé dans son orgueil.

— Charles, quelqu'un se joue de moi ! se désespéra-t-il en faisant les cents pas dans l'appartement.

— Comment ça, Monsieur ?

Le père de Rubie exhala un râle.

— Igor, quelqu'un le cache ! Quelqu'un de très proche de moi… un de mes ministres ou un membre du Conseil.

— Igor ?

— Mais oui, vous savez, Igor Koprov, je vous ai déjà parlé de lui !

— Ah oui, c'est exact. Et qu'est-ce qui vous fait dire cela ?

— Cela ne peut en être autrement !

Charles ne chercha pas à remettre en cause cette certitude ; personne ne cherchait jamais à la remettre en cause.

— Et en quoi puis-je vous être utile ? se contenta-t-il de demander.

— Ouvrez l'œil, Charles ! Comme vous le faites pour Rubie, soyez mes yeux et mes oreilles ! Vous connaissez les chauffeurs de mes ministres, n'est-ce pas ? Sondez-les ! Épiez-les ! Introduisez-vous dans leurs cercles ! Ont-ils des cercles ? Existe-t-il quelque confrérie de chauffeurs ? Une amicale ? Vous ne sortez pas assez Charles ! Si vous sortiez davantage, vous seriez au contact de ces gens !

Toutes ces paroles semblaient jaillir d'elles-mêmes, comme un geyser sans source.

— Ah si vous saviez Charles…

Un bruit, qui venait de la cuisine, pétrifia les mots sur ses lèvres.

— Vous avez du monde ? demanda-t-il d'une voix méconnaissable.

— Non Monsieur, répondit Charles calmement.

Le Grand Traducteur, tous les traits du visage contractés par le soupçon, examina son chauffeur en silence.

— Vous-êtes certain que…

Soudain, un bruit de verre explosant sur du carrelage retentit dans la pièce à côté. Ses yeux hors de leurs orbites, il se rua dans la cuisine. Un petit chat blanc, qui lapait du lait répandu sur le sol, miaula en le voyant arriver.

Le Grand Traducteur ferma les paupières et soupira lourdement.

— Je suis désolé Charles, j'ai cru que… Veuillez m'excuser, je n'aurais pas dû.

— Cela ne fait rien Monsieur, nous ne sommes jamais trop prudents.

Le père de Rubie mit la main sur l'épaule de son chauffeur.

— Je peux compter sur vous ?

— Bien sûr, comme toujours.

20

En ce jeudi soir pluvieux, Caroline, Rubie et Benjamin se rendirent à l'allocution du Grand Traducteur, conçue comme une « mise en bouche » de la Course à Panglass qui aurait lieu en mars.

Les amis pénétrèrent dans la salle par une entrée à l'abri de la foule et trouvèrent trois places dans une loge réservée aux Penseurs. Rubie balaya le lieu des yeux et constata une nouvelle fois la minutie avec laquelle le Parti préparait chacune de ses interventions : depuis les rideaux en velours pourpre minutieusement dépoussiérés aux panneaux lumineux « Élu par Panglass » ingénieusement disposés, tout devait avoir été réfléchi depuis des mois pour qu'aucune fausse note ne vienne perturber la symphonie orchestrée par son père. Dans la loge d'à côté, trois gros Penseurs vêtus de tuniques aux couleurs éclatantes nettoyaient leurs lorgnettes, en considérant avec condescendance le parterre qui s'agitait. L'un deux, illustre maître de rhétorique à l'université, avait été le professeur particulier de l'adolescente au cours d'un été.

« Il a encore grossi, songea-t-elle avec dégoût. On dirait que ses joues ne sont jamais assez larges pour contenir tout ce qu'il veut engloutir ; regardez-le avec son front si gras qu'on pourrait le beurrer ! »

Tout en rêvassant, Rubie sentait quelque chose qui la gênait sous ses fesses ; elle se souleva et, passant la main sur son siège, remonta une enveloppe imprimée de l'inscription « *Instructions personnalisées* ». Elle la décacheta et voulut partager le contenu de son script avec ses amis, mais au même instant les lumières de la salle se tamisèrent et un faisceau bleuté troua le rideau de la scène. Une fumée blanche envahit l'estrade et une chorale entonna l'hymne à Panglass. Tous les spectateurs se mirent debout et levèrent les yeux au ciel.

Rubie aussi s'était mise debout. Cependant, la force invisible qui avait tourné les autres visages vers le ciel avait glissé sur elle sans la pénétrer, et au lieu d'admirer dévotement le plafond et ses mystérieuses peintures, elle regardait autour d'elle. Une sensation d'isolement et même de suprême solitude s'empara alors d'elle ; ce n'était pas quelque chose d'analysable à la lumière de sa conscience, mais vraiment une sensation immédiate et écrasante, qui lui rappelait ce qu'elle avait vécu chez Caroline.

« Que m'arrive-t-il ? », « Comment se fait-il que je me sente si seule au milieu de tant de gens ? », « Pourquoi ne suis-je pas en train de regarder vers le ciel comme tous les autres ? » : autant de questions qui se pressaient en elle et que seules la voix de son père et la clameur qui l'accompagnait vinrent refluer.

— Bonjour à tous, Féens et Féennes, Producteurs, Penseurs et Gardiens, présents dans cette salle ou confortablement installés, du moins je l'espère, devant votre écran de télévision. Comme vous le savez, si je suis présent aujourd'hui devant vous, c'est pour vous offrir une courte mais savoureuse mise en bouche de ce qui vous attendra le 30 mars prochain.

Des murmures d'impatience s'élevèrent du public.

— Si vous vous rappelez bien, nous avions l'année dernière récompensé cinquante Féens sur la base des données fournies par le ministère de la Comptabilité Humaine ; cinquante Féens qui ont su, par leurs actions régulières en faveur de la Nation, gagner leurs places pour Panglass avec leurs familles et…, s'interrompit-il soudain avec un art consommé de la mise en scène, cela me fait d'ailleurs penser que j'ai une petite surprise pour vous !

Quelques interpellations telles que « Mais qu'est-ce que c'est ? » ou « Dites-nous Grand Traducteur, nous voulons savoir ! » jaillirent autour des trois amis. Caroline jeta un coup d'œil à ses propres instructions ; l'une d'elle lui fit avoir un frisson : « *Laissez passer 4 secondes après « J'ai une surprise pour vous » puis criez « S'il vous plait montrez-là nous ! » »* Elle arracha la fiche que Benjamin tenait entre ses doigts : rien de tel.

— Mince, c'était une instruction personnalisée…, murmura-t-elle paniquée.

Elle leva les yeux et crut voir un Gardien qui la fixait. Sans savoir si ces quatre secondes s'étaient effectivement écoulées, elle cria ses instructions. Le Gardien nota quelque chose sur un papier et détourna le regard.

— Qu'as-tu à gesticuler ainsi ? lui demanda Rubie.

— Je viens de comprendre qu'on avait chacun des instructions personnalisées cette année. Tu ferais mieux de consulter les tiennes !

Le Grand Traducteur leva ses mains pour obtenir le silence.

— Le contenu de cette fameuse surprise va vous être dévoilé d'un instant à l'autre. Mais avant, je me dois de vous prévenir : les images qui vont suivre risquent fort de bouleverser votre vie… à tout jamais.

Les lumières de la salle s'éteignirent et un gigantesque écran blanc descendit derrière lui.

— Et voici, Mesdames et Messieurs, les toutes premières photos de… la dernière génération de Féens arrivée sur Panglass !

Après un instant de stupéfaction, la foule perdit la tête. En haut comme en bas, Penseur comme Producteur, vêtu d'une cravate comme d'un bleu de travail, on se mit à crier et à trépigner dans une surenchère à qui se ferait le plus remarquer ; à chaque fois qu'un cliché, généralement celui d'un Féen ou d'une Féenne allongé sur une plage de sable blanc, apparaissait à l'écran, des exclamations telles que « C'est mon cousin ! », « Regardez-le celui-là se prélassant au soleil ! » ou encore « Je le connais lui, on travaillait ensemble ! » éclataient par salves aux quatre coins de l'auditoire.

— Eh bien, s'exclama le Grand Traducteur quand les photos eurent fini de défiler, je suis heureux de constater que ces quelques images n'ont pas affecté votre envie d'aller sur Panglass !

Mais son sourire n'eut pas le temps de s'épanouir qu'une expression sévère le délogea de ses lèvres.

— À présent, je souhaiterais avoir toute votre attention car ce qui va suivre est d'une importance capitale.

Un silence solennel accompagna ses paroles. Rubie jeta des coups d'œil autour d'elle, cherchant à déceler sur certains visages la même réserve que celle qu'elle éprouvait, mais tous étaient dévotement tournés vers son père. Une nouvelle déferlante de piaffements la sortit de sa torpeur.

— Que se passe-t-il ? demanda-t-elle à Caroline, qui piétinait elle aussi sur place.

— Tu n'écoutes rien ou quoi ? Ton père vient d'annoncer que cette année il n'y aura pas cinquante, mais cent Féens qui seront désignés pour aller sur Panglass ! Et vu les scores de mes parents, je pense que nous avons nos chances !

Pendant ce temps, le Grand Traducteur s'évertuait à apaiser la foule.

« Du calme chers Féens, du calme… »

— Excusez-moi, Monsieur le Grand Traducteur, l'interpella soudain un Producteur sous le regard stupéfait de ses voisins.

— Tu crois que c'est dans son script, ou bien il veut juste passer le restant de ses jours en prison ? chuchota Benjamin à Rubie qui, pour toute réponse, haussa les épaules.

Alors qu'une escouade de Gardiens s'apprêtait à bondir sur lui, un geste de la main du Grand Traducteur l'autorisa à prendre la parole.

— Je vous écoute, Monsieur… ?

— Cuchet, Monsieur, Pierre Cuchet.

L'homme qui se leva était grand et maigre ; ses yeux, qui disparaissaient sous d'épais cernes noirs, avaient un regard rempli d'espoir.

— C'est lui ! s'étouffa Caroline à l'instant où l'homme prononça son nom.

— Qui « lui » ? demanda Benjamin dans un murmure.

— Celui qui avait crié au Panthéglass ! Il avait 20 800 points, rappelle-toi !

Les deux adolescents se turent lorsque le père de Rubie reprit la parole.

— Je vous en prie Monsieur Cuchet, exprimez-vous.

Toute l'attention était à présent tournée vers lui.

— Voilà, Monsieur le Grand Traducteur, commença l'homme d'une voix tremblante, avant je… voyez-vous, avant je… je vivais, mais je ne vivais pas vraiment. C'est difficile à expliquer, mais en réalité c'est à peine si je me souviens de ce que je faisais avant la Révolution… comme si cela n'avait pas d'importance. En fait, c'est comme si j'étais quelqu'un d'autre, mais une personne qui me serait inconnue, vous comprenez ?

Une pensée traversa l'esprit du Grand Traducteur : « Serait-ce Balthazar ? »

— Mais depuis la Révolution, depuis que le Panglassien est venu nous délivrer, je… je dévore la vie ! Je la dévore pour aller sur Panglass !

Ses mains s'étaient fébrilement portées sur sa poitrine.

— Je me bats, oh si vous saviez comme je me bats pour gagner des échelons dans mon entreprise ! Et comme je dépense pour faire marcher la machine économique du pays ! Ma Lizbeth, c'est ma femme, ne me comprend pas toujours d'ailleurs. « Arrête un peu ton cinéma Pierre », « Tu ne t'intéresses jamais à moi », « Tu vas nous ruiner », « Redescends sur Terre », voilà le genre de choses qu'elle me dit. Ce n'est jamais méchant, mais c'est juste qu'elle ne comprend pas… Vous comprenez, vous, n'est-ce pas ?

Mais le Grand Traducteur était bien trop absorbé par ses propres pensées pour répondre. « C'est lui, ça ne peut être que lui. Une telle obsession, une telle frénésie… aucun doute possible, c'est une incarnation sublime ! »

Pierre Cuchet distingua un sourire sur le visage de son héros. Le cœur gonflé du sentiment d'être compris, il soupira lourdement et, les yeux mouillés de larmes, conclut ainsi :

— Comme vous le voyez, je mange, je dors, je respire, je marche, je travaille pour aller sur Panglass… mais je ne gagne jamais. Malgré tous mes efforts, je n'ai jamais assez de points, et je ne comprends pas ce que je peux faire de plus…

« Il faut dorloter ses artistes, ménager leur égo… », songea le père de Rubie.

— Monsieur Cuchet, sachez que je comprends tout à fait votre désarroi.

La foule, qui ne s'attendait pas à une telle mansuétude, murmura de surprise.

— Oui, je vous ai compris et laissez-moi vous dire une chose : je suis absolument convaincu qu'avec les cinquante nouvelles places offertes par Panglass cette année, vous ferez partie des heureux élus. Oui, je suis convaincu que si vous ne baissez pas les bras et que vous continuez de fournir les mêmes efforts, vous aurez très bientôt votre ticket pour Panglass.

— Vous croyez ? s'exclama le brave homme.

— Mais oui, vous pouvez vous rasseoir tranquillement,

Monsieur Cuchet. Et surtout, continuez à croire en vos rêves ! conclut le Grand Traducteur d'une voix plus ferme mais sans détacher de sa figure une sympathique expression d'empathie.

Kevin Moller, debout dans un coin de la scène, invita discrètement deux Gardiens à faire rasseoir l'individu.

La cérémonie se termina sans autre incident particulier puis, tandis que leurs parents partaient pour un cocktail mondain, Rubie invita Benjamin et Caroline à venir dîner chez elle ; la jeune fille se sentait toujours emplie de cette sinistre sensation d'isolement mais elle espérait que la présence de ses amis la dissiperait. Cependant, elle constata dès le début du repas que ce n'était pas le cas ; que non seulement elle se sentait toujours aussi seule, mais que surtout elle ne trouvait rien à dire à ses amis. Son cœur était comme vidé.

Alors que Benjamin et Caroline installaient les assiettes sur la table, elle s'éclipsa dans la cave de son père et rapporta plusieurs bouteilles de vin.

— Es-tu sûre que ce soit une bonne idée ? demanda Caroline avec dubitation.

Rubie ne répondit pas et remplit trois verres à ras-bord.

— À Panglass ! s'écria-t-elle en levant le sien.

Elle n'attendit pas que ses amis l'imitent et le but d'un trait, comme si elle éteignait un incendie dans sa poitrine. Caroline et Benjamin se regardèrent avec inquiétude puis avalèrent à leur tour une gorgée.

— Tu es toute pâle, es-tu sûre que ça va ? demanda l'adolescent en reposant son verre.

Rubie le fixa d'un air étrange.

— Oui, c'est juste toute cette effervescence qui m'a fait tourner la tête.

Caroline tressaillit : cette voix, c'était celle qu'elle avait entendue l'autre jour en classe, lorsque Rubie l'avait suppliée de la couvrir pour son escapade chez Anchise. Pour calmer ses craintes, la petite Penseuse but une nouvelle gorgée.

— En parlant de ça, dit Benjamin, qu'avez-vous pensé de la cérémonie ?

Rubie répondit quelque chose sur Pierre Cuchet puis avala un autre verre. L'alcool la faisait respirer plus librement. « Vraiment, c'est incroyable comme je me sens mieux, se félicita-t-elle. Je ne sais pas ce qui m'a pris tout à l'heure, mais deux petits verres ont suffi à faire disparaître cette affreuse sensation ! »

Euphorique, elle se mit en tête de faire à manger.

— Laisse-nous faire, voulut s'interposer Benjamin, tu vas provoquer une catastrophe.

— Mais non, ne t'inquiète pas ! le repoussa l'adolescente en posant une casserole sur les plaques de cuisson.

Une vingtaine de minutes plus tard, et à la surprise générale, trois assiettes de pâtes fumaient sur la table. Les amis entamèrent leur troisième bouteille.

— Au fait, dit Caroline chez qui les effets de l'alcool ne s'étaient pas fait attendre non plus, tu ne devais pas aller chez Anchise pour qu'il se débarrasse de ses livres ?

Rubie planta sa fourchette dans ses pâtes et la fit tourner

sur elle-même ; comme elle se sentait légère maintenant ! C'était une légèreté vraiment extraordinaire, à la mesure de l'asphyxie qui l'avait saisie tout à l'heure.

— Anchise ? Oui, je suis allée chez lui. Oui, oui, tout ça, c'est bien fini. Il a compris. Je lui ai expliqué et il a bien compris.

Caroline était trop imbibée d'alcool pour pousser plus loin son interrogatoire ; à la place, elle se leva et s'approcha de Rubie.

— Tu sais que tu ne nous as toujours pas montré une seule photo de ton fameux Anchise ? murmura-t-elle en se penchant sur son épaule.

L'adolescente sourit bêtement ; ses nerfs étaient si engourdis qu'elle laissa tomber sa fourchette dans son assiette. En face d'elles, Benjamin était avachi sur la table, le menton appuyé sur ses mains ; ses paupières, gonflées par la fatigue et la boisson, laissaient voir deux fentes rougeâtres.

— Peut-être parce que je n'en ai pas…

— Tu mens… tu souris ! s'esclaffa Caroline en mettant un doigt sur la joue de sa copine.

Rubie ricana bêtement et sortit son téléphone.

— C'est bien parce que c'est vous… Voilà, c'est la seule que j'ai.

— Je comprends mieux maintenant ! s'exclama Caroline après un interminable silence.

Rubie la dévisageait comme si elle ne comprenait pas ce que cela signifiait.

— S'il était aussi riche que beau, je pense que tu serais déjà fiancée ma fille ! ajouta Caroline en dévorant la photo du regard.

Cette phrase sortit Benjamin de sa torpeur. Il se redressa, tituba jusqu'à Caroline et saisit le téléphone entre ses doigts. Mais sa jalousie fut vaincue par la nausée : il reposa l'appareil sur la table et courut vomir aux toilettes.

Rubie, qui nageait dans une sorte d'extase, avait à peine remarqué le numéro de son ami. L'ensemble de ses pensées tournaient autour d'une seule idée, qui l'enveloppait de toute sa volupté : « Elle le trouve beau ». Une chaleur puissante, troublante, inconnue de son corps, l'envahit de la tête aux pieds. Les jambes tremblantes, elle se leva vers l'évier et s'aspergea le visage d'eau glacée.

— Un coup de chaud ? demanda Caroline entre deux gorgées, les fesses enfoncées dans sa chaise et les pieds sur la table.

— Sans doute, oui… Cette journée m'a épuisée.

L'incendie qui l'avait embrasée étouffa ses dernières forces. Elle appela un taxi pour ses amis, qui l'aidèrent à ranger à cuisine, puis elle monta se coucher. Son épuisement était tel qu'elle se glissa tout habillée sous ses draps. Avant d'éteindre la lumière, elle attrapa son téléphone sur sa table de chevet et écrivit un message à Anchise : « Il faut que tu viennes avec moi. Je passerai demain en parler ». Elle reposa l'appareil et s'endormit sur la pensée qu'elle regretterait certainement au réveil ce dernier coup d'éclat.

21

La journée du vendredi fut un long calvaire pour Caroline, Benjamin et Rubie, qui traversèrent les cours de mathématiques, de logique et de commentaire de texte comme trois fantômes abrutis par le cliquetis de leurs propres chaînes ; ils n'y apprirent bien entendu rien, sinon qu'écouter une leçon sur les intégrales triples après une soirée arrosée équivaut à se frapper le front sur une table.

L'idée du message qu'elle avait écrit à Anchise hanta Rubie jusqu'à ce qu'elle franchisse la porte de son immeuble. Elle s'y était rendue depuis la demeure de Benjamin, qui n'avait pu refuser de la couvrir. Sur le chemin, elle avait remarqué qu'il commençait à faire nuit tôt, et elle songea que l'obscurité serait une précieuse alliée pour ses escapades à venir ; jugement qu'elle révisa lorsqu'elle loupa une marche près du second étage et qu'elle s'étala de tout son long sur la porte d'un appartement.

— Qu'est-ce que c'est ? demanda une voix chevrotante qui venait de l'intérieur.

Rubie, un peu sonnée, ne répondit pas immédiatement.

— Vous m'entendez ? Qui est là ?

— Excusez-moi Monsieur, j'ai glissé et je suis tombée contre votre porte, répondit l'adolescente qui venait de réaliser qu'on lui parlait.

Sans doute rassuré d'entendre une voix jeune et féminine,

l'occupant entrouvrit sa porte et passa sa tête dans l'embrasure. Toujours allongée sur le sol, Rubie leva les yeux vers lui. Malgré l'obscurité, elle devina un vieillard. Il l'examina une minute avant d'ouvrir sa porte en grand. Il portait une robe de chambre jaunâtre usée et sale, ainsi que de hautes chaussettes blanches qui lui couvraient les mollets. Il tenait également un fusil de chasse dans sa main droite.

— On n'sait jamais sur qui on peut tomber, précisa-t-il en interceptant le regard inquiet de la jeune fille en direction de l'arme.

Il posa le fusil contre un mur et s'approcha d'elle.

Tous les deux se regardèrent comme Homo Sapiens et Neandertal avaient dû se regarder la première fois, c'est-à-dire avec curiosité et crainte. Le vieillard semblait aussi surpris devant cet éclat de diamant trainant dans la poussière de son palier que Rubie devant cette figure creusée aux yeux vifs, étrangement accoutrée et lourdement armée.

— Tu veux entrer ? demanda le vieux en désignant de la tête son appartement. J'ai fait assez de café pour deux. Il est dégueulasse mais il te réchauffera.

Il émanait de sa figure une sorte de vapeur lumineuse blanchâtre qui semblait la transformer en statue de marbre sitôt qu'elle ne bougeait plus ; sans qu'elle sache pourquoi, cet antique morceau de sagesse inspira confiance à Rubie.

— Deux minutes alors, répondit-elle.

Le vieux ramassa son fusil et lui tendit la crosse. Rubie hésita une poignée de secondes puis l'attrapa d'une main, laissant un frisson désagréable la parcourir. « Il lui suffit d'appuyer sur la gâchette et c'est fini, songea-t-elle.

Un mouvement de doigt et il me troue le ventre… » ; horrifiée par cette pensée, elle se hâta de lâcher l'arme à la seconde où elle fut sur ses pieds.

Le vieux esquissa un sourire caustique puis la fit pénétrer dans son appartement.

La pièce, de taille moyenne, marinait dans une atmosphère lourde et enfumée. Les rideaux en mousseline pourpre étaient fermés, et la lumière fébrile de quelques bouts de chandelles tremblait sur les murs ; tout était éparpillé et en désordre ; des étagères en bois courbaient sous des montagnes de breloques poussiéreuses et le papier de la tapisserie était gondolé et noirci. Cependant, le plus étonnant dans cet amas hétéroclite, c'étaient les fleurs : des dizaines, des centaines de fausses fleurs, de dessins de fleurs, de photos, de croquis, de sculptures de fleurs qui jonchaient les meubles et les tapis de l'appartement. Il y avait des fleurs absolument partout. La commode, près du mur à droite, était envahie de plantes grimpantes plastifiées et enlacée de rosiers, la table à manger croulait sous des pots métalliques, et le plancher était tellement parsemé de représentations florales que c'est à peine si on le distinguait.

La jeune fille traversa ce jardin artificiel et s'assit dans un fauteuil que le vieux lui présentait.

— Au fait, je m'appelle Jean.

Rubie se présenta à son tour.

— Sais-tu que le crithme a des feuilles très charnues, et qu'on l'appelle également perce-pierre car on dirait qu'il jaillit des roches côtières ? demanda-t-il en la voyant jeter des regards étonnés autour d'elle.

— Pardon ? lui demanda Rubie, qui ne put réprimer un mouvement de surprise.

— Et la griffe de sorcière est originaire d'Afrique du Sud. Elle a été importée en Europe au dix-neuvième siècle, continua le vieux qui s'était assis sur le fauteuil en face d'elle.

— Pourquoi me racontez-vous cela ? demanda Rubie en fronçant les sourcils.

— Qu'est-ce tu voudrais que jte raconte ? Jte parle de c'que je connais !

« Voilà un bien curieux personnage », songea l'adolescente.

— Tiens, donne-moi l' nom d'une fleur, comme ça, au hasard !

— Pardon ?

— Une fleur ! Tu connais bien une fleur non ?

— Bien sûr, oui.

— Et bah don' moi son nom !

Le ton de Jean n'était pas agressif mais plutôt impatient et presque coléreux, comme celui d'un enfant réclamant un jouet.

— Le mimosa ? répondit Rubie, ne sachant trop ce qu'il attendait d'elle.

Il la regarda en silence puis se mit à jouer avec les loques de flanelle qui entouraient son maigre cou. Un sourire satisfait froissait ses joues.

— Le mimosa, articula-t-il au bout d'un moment, prolifère sur les sols argilo-silicieux au bord des cours d'eau et dans les collines.

Les derniers mots dérapèrent lorsqu'il vit Rubie s'agiter de manière impatiente dans son fauteuil.

— Pourquoi tu gigotes comme ça ? demanda-t-il en ouvrant et refermant ses jambes de manière frénétique.

— Je dois y aller Monsieur, on m'attend.

Le visage du vieillard pâlit.

— C'est ton café, n'est-ce pas ? J'ai oublié ton café !

Il voulut se lever mais une main de Rubie sur son genou l'immobilisa.

— Non, c'est vraiment très gentil mais j'ai un rendez-vous et je dois partir !

Jean cramponna ses mains sur les accoudoirs de son fauteuil.

— Le mimosa… le mimosa fut introdu… chez nous en mille hu..., et est originaire d'Aust... il est éga… très infla… et…

Effaré à l'idée que l'adolescente pût filer ainsi, il avalait les mots dans un bredouillement incompréhensible.

Rubie se leva.

— Je suis désolée mais je dois m'en aller. Merci beaucoup pour votre hospitalité, lui dit-elle en s'éloignant vers la porte.

— Mais… mais… mais non, tu peux pas partir maintenant ! se mit-il à la supplier, en agitant éperdument ses vieilles jambes. Attends ! Quelle est ta fleur préférée ?

Voyant qu'elle n'avait aucune intention de se retourner, il tenta de se mettre debout pour la rattraper, mais au lieu de ça il trébucha et tomba les mains en avant sur son tapis. Rubie se retourna et accourut près de lui.

— Ma fleur préférée est le lys, répondit-elle en l'aidant à se relever et à se rasseoir sur son fauteuil. Maintenant veuillez m'excuser, mais je dois vraiment y aller. Je reviendrai, c'est promis.

Les yeux du vieux brillèrent à nouveau.

— Oui, d'accord, tu reviendras ! s'écria-t-il. Comme ça je pourrai tout te raconter sur le lys ! Tiens, est-ce que tu sais qu'il possède un bulbe…

Mais Rubie refermait déjà la porte derrière elle.

— Balzac en a d'ailleurs fait le titre d'un de ses romans, Le Lys dans la vallée, qui raconte…

La Penseuse resta pétrifiée sur place.

— Excusez-moi, mais vous avez bien dit Balzac ? demanda-t-elle en rouvrant la porte.

Il ne répondit pas.

— Que savez-vous de Balzac ? insista-t-elle.

— Rien, rien, rien, je ne sais rien ! Je ne sais rien ! hurla Jean en saisissant sa tête entre ses mains.

Après un instant d'étonnement, Rubie persévéra :

— L'avez-vous lu ?

Mais le bonhomme ne l'écoutait plus. Son regard avait glissé vers le sol et ses prunelles, si pétillantes lorsqu'il parlait de la griffe de sorcière ou du mimosa, flottaient désormais dans le blanc crémeux de ses yeux. Son corps grelottait comme si le blizzard avait envahi son appartement. Après une minute, Rubie s'approcha de lui, posa une couverture sur ses épaules et, sans un mot, quitta l'appartement.

Lorsqu'elle pénétra chez Anchise, l'adolescente n'avait déjà plus en tête sa discussion avec le vieillard ; l'ensemble de ses pensées convergeaient vers le texto qu'elle avait envoyé au jeune homme la veille et dont le souvenir couvrait son visage d'un voile grenat.

— Où donc dois-je venir avec toi ? demanda après un silence Anchise en lui offrant une tasse de thé.

Rubie but une gorgée pour s'accorder un dernier moment de réflexion. Pourquoi lui avait-elle écrit cela ? Quelle force inconsciente avait donc guidé ses doigts sur le clavier de son téléphone ? Toutes ces questions traversaient son esprit mais s'arrêtaient devant le constat suivant : désormais que c'était fait, elle ne pouvait plus reculer.

— Au bal de Fin d'Année, répondit-elle enfin.

Il y eut un silence.

— Es-tu sérieuse ? demanda enfin Anchise en plissant les yeux.

Rubie hocha la tête sans le quitter du regard.

Il se leva et se mit à arpenter pensivement sa chambre.

— Te rends-tu compte de ce que tu me demandes ? dit-il soudain en s'adossant contre un mur. Tu veux m'emmener, moi, petit Producteur, à ce bal ? Que l'on s'y montre ensemble, main dans la main, comme si de rien n'était ? Et que diraient tes parents ? Et tes amis ? Et le Grand Traducteur ? Hein, que dirait-il, le Grand Traducteur ?

Rubie se pinça les lèvres et détourna le regard.

— Et supposons qu'ils ne disent rien, supposons que personne ne dise quoi que ce soit, ne crois-tu pas que j'aurais l'air absolument ridicule, moi, l'ancien serveur, au milieu de toutes ces manières, de tous ces…

— Mais on ne va pas se cacher éternellement ! s'écria Rubie en interrompant ce feu roulant de pensées. Je dirai tout à mon père !

— Et que lui diras-tu, Rubie ? Tu lui expliqueras que tu as rencontré un Producteur que tu veux présenter à toute la bonne société Féenne ? Un Producteur qui te fait lire je ne sais quels livres interdits qui pourraient nous envoyer tous deux en prison ? Non, vraiment, je ne comprends pas ! Je ne comprends pas pourquoi…

Il se tut et la dévisagea.

— Pourquoi nous devrions prendre le risque de tout gâcher ! Car qu'arrivera-t-il si ta famille s'y oppose ? Toi tu ne risques sans doute rien si ton père est bien placé, mais moi… moi je risque la prison ! Est-ce là ce que tu veux ?

Le Producteur s'était remis à arpenter la chambre, glissant nerveusement sa main dans ses épaisses boucles brunes.

— J'en parlerai avant, c'est promis ! avança la jeune fille en profitant d'un moment de calme. Nous dirons que tu n'as jamais connu tes parents… qu'il s'agissait peut-être de Révolutionnaires morts lors d'un combat contre Rénon. Et puis, tu es brillant en cours ! Tu sais bien qu'il existe des possibilités pour les élèves comme toi de….

— De devenir Penseur ? la coupa Anchise d'une voix sarcastique.

— Oui, de devenir Penseur, si c'est la condition pour que nous n'ayons plus à nous cacher !

Rubie parlait d'une façon calme et claire. Son ton tranchant ainsi que l'expression déterminée de son visage produisaient leurs effets sur Anchise, qui s'exprimait lui avec moins de vigueur.

— Je n'en peux plus de cette situation, confessa-t-elle en le regardant avec intensité. Je n'en peux plus de devoir me cacher, de devoir mentir, de devoir jouer la comédie… Ne t'arrive-t-il pas d'imaginer la vie débarrassée de cette mascarade ?

Anchise exhala un soupir.

— Enfin Rubie… nous savons l'un comme l'autre que tu vis dans un monde cloisonné qui broie ceux qui n'y appartiennent pas…

La jeune fille perçut le fléchissement dans sa voix et ceci l'enhardit un peu plus. Elle se leva et fit un pas vers lui.

— Écoute, dit-elle, je sais ce que nous avons à perdre. Je sais que nous risquons l'interdiction de nous revoir, que nous risquons…

Anchise détourna le regard. Elle mit une main sur son bras et le chercha des yeux.

— Je le sais tout ça. Mais ce que je sais également, c'est tout ce que nous avons à y gagner… La liberté.

Ce mot, pourtant prononcé dans un murmure, résonna comme un cri du cœur.

— La liberté de nous voir sans nous cacher, reprit-elle après un silence, de nous appeler sans chuchoter, de nous promener côte à côte sans trembler à l'idée de croiser qui que ce soit ; je pourrai même t'acheter une jolie tenue, si ce n'est que ça !

— Et puis quoi, tu veux m'entretenir maintenant ? protesta Anchise en dégageant son bras.

Rubie sourit de sa fierté d'adolescent blessé.

— Tu sais bien que non, répondit-elle, secrètement émue par cette bouderie.

Anchise baissa les yeux et soupira :

— Je ne sais pas Rubie…

— « *La grande affaire et la seule qu'on doive avoir, c'est de vivre heureux* », prononça-t-elle après un silence.

Anchise ne put retenir un sourire.

— Voilà que tu cites Voltaire maintenant…

— Alors, qu'en dis-tu ?

— Très bien, concéda-t-il après un nouveau silence, je t'accompagnerai. Cependant, je tiens à ce que…

Mais Rubie ne l'écoutait plus. Portée par une joie soudaine et instinctive, elle se jeta contre lui et passa ses bras autour de son cou. Anchise ne bougea pas. Ils étaient tous les deux serrés l'un à l'autre, le jeune homme droit comme une statue de Kouros, et Rubie légère comme la Victoire de Samothrace. L'adolescente ferma les yeux. L'univers autour d'elle s'était évanoui dans les battements du cœur d'Anchise, qu'elle sentait résonner dans sa propre poitrine. Le visage blotti dans son cou, elle se laissa bientôt envahir toute entière par l'odeur de son parfum, à l'amande ronde, envoûtante, sensuelle. Ses bras étaient deux lianes enroulées autour d'un tronc pétrifié, unies à lui par la sève du désir. Les impératifs, les règles, tout le théorème rigide et inflexible de son monde s'était défait à la lisière de leur étreinte. La chaleur caressante qu'elle avait ressentie la veille envahit de nouveau son bas-ventre. Elle s'agrippa à Anchise pour ne pas défaillir.

La sonnerie de son téléphone, comme le réveil du matin, brisa l'enchantement de leur rêve. Rubie bafouilla quelque chose et relâcha son emprise.

— Allô ? Oui maman, je rentre bientôt. Je serai là pour dîner. À tout à l'heure.

Comme un enfant qui réalise sa bêtise, la terreur et la honte s'emparèrent d'elle. Cette scène, au cours de laquelle elle avait rallié Anchise à son idée, repassait de manière confuse dans son esprit. Elle ne savait même plus pourquoi elle l'avait eue, cette idée ! « Car cela veut dire que je vais devoir en parler à papa, pour de vrai ! Et que tout le monde va nous voir ensemble au bal ; et qu'il faudra que j'explique qui il est, et ce qu'il fait là ! » Elle ne raisonnait pas avec lucidité mais elle parvenait à se figurer tous les obstacles qu'elle allait avoir à vaincre. Pour rien au monde, désormais, elle ne lui referait cette proposition.

Elle rassembla ses affaires, déposa un baiser sur sa joue et, les jambes flageolantes, sortit de l'appartement.

— Attends ! cria Anchise.

Mais Rubie ignora son appel et s'élança dans l'escalier. Surtout, ne pas se retourner, ne pas aggraver sa situation ! Soudain, elle entendit deux bruits sourds, là, juste devant elle. Elle se baissa et ramassa les livres qu'Anchise lui avait jetés : Le Lys dans la vallée et Madame Bovary. Elle leva les yeux vers l'appartement mais la porte s'était refermée.

22

Au cours des semaines précédant le bal de Fin d'Année, Rubie découvrit les affres de la passion non dite, du sous-entendu amoureux, de l'ambition destructrice et du rêve impossible à travers Le Lys dans la vallée et Madame Bovary. La jeune fille se prit d'amitié pour Emma Bovary, dont les châteaux en Espagne n'étaient pas sans lui rappeler ce sentiment de manque qui l'avait longtemps habitée ; tous ces rêves de bonheur, d'aventures passionnées et voluptueuses, brisés au seuil d'une petite demeure provinciale faisaient résonner dans son cœur la propre incomplétude de sa vie… jusqu'à sa rencontre avec Anchise. Comme elle le comprenait ce sentiment de dégout, d'ennui et d'insatisfaction ! Et comme elle se représentait cet « *insaisissable malaise qui change d'aspect comme les nues* », auquel Emma était en proie !

Après Madame Bovary, la jeune fille s'imagina vivre avec Anchise l'ineffable de la passion amoureuse dans Le Lys dans la vallée. « L'écriture est peut-être incapable de décrire le réel, mais c'est sans doute pour mieux forger sa propre réalité aux yeux de l'imagination », songeait-elle en feuilletant les plus belles pages du roman. Car oui, c'était bien son cœur, son cœur fait de chairs et de sang, qui prenait en peine cette pauvre Madame de Mortsauf, prisonnière de son enceinte d'auto-répression et de renoncement au bonheur ! Et c'étaient bien ses yeux, ses yeux liés de nerfs, de ligaments et de canaux qui sanglotaient lorsqu'éclate, à la fin du roman, le drame de cet amour étouffé !

Enhardie par ses lectures, elle trouva un soir le courage de confier à son père ses desseins concernant le bal de Fin d'Année. Cet élan lui était né alors qu'elle était allongée sur son lit, Le Lys dans la vallée entre les mains, et qu'elle croyait entendre dans les bruissements du vent les confidences du petit Vendenesse à sa « *chère Natalie* ». C'était un élan subit, inattendu, qui l'avait attrapée au détour d'une phrase où il était question d'amour « *sans rien savoir de l'amour* » et qui l'avait conduite machinalement aux portes du salon.

Sur la pointe des pieds, elle passa le seuil de la pièce. Le Grand Traducteur, dont elle apercevait le bout du crâne derrière un fauteuil, lisait le journal. Elle avança de quelques mètres et s'immobilisa. Tout était silencieux ; seul un insecte bourdonnait contre une vitre ; son père tournait une page de temps en temps. Tout à coup, sa poitrine s'emplit d'air et ses lèvres s'entrouvrirent, mais aucun son ne passa.

— Alexandra, est-ce toi ? demanda soudain le Grand Traducteur sans lever les yeux de son journal.

Le corps de Rubie se raidit.

— Non, c'est moi, répondit-elle d'une voix à peine audible.

— Et que fais-tu plantée au milieu du salon ?

— Rien je…

Son cœur cognait si fort dans sa poitrine qu'elle serra les lèvres de douleur. Elle s'avança vers le fauteuil qui lui faisait face et s'y assit.

— Je voulais te parler de quelque chose. C'est assez important, mais je ne savais pas bien quand… Enfin cela fait longtemps que j'y songe… Car je ne veux pas que tu croies que…

Il leva les yeux vers elle et fronça les sourcils.

— Tu es bien pâle Rubie, tout va bien j'espère ? De quoi voulais-tu me parler ?

Rubie le regarda mais ne put rien prononcer. Elle n'était plus du tout sûre que c'est ainsi qu'elle voulait qu'il apprenne la nouvelle. « Pourquoi maintenant, dans cette salle sombre et silencieuse ? Pourquoi pas quelque part avec de la musique et d'autres gens ? Peut-être devrais-je attendre encore un peu, pour mieux réfléchir à ce que je vais lui dire… Mais non, il est trop tard, je lui ai déjà dit que j'avais quelque chose à lui annoncer ! »

— Es-tu sûre que ça va ma fille ? Ton visage m'inquiète.

« J'ai rencontré un Producteur et je vais l'emmener avec moi au bal de Fin d'Année. Cela ne te dérange pas, n'est-ce pas ? » : voilà ce qu'elle aurait souhaité dire, ce qu'elle aurait souhaité dire de toutes ses forces ; mais à la place elle bredouillait une poignée de phrases inintelligibles qui faisaient se contracter un peu plus le front de son père.

— Je… j'ai rencontré un garçon, finit-elle par lâcher à peine consciente. Et je souhaiterais l'emmener au bal avec moi.

Le Grand Traducteur eut un air surpris. Son corps se tordit plusieurs fois comme s'il voulait dire quelque chose, mais il restait à chaque fois silencieux.

— Très bien, oui, je ne vois pas pourquoi je m'y opposerais, répondit-il enfin d'une voix étrangement distraite.

Il se tordit de nouveau et ajouta :

— Et dans quelle école étudie ce jeune homme ?

Rubie, prête à défaillir, était incapable de détourner ses yeux de ceux de son père. « Voilà, j'y suis enfin, sur la scène de cette pièce que j'ai tant jouée en imagination. Tout le reste va dépendre des quelques mots qu'il prononcera lorsque je lui aurai avoué *la chose*. »

— Il… c'est un Producteur.

Le Grand Traducteur s'enfonça lentement dans son fauteuil et joignit les mains près de sa bouche, un geste « très significatif chez lui » comme il aimait à le rappeler.

— Un Producteur, dis-tu ?

Rubie le regardait avec un pénible sourire ; elle n'avait pas voulu sourire, mais une sorte de convulsion qui était descendu de ses tempes avait fait remonter les commissures de ses lèvres.

— Oui, un Producteur, répondit-elle en déplaçant ses mains de sorte qu'il ne vît pas qu'elles tremblaient.

— Ce n'est…, mais il resserra les lèvres et secoua la tête.

Une minute passa. Plus que la fureur, c'était l'incompréhension qui dominait son âme. Il n'avait rien vu, rien remarqué… pas plus que Charles, d'ailleurs. Comment était-ce possible ?

— Où l'as-tu rencontré ?

Il aurait pu hurler, l'empêcher de revoir ce Producteur, l'attacher à son lit et même faire emprisonner le garçon, mais l'effarement et la curiosité avaient désormais totalement pris possession de lui, et les questions déferlaient dans sa conscience.

Rubie, qui s'attendait à trouver face à elle la figure pétrifiée d'Atlas, resta un instant interdite. « Il me pose des questions ; voilà qui est incroyable ! Et si tout se passait bien finalement ? Oh ce serait tellement… »

— Je l'ai rencontré par hasard durant le bal des Jeunes Penseurs. C'était l'un des serveurs.

— Le Bal… un serveur…, murmura machinalement le Grand Traducteur.

Une expression presque rêveuse glissa sur ses traits. « Il est bien évident que cela ne pouvait arriver qu'à ma fille, songea-t-il. Elle a beau être comme tous les autres… mais non, elle n'est pas comme les autres justement ! Cela démontre bien la puissance du sang, la domination du gêne sur tout le reste. Je n'ai finalement pas à m'en vouloir… Non je n'ai plus à m'en vouloir car cela prouve sa puissance de vie, sa supériorité naturelle. »

— C'est un brillant élève, il m'aide à préparer le concours.

— Le concours… c'est bien oui, répéta son père d'une voix lointaine.

« Avec ce sang et cette âme, il est impossible qu'elle échoue. Il est certain que si je ne l'avais pas *fait*, elle aurait échoué, tout comme moi… mais avec son éducation elle sait ce qu'ils attendent, et elle saura s'élever au-dessus de leurs attentes. Lorsque l'on est hors des règles, il est impossible de réussir. Moi j'avais le sang, j'avais l'âme, mais je n'étais pas dans les règles, alors qu'elle… oui, elle, elle comprend les règles, son cœur en est imbibé. »

Rubie, frissonnante de bonheur, n'en croyait pas ses oreilles.

— Et je sens qu'il me fait progresser ! Il pourrait devenir un brillant Penseur !

Mais son père ne l'écoutait absolument plus. Toute son attention était fixée sur ce « gène de feu » qui la consacrerait l'été prochain, et qui inscrirait le nom de sa famille au Panthéon littéraire du pays. « Je ferai graver notre nom sur le Panthéglass. La plèbe ne comprendra pas pourquoi mais moi je comprendrai… moi et tous les titans qui y dorment. »

— D'accord, présente-le moi lors du bal, dit-il finalement avec la voix de quelqu'un récitant une leçon.

Une charge sensationnelle tomba des épaules de Rubie ; pour la première fois depuis longtemps, l'avenir cessait de lui apparaître sombre et encombré d'incertitudes.

— Tu réussiras, n'est-ce pas ?

La jeune fille, submergée par l'émotion, ne l'entendit pas.

— Tu le gagneras ce Concours, n'est-ce pas ? insista-t-il.

Rubie cligna des yeux. Sans plus savoir ce qu'elle faisait, elle s'approcha de lui et posa ses mains sur ses poignets. Elle se sentait si aérienne qu'elle aurait pu tout lui promettre ; absolument tout.

— Je l'écraserai même.

Le Grand Traducteur la dévisagea en silence et sourit.

— N'oublie pas qu'un chef d'œuvre est une bataille gagnée contre la mort.

23

21 Décembre de l'an 14 après Panglass, jour du bal de Fin d'Année

Rubie se réveilla ce matin-là vers sept heures, agitée et préoccupée ; à vrai dire, jamais elle n'aurait cru pouvoir se réveiller un jour dans une telle disposition d'esprit. À l'instant où elle avait ouvert les paupières, une foule de questions inédites et surprenantes l'avait assaillie, et pour ainsi dire clouée au lit toute la matinée. « Comment devait-elle s'habiller ce soir ? Parmi les toilettes de sa garde-robe, y en avait-il une plus convenable que les autres ? Laquelle emporterait la préférence d'Anchise ? etc. » Elle essayait de retrouver dans sa mémoire quelques indices sur les goûts du jeune homme, mais rien ne lui venait à l'esprit.

Toutes ces questions étaient à tel point inhabituelles que lorsque dix-neuf heures sonnèrent, elle était toujours assise devant son dressing, un peignoir jeté sur les épaules.

— Tu n'es pas prête ? s'écria Alexandra en la surprenant dans cette position.

Rubie soupira et se leva. Elle-même était particulièrement étonnée de se retrouver là, devant son armoire, incapable de prendre la moindre décision, trouvant ses robes trop extravagantes ou trop fades, alors même qu'elle les avait achetées parce qu'elles se portaient toutes avec élégance et discrétion.

— Je n'arrive pas à me décider.

— C'est bien la première fois que je te vois aussi dubitative pour des vêtements !

Rubie rougit et attrapa un cintre auquel pendait une robe bustier rouge. Elle l'examina avec détachement et la reposa.

— Et pourquoi pas celle-ci ? demanda sa mère en lui présentant un ensemble noir cousu d'empiècements satin.

— Non, c'est bien trop solennel, répondit Rubie en retournant s'asseoir sur le lit et en posant son menton sur ses mains avec résignation.

Ce qui était tout à fait original, c'est que la jeune fille se rendait parfaitement compte de la futilité de ses préoccupations en comparaison de ce qu'elle avait vécu dernièrement, mais que celles-ci n'en étaient pas moins devenues, à l'instant présent, les seules et uniques qui prévalaient dans son esprit. La carte dans le bureau de son père, sa confession d'hier, le vieillard et ses plantes, tout cela semblait n'avoir plus la moindre importance au regard des quelques morceaux de tissus qui pendaient devant elle.

— Est-ce en rapport avec le garçon que tu vas présenter à ton père ce soir ? demanda Alexandra en scrutant le visage de sa fille.

Rubie leva les yeux vers elle. « Comme si cela lui faisait quelque chose... Elle est de toute façon totalement soumise à la décision de papa », songea-t-elle non sans mépris.

— J'avais pensé à celle-ci, se contenta-t-elle de répondre en désignant une robe dorée du regard, mais après réflexion je n'ai aucune paire de chaussures adéquate.

Alexandra la regarda avec la douleur d'une mère sentant l'indifférence de sa fille à son égard.

— Tu peux aller voir dans la penderie de notre chambre si tu veux ; tout en haut doit se trouver un carton avec les escarpins que je portais étant jeune. Tu y dénicheras peut-être ton bonheur.

Rubie suivit le conseil de sa mère et se hâta vers la chambre parentale. En haut d'une armoire dormait bien un vieux carton d'où émergeait le talon d'une chaussure. Elle se mit sur la pointe des pieds pour l'attraper, mais au lieu de le descendre délicatement elle le renversa avec maladresse sur le sol. La vie d'objets vieillots qu'il déversa à ses pieds lui arracha un murmure de surprise. Elle s'accroupit, et à la manière d'un archéologue elle se mit à imaginer le contexte dans lequel ces vestiges avaient pu être utilisés à l'époque. Sa mère portait-elle autour du cou cette écharpe lorsqu'elle avait rencontré son père ? Et ce dernier avait-il alors serti sa chemise de ces boutons de manchette ? Et qui était ce fameux Julien, dont le nom apparaissait en bas d'une carte postale, et qui leur assurait que « *ses vacances lui faisaient beaucoup de bien* » et qu'il « *reviendrait en pleine forme pour la fin du projet* » ? De vieux bijoux en bronze, une veste de smoking moirée, des bouteilles de parfums signées Guerlain… il lui semblait avec enchantement que chacun de ces bibelots déposés sur les rives du temps avait une histoire à lui raconter sur le monde mystérieux d'avant Panglass ; elle se promit d'y retourner plus tard. Soudain, parmi ce bric-à-brac, ses yeux rencontrèrent un objet qui attira son attention : c'était une petite clé en bronze au bout de laquelle pendait une médaille gravée de l'inscription *Infinite Knowledge* ; elle était certaine d'avoir déjà aperçu cette inscription quelque part, mais elle n'aurait su dire ni où ni quand. Elle resta quelques secondes dans une concentration tendue, puis elle haussa les épaules et remit la clé dans le carton.

« Tiens, ce sont sûrement celles-ci », se dit-elle tout à coup en apercevant une paire d'escarpins noirs recouverts d'un filet de dentelle dorée. Elle remit le carton à sa place et alla finir de se préparer.

Charles emmena le Grand Traducteur et sa femme au bal pour vingt heures, puis revint chercher Rubie une heure plus tard. Pour la première fois de la journée, la lycéenne se retrouva sans aucune occupation pour lui divertir l'esprit ; plongée dans l'obscurité de la voiture et laissée à la merci de ses pensées, elle prit graduellement conscience de ce qui l'attendait au bout de ce trajet, jusqu'à se figurer avec effroi la scène à laquelle elle allait prendre part et dont elle était elle-même à l'initiative. « Non, ce n'est pas possible, ai-je vraiment fait cela ? Ai-je vraiment organisé cette rencontre ? Sans doute tout cela me paraissait bien lointain à l'époque, mais maintenant… c'est imminent ! C'est là, juste devant moi ! Papa va bien rencontrer Anchise ! Il va lui parler, le juger, l'examiner ! » Elle jeta un coup d'œil dehors et vit qu'elle était bientôt arrivée ; son sang ne fit qu'un tour. « Faites demi-tour Charles ! Par pitié, faites demi-tour et ramenez-moi à la maison ! », aurait-elle voulu crier mais les mots s'étranglaient dans sa gorge.

À l'instant où la voiture s'arrêta devant le tapis rouge de

l'entrée, elle perdit toute conscience de la réalité. Une sorte de brouillard s'enroula autour de son esprit et l'accompagna jusqu'à la salle de bal. Un éclair de lucidité lui fit se demander comment elle était arrivée jusqu'à cette banquette et qui lui avait mis cette coupe de champagne dans la main.

Elle but une gorgée et leva les yeux vers les balcons du deuxième étage ; des formes colorées s'y baladaient. Sans trop savoir pourquoi, elle arrêta son attention sur un Penseur accoudé à une rambarde. Celui-ci portait un veston beige, un pantalon brodé de fleurs, une cravate mauve type jacquard, et tout cela seyait parfaitement à son épais visage rasé de près. Il discutait avec une dame fardée à l'excès et décorée d'une ridicule perruque blanche. Ces deux Penseurs, qui faisaient à Rubie une désagréable impression, eurent le mérite de la tirer de son errance. Plus elle les regardait, plus les expressions de leur visage lui rappelaient la *bêtise qui sait*, celle du pharmacien Homais dans <u>Madame Bovary</u>. Soudain, l'homme regarda en direction de la salle en bas et désigna quelque chose du doigt. La dame s'approcha du bord ; un rictus de supériorité triompha sur ses lèvres.

Rubie regarda à son tour dans la direction que pointait du doigt le Penseur. Au premier instant, elle ne comprit pas ce qui pouvait ainsi susciter leurs moqueries car seuls s'ébrouaient des individus de la même espèce. Mais soudain son regard se figea : Anchise, son petit carton d'invitation tremblant entre les doigts, venait de passer les portes de l'entrée.

« Anchise… Papa… Le bal… » : tout se reconstitua comme par magie dans son esprit, trouant d'une lumière éblouissante le brouillard qui l'enveloppait.

Une émotion si puissante la saisit qu'elle fut d'abord incapable de bouger. C'était un mélange de joie, de douleur, de bienveillance et de peur, et tous ces sentiments la portaient vers l'attendrissement le plus bouleversant. Elle fit voler ses yeux entre le jeune homme et les deux Penseurs accoudés au balcon. « Ils devinent qu'il n'appartient pas à leur monde... ils font tout pour le ridiculiser ! », songea-t-elle, toute tremblante de révolte et de colère.

Incapable de se maîtriser elle s'élança vers lui et, lui saisissant la main, l'entraîna à l'écart. Une poignée de Penseurs emmitouflés dans leurs tentures les regardaient mais la plupart vaquaient à leurs occupations. Ils n'eurent pas le temps de se dire deux mots que les visages stupéfaits de Benjamin et Caroline apparurent devant eux. Quelques secondes d'un étrange silence passèrent, mais bientôt un sourire narquois étira les lèvres de Caroline.

— Quelle charmante surprise ! s'exclama-t-elle en faisant voyager ses yeux entre les adolescents.

Pour couper court aux remarques de Caroline, Rubie se hâta de présenter Anchise. Benjamin s'avança d'un pas et lui tendit chaleureusement la main.

— Ravi de te rencontrer !

Caroline lui emboita le pas.

— Enchantée également, minauda-t-elle avec une emphase qui contracta les nerfs de Rubie.

— Je suis très heureux de faire votre connaissance, répondit Anchise en gesticulant maladroitement. Rubie m'a si souvent parlé de vous !

— Ha ! Rien d'étonnant ! s'écria la petite Asiatique.

Anchise crut bon de ne pas froisser la meilleure amie de Rubie et ricana bêtement.

« Ne voit-elle pas qu'elle le met mal à l'aise ? s'exaspéra Rubie en les regardant alternativement. Elle ne doit pas le perturber, il doit rester concentré pour sa rencontre avec papa ! »

— Caroline, veux-tu bien venir une minute ? lui demanda-t-elle en la saisissant par le poignet.

— Eh bien quoi ? protesta le feu-follet.

— « Eh bien quoi ? », la mima Rubie avec colère. Tu ne te rends pas compte que tes singeries embarrassent Anchise ?

— Mes sing… mais qu'est-ce que… et puis d'ailleurs pourquoi ne nous as-tu rien dit ? Tu aurais pu nous prévenir que tu l'emmenais au bal avec toi !

— Parce que tu es incapable de garder un secret ! s'exclama Rubie.

— Tout d'abord, je ne suis absolument pas « incapable » de garder un secret. Ensuite je…

« Elle m'embête à la fin ! J'ai tout de même d'autres chats à fouetter ! »

— Très bien, nous parlerons de cela plus tard si ça ne te dérange pas.

— J'espère au moins que ton père est au courant…

— Bien sûr, oui ; et c'est pourquoi il est très important, vraiment très important, qu'Anchise ait toute sa concentration, car je vais les présenter.

— Mais… il sait que c'est un Producteur ? demanda Caroline, incrédule.

— Oui, il le sait.

Caroline esquissa un mouvement de surprise.

— Et il ne t'a pas embrochée vivante ?

— C'est un homme plein de paradoxes.

— Et Anchise, comment a-t-il réagi ?

— À quoi ?

— Au fait que ton père soit le Grand Traducteur pardi !

Rubie sentit ses entrailles fondre. « Anchise… papa… le Grand Traducteur… », par quel miracle n'avait-elle pas une seule fois tissé cette connexion dans son esprit ?

— Tu ne lui as rien dit, murmura Caroline en posant une main sur sa bouche.

Ce simple geste décupla la terreur de Rubie. Elle saisit le poignet d'Anchise pour fuir, mais au même instant une main se posa sur ses hanches. À peine lucide, elle se retourna et tomba nez-à-nez avec l'arrogant sourire d'Arnaud.

— Vous êtes sublime ma chère ! Tiens, mais qui voilà donc ? s'écarta-t-il en apercevant Anchise.

— C'est un ami, répondit Benjamin. Il vient du sud. Fais-lui bon accueil.

Arnaud eut un sourire qui signifiait « Mais d'où sort-il donc celui-là ? »

— Je crois t'avoir vu quelque part, mais je ne me souviens plus à quelle occasion, dit-il en tendant sa main vers Anchise. C'est drôle, normalement je n'oublie jamais un visage !

Le Producteur, peu au fait des manières de ce monde, serra la main qu'on lui tendait, sans remarquer le coup d'œil distant par lequel un homme en déconsidère un autre.

Rubie, elle, sentait dans son être une confusion

sans nom ; Anchise, Arnaud, Caroline, Benjamin s'étaient tous transformés en paramètres d'une équation vaporeuse qu'elle se sentait incapable de résoudre. Le visage de son père, qu'elle aperçut à l'autre bout de la salle, la tira de sa torpeur. Elle attrapa Anchise par le poignet et l'entraîna vers la sortie.

— Nous devons partir, vite ! répétait-elle en fondant la foule.

— Rubie, veux-tu bien m'expliquer ce qui se passe ? l'interpella Anchise en tirant sur son bras pour la faire ralentir.

Mais l'adolescente ne l'écoutait pas. Toute son attention était dirigée vers cet impératif : sortir de cette salle sans que son père ne les aperçoive.

— Rubie ! s'exclama une nouvelle fois Anchise en se raidissant.

Par un mouvement de ressort elle se retrouva propulsée contre lui.

— Que t'arrive-t-il encore ? demanda-t-il en sentant la terreur se communiquer à son propre cœur.

— Plus tard, bredouilla-t-elle. Je t'expliquerai tout, c'est promis, mais avant sortons d'ici !

— Très bien, concéda Anchise après un court silence, mais…

Il n'eut pas le loisir de terminer sa phrase que Rubie resserra sa main sur son poignet et l'entraina dans son élan ; à son désespoir, celui-ci fut brisé net par un vieil homme qui s'était planté juste devant eux.

— Comme vous êtes beaux tous les deux ! s'exclama-t-il

en écartant les bras pour les empêcher de passer. Dites-moi, auriez-vous un peu de votre temps à accorder à un vieux combattant pour qu'il vous raconte ses exploits de guerre ?

Rubie le regarda avec stupéfaction.

— Je suis désolée monsieur, mais nous sommes…

— C'est bien ce que je pensais, vous êtes des bons petits, l'interrompit-il en saisissant les deux adolescents par les bras.

Il leva son front vers le ciel et s'éclaircit la gorge.

— C'était par une vilaine soirée d'automne…

Rubie tenta de se dégager mais le bonhomme ne desserrait pas son étreinte.

— Une très sale, très froide, très vilaine soirée d'automne… une soirée à ne pas mettre un chat dehors ! J'étais bien plus jeune à l'époque… oh pas très jeune, pas comme vous, mais assez jeune en tout cas pour me croire invincible, vous savez, à l'abri de la maladie, celle qui n'épargne d'ailleurs personne avec un temps pareil !

« Ce n'est pas possible, va-t-il se taire ! », s'exaspérait Rubie en se tordant pour apercevoir Anchise.

— Étant sorti plusieurs fois sans manteau, ni gilet, ni parka, ni pull, à moitié-nu pour ainsi dire, je finis un jour par tomber malade. Oh ce n'était pas grand-chose, à peine un léger mal de gorge ; mais aussi bénigne que fut cette infection, comme j'en fus agacé ! Moi, le brillant, le grand, l'in-vin-ci-ble Léon, allais-je me laisser embêter par quelques misérables microbes ? Allais-je autoriser une poignée de bactéries à entraver ma marche en avant ? Hors de question !

Il toussa et serra un peu plus fort les deux adolescents contre lui.

— Exaspéré, je décidai donc de me rendre à la pharmacie dès les premiers moments de l'infection. Vous allez très certainement me traiter d'hypocondriaque, mais sachez qu'il ne s'agit a-b-s-o-l-u-m-e-n-t pas de ça ! La preuve, je n'avais auparavant jamais consulté ! Enfin, peut-être une ou deux fois mais par stricte nécessité. Mais je m'éloigne de mon histoire, et comme vous m'avez dit que vous étiez pressés… Malade comme un chien donc, ou un chat… un pauvre petit chat sous la pluie, je me rends à la pharmacie ; une charmante pharmacie, toute blanche, avec sa croix verte lumineuse. Mais argh ! je suis incorrigible, je m'éloigne encore !

« Encore un mot et je lui casse le genou », songea Rubie dans une sorte de délire. Cependant, à l'instant même où elle s'apprêtait à commettre l'impensable, le vieillard dit quelque chose qui harponna son attention.

— Au moment où je m'apprête à payer, une explosion retentit dans la rue ; une puissante explosion qui fait trembler les murs de la pharmacie pendant plusieurs secondes ! J'attends que le sol se stabilise et je sors en trombe sur le trottoir ; et là, que vois-je ? Que vois-je ? Une école, m'entendez-vous bien, une école en feu ! Prenant mon courage à deux mains, malgré ma maladie, je cours constater l'étendue des dégâts ! Ah quelle pitié, quelle peine, quel bouleversement ne me saisissent pas lorsque j'aperçois un enfant étendu sur le trottoir, la jambe en sang !

Rubie sentit un étrange frisson la parcourir.

— Cette histoire, je l'ai déjà entendue, murmura-t-elle d'une voix lointaine.

— Vous avez dit quelque chose jeune fille ? Ah mais tiens,

en parlant de héros... Monsieur le Grand Traducteur !

À ces mots, une épouvante telle qu'elle n'en n'avait jamais éprouvée envahit Rubie. Elle retint son souffle et se tourna lentement vers Anchise, pétrifié face à son père.

24

— Nous n'avons pas l'honneur de nous connaître je crois, dit le Grand Traducteur en dévisageant le jeune homme.

« C'est étrange, il me rappelle vaguement quelqu'un, songea-t-il. Il est pourtant impossible que je l'ai croisé auparavant, un si jeune Producteur… »

Anchise ne comprenait pas ce qui lui arrivait. Il tourna ses yeux vers Rubie, mais cette dernière regardait fixement le Grand Traducteur.

— Avez-vous perdu votre langue ?

Le cœur d'Anchise cognait à en s'en décrocher.

— Non Monsieur.

« C'est donc vers lui que s'est tourné le cœur de ma fille ; c'est pour lui qu'elle a osé enfreindre les règles… Voyons un peu ce que ce gamin a dans le ventre. »

— Dans ce cas, présentez-vous !

Anchise se sentait pétrifié, comme dans ces rêves où l'on est sur le point d'être massacré et où l'on ne peut bouger un doigt.

— Je m'appelle Anchise, Monsieur, finit-il par balbutier. Anchise Dephros.

Quelque chose de tout à fait surprenant se passa alors. Le Grand Traducteur posa ses mains sur ses hanches et recula d'un pas. Il se tenait dans une position insolite et peu naturelle, le buste bien droit, la tête légèrement en avant, et l'air parfaitement ahuri. C'était la première fois que

Rubie voyait son père se troubler ainsi, ou plus exactement incapable de masquer son trouble.

— Dephros, vous dites ? demanda-t-il d'une voix méconnaissable.

— Oui Monsieur, Dephros.

L'espace d'une seconde, le Grand Traducteur baissa les yeux.

— Je… Pardonnez-moi.

Une brume d'effroi couvrit le regard de Rubie. « Papa ne baisse jamais les yeux et ne présente jamais d'excuses. Ce n'est pas normal… » Ce mot, «normal», avait surgi dans sa tête avec la puissance que prennent les expressions ordinaires lorsqu'elles semblent tout à coup révéler leur vraie substance.

Le Grand Traducteur jeta un rapide et étrange coup d'œil à sa fille ; un coup d'œil imperceptible pour les autres protagonistes de la scène, mais qui glaça un peu plus le sang de Rubie. Il marmonna quelque chose et, posant une main sur l'épaule d'Anchise, le conduisit vers l'un des salons disposés autour de la salle.

— Bon, il ne reste que nous deux ! s'écria Léon, qui avait assisté à toute cette scène avec intérêt. Où en étais-je… ah oui ! Je m'approche donc du petit et je…

Rubie, dont les pieds avaient comme pris racines, l'interrompit avec indifférence.

— Vous le soulevez, vous vous faites arrêter par des hommes de Rénon, puis vous êtes sauvé par une brigade du Grand Traducteur.

Léon eut un air stupéfait.

— Comment savez-vous que…, mais Rubie ne l'écoutait déjà plus.

Toute son attention était rivée à la porte du salon, qu'elle fixait comme un condamné à mort fixe la grille d'où doit surgir son bourreau. Alors que le désespoir et l'incompréhension tissaient leur toile dans son cœur, la porte s'ouvrit. Elle vit son père sortir, un Gardien, un autre Gardien, mais pas Anchise. Pas Anchise.

— Ça ne va pas Rubie ? s'inquiéta Caroline, apparue derrière elle.

L'intéressée se retourna en sursaut.

— Peux-tu aller voir si Anchise est dans le salon là-bas ? demanda-t-elle d'un air égaré.

La petite Asiatique devina la panique sur le visage de son amie et n'hésita pas. Elle revint un instant plus tard.

— Non, il est vide !

Rubie vacilla.

— Mais que se passe-t-il ? s'affola Caroline en la cherchant des yeux.

Soudain, Rubie aperçut sa mère qui passait près d'elle.

— Maman ! s'écria-t-elle en se jetant sur elle.

— Rubie, mais que se passe-t-il ? demanda Alexandra en regardant d'un air gêné les dames qui l'entouraient.

— As-tu vu Anchise ?

— Veuillez m'excusez très chères, dit Alexandra à ses amies avec un sourire cérémonial, je reviens tout de suite.

Elle posa sa main dans le dos de sa fille et l'entraîna à l'écart.

— J'étais dans une discussion très importante.

— Maman, quelque chose s'est passé ! Papa… Anchise…, l'interrompit Rubie d'une voix haletante.

— Anchise ? Qui est Anchise ?

— Le garçon qui m'accompagnait.

— Ton père l'a-t-il rencontré ?

— Oui, mais cela ne devait pas du tout se passer comme cela ! Je… j'ai oublié de lui dire que j'étais la fille de… et puis papa est arrivé et ils ont parlé, et ensuite il l'a emmené dans ce salon, mais ils ne sont pas ressortis, et…

— Calme-toi ! ordonna sa mère en lui saisissant les poignets.

Rubie se sentait proche de l'évanouissement.

— Maman ! prononça-t-elle avec effort, mais sa voix vibra et se brisa telle une corde trop tendue.

Cette supplication écorcha les fibres maternelles d'Alexandra.

— Raconte-moi ce qu'il s'est passé.

Rubie se mit à lui décrire la scène, mais sa pensée était brouillonne et les mots venaient en désordre. Soudain, le visage d'Alexandra se ferma et elle posa une main sur sa bouche.

— Maman ? demanda Rubie d'une voix à peine audible. Maman ? Maman !

Plus la Penseuse répétait ce mot, «maman», plus ce dernier glaçait son cœur d'un terrible pressentiment.

— Pourquoi tournes-tu ainsi les yeux ? Maman réponds-moi !

— Ma chérie, dit enfin Alexandra en souriant péniblement, ce que je vais te demander, ce n'est pas ce qu'une mère souhaiterait demander à sa fille. Jamais. Mais tu dois attentivement m'écouter.

— Comment ça, mais je…

— Laisse-moi terminer ma chérie.

Elle prit une inspiration et étira un peu plus ce sourire qui n'en était pas un.

— Il faut que tu l'oublies. Entends-tu ? Il faut que tu oublies Anchise.

Rubie ne comprenait pas ce que signifiaient ces mots.

— Entends-tu ce que je dis ? insista Alexandra. Je sais que tu ne l'acceptes pas mais c'est très important. Très dur, mais très important ! S'il te plaît, ne cherche pas à le revoir, ne cherche pas…

Comme si elle était victime d'une insolation, Rubie défaillit. Alexandra la rattrapa in-extremis et la fit asseoir sur une banquette.

— Que se passe-t-il ? demanda Benjamin, apparu près de Caroline.

Alexandra s'apprêta à répondre, mais au même instant elle croisa le regard de son mari et elle se ravisa. Elle s'approcha du jeune Penseur et lui murmura avec solennité :

— Je vous confie ma fille. Ramenez-la à la maison.

Bien qu'étranger à la situation, Benjamin en mesura toute la gravité. Il acquiesça de la tête et s'assit à côté de Rubie. Jamais il n'avait vu sur son visage un tel désarroi.

— Et si tu nous disais ce qu'il se passe ? demanda-t-il.

— Il l'a emmené, murmura Rubie en rasant le parquet des yeux.

— Qui a emmené qui ?

236

— Mon père… Il a emmené Anchise.

Après quelques secondes d'un douloureux silence, ses yeux se levèrent et coururent entre ses amis.

— Je dois le retrouver ! s'écria-t-elle. Je ne sais pas où ni pourquoi on l'a emmené, mais je dois le retrouver avant qu'une catastrophe n'arrive ! M'aiderez-vous ?

Benjamin et Caroline se regardèrent ; une idée, lourde comme un souvenir, passa entre eux. Ils se dressèrent face à Rubie, et d'une même voix promirent de faire tout ce qui serait en leur pouvoir pour retrouver Anchise.

25

Le Grand Traducteur s'était de nouveau enfermé dans le salon, et tournait en rond autour d'un billard en attendant celui qu'il avait fait appeler. Tout, dans sa physionomie et dans sa gestuelle, trahissait un véritable chambardement intérieur, l'indice le plus frappant étant ce poing qu'il maintenait collé contre ses lèvres.

— Tu voulais me voir ? demanda Victor Morsay en entrant dans la pièce.

— Ferme la porte, ordonna le père de Rubie en se laissant choir dans un fauteuil.

Victor s'exécuta puis s'avança vers le mur sur lequel étaient alignées les queues de billard. Il en décrocha une, dont il se mit à frotter le procédé avec une craie bleue.

— Repose ça, dit le Grand Traducteur, et viens plutôt t'asseoir en face de moi.

Victor s'immobilisa et le regarda avec inquiétude.

— Viens t'asseoir Victor, répéta le père de Rubie d'un ton ferme.

Le Premier Ministre posa la queue sur le tapis du billard et prit place sur un divan à dossier bombé.

— Que se passe-t-il ? demanda-t-il en levant un sourcil.

Le Grand Traducteur lui jeta un coup d'œil mais détourna aussitôt le regard. Il allongea le bras vers une console et sortit un étui à cigares.

— En veux-tu un ?

Victor fronça les sourcils et tendit la main.

— Il s'est... il s'est passé quelque chose, dit le père de Rubie après un silence.

— Rien de grave j'espère ?

Le Grand Traducteur tira une bouffée et laissa une épaisse volute de fumée monter autour de lui.

— Te souviens-tu du jeune homme dont je t'ai parlé ? Le Producteur que Rubie devait me présenter ?

Le Premier Ministre fit une moue agacée et alluma son cigare.

— Dois-je te rappeler notre accord au sujet de Rubie et d'Arnaud ? demanda-t-il en rangeant ses allumettes.

Le Grand Traducteur, dont le regard était fixé sur le crépitement carminé de son cigare, parut ne pas entendre sa remarque. Après quelques secondes, il leva les yeux et murmura :

— Ce garçon, c'est le fils de Julien.

— Julien ?

— Julien.

Les deux hommes se regardèrent en silence ; leurs visages, éclairés par une petite lumière tamisée, faisaient une impression terrible.

— Enfin... Julien... son fils, bredouilla le Premier Ministre. Comment Rubie aurait-elle pu... avec son éducation, ses valeurs ?

— Parce qu'il s'agit de ma fille, Victor, de ma fille !

— Ça n'a aucun sens.

— Au contraire, bien au contraire ! C'est tout à fait la preuve que la masse, le *matériel*, n'existe finalement sur cette

Terre que pour mettre au monde quelques personnalités extraordinaires ! Que, bien que produits dans les mêmes moules, certains individus, par un mystérieux processus d'extraction, se détachent de la règle commune ! Ma Rubie n'est pas comme les autres ; elle a conservé son indépendance d'esprit et de cœur, comprends-tu ?

— Ou bien alors…

— Ou bien alors quoi ?

En demandant cela, l'organe vocal du Grand Traducteur s'était violemment durci. Victor Morsay l'examina en silence puis détourna le regard.

— Non, rien. Je suis juste surpris que Charles n'ait rien remarqué.

— Lorsqu'on y réfléchit bien, ce n'est pas si étonnant après tout. Si Rubie peut tomber amoureuse d'un Producteur, elle doit également posséder la ruse, l'intelligence pratique, la *métis* nécessaires à ces activités souterraines.

Victor se leva et s'avança vers un tableau accroché au mur. Celui-ci représentait un homme drapé dans un manteau de couleur pourpre, coiffé d'un bicorne et assis sur un cheval cabré.

— Peut-être, mais que toi tu n'aies rien remarqué, cela m'échappe.

Le Grand Traducteur se leva à son tour et s'approcha de son Premier Ministre. Un triste sourire voguait sur ses lèvres.

— Tu sais Victor, nous ne nous parlons pas beaucoup avec Rubie.

— Que veux-tu dire ?

— J'ai toujours peur qu'elle aborde son enfance…

— Nous n'allons pas revenir sur ce sujet ! Tu as fait ce que tu devais faire pour la protéger et pour qu'elle réussisse.

Le Grand Traducteur soupira lourdement et tira sur son cigare.

— Je ne veux simplement pas en parler avec elle.

Victor se dirigea vers un secrétaire sur lequel étaient disposés une bouteille de cognac et quelques verres. Il s'en servit un.

— En attendant, que faisons-nous pour le garçon ?

— J'ai appliqué la procédure habituelle.

L'inquiétude passa sur les traits de Victor.

— Penses-tu que…

— Non, l'équipe avait mené l'opération devant moi.

— Dans ce cas, pourquoi…

— Parce qu'il reste le fils de Julien ; et qu'à ce titre je ne veux courir aucun risque.

— Je peux l'interroger dès demain si tu le souhaites.

— Non, je m'en chargerai en revenant de voyage.

— Quand rentres-tu d'ailleurs ?

— Après-demain. Gardez-le au chaud en attendant.

Le Premier Ministre acquiesça silencieusement.

— Pour revenir à notre discussion de tout à l'heure, dit-il après un silence, n'as-tu jamais considéré la possibilité que Rubie n'aie pas…

— Une bonne fois pour toute : non, c'est impossible. Alexandra s'en était elle-même occupée.

— Comment peux-tu en être si certain si tu ne lui en as jamais parlé ?

— Je le sais, voilà tout, répondit le Grand Traducteur avec agacement.

Il écrasa son cigare dans un cendrier et regarda sa montre.

— J'ai mon vol dans deux heures, la réunion commence demain matin. Peux-tu prévenir Charles pendant que je rassemble mes affaires ?

26

— Par où commençons-nous ? demanda Caroline en croisant les bras.

Les trois amis siégeaient désormais autour d'une table à l'écart des festivités.

— Si, pour une quelconque raison, Anchise a bien été embarqué par la police d'État, il doit être déjà en route vers l'une des trois prisons officielles, répondit Benjamin en jetant des coups d'œil inquiets autour de lui. Si nous voulons le retrouver, c'est à mon avis par là qu'il faut commencer.

— Quelles prisons officielles ? demanda Caroline.

— Eh bien Orsay, l'Orangerie et Branly !

« Ils bavardent mais nous n'avons pas le temps, songeait Rubie en serrant les dents. Les minutes passent et chacune d'elles rapproche Anchise de la prison si ce qu'ils racontent est bien vrai ! »

— Qu'attendons-nous dans ce cas ? s'écria-t-elle en sautant sur ses pieds.

— Comment ça ? demanda Benjamin en fronçant les sourcils.

Rubie s'irrita de cette question.

— Orsay, l'Orangerie… qu'attendons-nous pour y aller ?

Rubie sentait que toutes ses facultés, même le bon sens, l'abandonnaient, mais cela n'avait pas la moindre importance ; tout ce qui comptait, c'était de retrouver Anchise et de le sortir de là où il se trouvait.

— Tu ne veux tout de même pas te rendre en pleine nuit en prison, qui plus est le soir du bal ? voulut-il la raisonner.

— Peu importe !

La jeune fille était dans cet état de nervosité fébrile qui fait qu'on interrompt sans cesse les autres pour se prouver à soi-même qu'on a raison.

— Avez-vous décidé ? Car moi je pars sur le champ !

Bien que mesurant parfaitement toutes les difficultés qui allaient se présenter à eux, Benjamin n'en sentait pas moins une main invisible lui attraper le collet pour le mettre debout.

— Très bien, allons-y.

Caroline voulut protester, mais au même instant elle croisa les yeux de Benjamin ; dans ce regard, elle y lut la supplique de leur nourrice, Mademoiselle Poupart, qui avant d'être abattue par des soldats de Rénon leur avait fait promettre de protéger à tout prix Rubie, quelles que fussent les circonstances. Instantanément, toute trace de révolte s'éteignit en elle.

— Benjamin a raison… Je vais prévenir ta mère que nous partons.

Dix minutes plus tard, les trois Penseurs pénétraient dans un taxi stationnant au fond d'une ruelle. Les yeux du chauffeur, coincés sous deux paupières verdâtres, se posèrent sur chacun des adolescents.

— Et où dois-je conduire ces charmantes personnes ? demanda-t-il en sortant de son frac un calepin brillant de graisse.

— À la prison d'Orsay s'il-vous-plaît, répondit Benjamin en détournant son regard des deux yeux effrayants de malice cloués sur lui.

Le chauffeur posa son coude troué sur le volant de sa voiture et se retourna.

— La prison ? Voilà une drôle de destination pour de jeunes Penseurs… le soir d'un bal !

Il ricana avec affabilité et fit défiler les pages de son carnet.

— Alors… Orsay…héhé… Orsay… Ah, voilà, j'ai trouvé ! Le tarif… quarante-cinq p…

— Quarante-cinq ! s'exclama Caroline. Mais c'est du vol !

— Tarif de nuit ! Tarif de nuit ! répondit le chauffeur de plus en plus gai et patelin, la gorge pleine de petits rires vicieux. Et je préférerais que vous me payiez tout de suite.

— Mais…

Benjamin posa sa main sur la bouche de son amie et tendit une liasse de billets au chauffeur.

— En route maintenant !

Le bonhomme saisit avec avidité les billets et les cacha dans son plastron. Le taxi pétarda deux ou trois fois avant de démarrer et arriva en un quart d'heure près des grilles de la prison.

— Cela vous dérange-t-il de nous attendre, le temps que vous vérifiions quelque chose ? demanda Rubie.

— Non, non, pas du tout, gloussa le chauffeur, mais il me faudrait une caution ou quelque chose comme ça… C'est qu'une nuit de bal, les clients ne manquent pas !

Benjamin se mit à sortir d'autres billets de son porte-feuille mais Rubie l'arrêta d'une main sur le bras.

246

— Dans ce cas, j'irai seule et mes amis resteront avec vous. Est-ce que cela vous convient ?

— Mais Rubie…, voulut objecter l'adolescent.

— Non Ben, c'est la meilleure solution. Je m'en sortirai très bien toute seule, et surtout je me ferai sans doute moins remarquer. Monsieur, cela vous va-t-il ?

Le chauffeur dodelina la tête avec hésitation.

— C'est d'accord ! s'exclama-t-il en dévoilant ses chicots noircis par le tabac. Vous ne m'avez pas l'air de brigands de toute façon…

Rubie marcha d'un pas rapide vers l'entrée de la prison. Après l'agitation du bal, l'isolation et le froid produisaient sur elle un étrange effet ; ses pensées rentraient peu à peu dans l'ordre, et elle commençait à mesurer l'improbabilité malheureuse de sa situation. Au bout d'une vingtaine de mètres, elle se figea sur place. Ses chaussures, ses jolies chaussures en satin et dentelles, enfonçaient leur talon dans une fine couche de neige. Elle se tourna vers le taxi, qui de loin ressemblait à une misérable carcasse ferrailleuse.

« Je retourne vers ce taxi, et puis quoi ? J'oublie Anchise ? J'oublie toutes ces choses que j'ai ressenties ? Je fais comme si tout cela n'avait rien signifié ? »

Elle respira profondément et reprit sa marche.

Face à elle s'élevaient de hautes et épaisses grilles, et derrière ces grilles le bâtiment en lui-même. Les murs de l'entrée, de simples panneaux de verre, autorisaient les passants à voir l'intérieur de la prison depuis la rue. Deux raisons avaient présidé à la construction d'un tel édifice : d'une part, voir l'intérieur d'une prison devait dissuader les hommes libres de commettre des délits susceptibles de les y faire incarcérer ; d'autre part, ce centre renfermait uniquement des individus en phase de réintégration dans la société, qui n'auraient jamais songé à s'évader.

La jeune fille s'avança vers le poste de garde planté aux pieds des grilles.

— Oui mademoiselle ? demanda un Gardien emmitouflé dans une longue gabardine bleue.

Pendant un instant, Rubie se trouva sans aucun mot à disposition.

— Cherchez-vous votre chemin ? insista le Gardien.

— Non, je… je viens voir quelqu'un, Monsieur, répondit Rubie.

Le Gardien ne chercha pas à masquer sa surprise.

— À cette heure-là ? Et puis, vous m'avez tout l'air d'une jeune Penseuse ; vous n'êtes pas au bal ?

— C'est que mon ami vient d'être emmené et je souhaite le retrouver au plus vite.

— Mademoiselle, je ne peux vous laisser entrer ainsi dans cette prison, mais je peux au moins vous dire si votre ami se trouve ici. Quel est son nom ?

— Dephros, Monsieur.

Le Gardien pianota sur un écran.

— Non, Mademoiselle, aucun Monsieur Dephros ne se trouve ici.

Mais Rubie ne l'écoutait plus : son regard s'était arrêté sur quelque chose qui se passait derrière les grilles, derrière les murs vitrés de la prison même. Elle balbutia quelques remerciements et s'empressa de retourner à la voiture.

— Qu'est-il arrivé ? s'effraya Caroline en découvrant le visage diaphane de son amie.

— As-tu vu Anchise ? ajouta Benjamin.

Rubie les regarda alternativement mais ne put prononcer un mot.

— Il lui faut de l'eau ! s'écria Caroline en faisant courir ses yeux autour d'elle, comme s'il y avait la moindre chance d'en trouver. Monsieur !

Le chauffeur, qui suivait avec curiosité la scène à travers la glace de son rétroviseur, sortit une fiole de sa boite à gants.

— C'est tout ce que j'ai, dit-il en tendant le flacon en métal à la petite Asiatique.

— On ne va pas lui donner ça ! grimaça Benjamin avec répugnance.

Mais Caroline approchait déjà la bouteille des lèvres de Rubie.

« À la guerre comme à la guerre ! »

Rubie avala une gorgée et recracha la deuxième sur le siège devant elle.

Bien loin de se soucier de l'état de sa voiture, le chauffeur explosa d'un rire guttural.

— Qu'est-ce que vous lui avez donné ? s'excita Benjamin en remontant une manche de son manteau.

— Du calme l'ami, rien de bien méchant... Un de mes petits mélanges qui devrait vite la remettre sur pieds héhé.

— Ce n'est pas Anchise que j'ai vu, murmura soudain Rubie en passant le dos de sa main sur sa bouche.

— Qui as-tu vu ? s'inquiéta Benjamin.

— Ce n'est pas Anchise, ce n'est pas Anchise…

— Raaaa, il l'a empoisonnée avec sa maudite gourde ! s'alluma l'adolescent en avançant sa large main vers le cou du chauffeur.

— Calme-toi Ben, tout de suite ! Et laisse parler Rubie ! lui ordonna Caroline en s'accrochant à son bras.

— Oui, doucement mon petit père ! s'effraya le chauffeur en protégeant son visage. Peut-être devriez-vous, vous aussi, vous envoyer une petite gorgée.

« Adrienne, Antoine et Daniel ! »

Cette exclamation, pourtant lâchée dans un chuchotement, plongea la voiture dans le silence le plus complet. Même le chauffeur, pourtant étranger à l'histoire, y vit quelque chose de solennel.

— Que veux-tu dire ? finit par demander Caroline.

— Ce sont eux que j'ai aperçus, derrière les vitres de l'entrée d'Orsay.

— En es-tu certaine ? Ils sont censés être malades, pas en prison !

— Absolument, oui, les lumières…, mais la jeune fille s'interrompit, frappée par une image qui venait de se dessiner dans son esprit.

Elle se revit, l'oreille collée à la porte de sa chambre, en train d'écouter la conversation téléphonique de son père à propos de son concours blanc. Elle se rappelait précisément qu'avant d'évoquer sa copie à elle, il avait parlé de *trois élèves* et de *procédure habituelle*. « Qu'est-ce que cela veut dire ? songea Rubie. Mais non, papa n'a rien à voir avec cette affaire, je n'ai pas toute ma raison. Tout cela n'est qu'une vulgaire coïncidence… »

— Rubie ?

La voix de Caroline l'arracha à sa rêverie. « Je ne dois rien leur dire, ils ne comprendraient pas… Et nous devons mobiliser nos forces pour aider Anchise. »

— Nous aurons tout le loisir de leur demander ce qu'il s'est passé lorsqu'ils sortiront, dit-elle en regardant son amie.

— Et tu as mis tout ce temps pour arriver à cette conclusion ? s'amusa cette dernière.

Benjamin passa son bras autour du cou de Rubie. « Elle n'a aucune intention d'abandonner…, songea-t-il. Il est même inutile de lui proposer de la ramener chez elle ; continuons à l'aider, c'est encore la meilleure chose à faire. » Sur cette pensée, il se tourna vers le chauffeur et dit d'une voix ferme :

— À l'Orangerie s'il vous plaît.

La voiture roula à toute vitesse le long des quais déserts de la Capitale. Malgré les protestations de Caroline et de Benjamin, Rubie se présenta de nouveau seule devant le poste de gardes, collé aux grilles de l'établissement. Debout, ses bottes en cuir enfoncées dans la neige, se tenait un Gardien ; près de lui, un doberman faisait ses besoins.

— Oh là, pas plus loin ! s'écria-t-il en tendant la paume de sa main vers Rubie. Du calme Robs !

Le doberman, dont les oreilles s'étaient dressées verticalement, montrait les crocs.

Rubie se figea sur place.

— Veuillez circuler, c'est une zone sécurisée.

— Excusez-moi Monsieur mais je cherche quelqu'un.

— Ici ?

— C'est que je ne sais pas où il se trouve et je…

— Attendez une seconde. Isabelle, peux-tu t'occuper de la jeune fille ? cria-t-il en direction du poste.

Le visage d'une femme aux cernes gonflés émergea d'une petite ouverture.

— Veuillez approcher, demanda-t-elle à Rubie.

Le cœur tambourinant dans sa poitrine, l'adolescente s'exécuta. Elle répondit à quelques questions que lui posa la Gardienne puis donna le nom d'Anchise.

— Monsieur Dephros…, marmonna la femme en tapotant son écran. Oui, Monsieur Dephros séjourne bien ici.

La tête de Rubie se mit à lui tourner. Étrangement, pas une seule fois elle n'avait envisagé la possibilité qu'elle pût vraiment le retrouver.

— Avez-vous une autorisation ? demanda la Gardienne devant l'indécision de la jeune fille.

— Une autorisation ? De qui ?

Ce furent les seuls mots qu'elle put prononcer.

— Du ministère Mademoiselle, du ministère ! s'impatienta la femme. Bon écoutez, je ne sais pas quelles étaient vos idées en vous présentant ici mais...

Soudain une idée, telle une étincelle, traversa l'esprit de Rubie. Sans laisser terminer la Gardienne, elle sortit sa carte d'identité et la posa devant elle.

— Qu'est-ce que c'est ? marmonna la geôlière en saisissant le document entre ses doigts.

À mesure que ses yeux, étroits comme deux crevasses,

parcouraient et reparcouraient le petit document, son visage se couvrait d'un voile livide.

— Veuillez me pardonner Mademoiselle, si j'avais su…, bredouilla-t-elle.

— Pouvez-vous maintenant me laisser voir Monsieur Dephros ? demanda Rubie d'une voix plus autoritaire.

Mais la Gardienne semblait toujours hésiter.

— C'est que… votre père Mademoiselle…

L'homme qui avait accueilli Rubie dehors apparut soudain près de sa collègue.

— Que se passe-t-il ici ? dit-il en regardant la jeune fille avec contrariété.

La Gardienne lui donna un coup de coude et lui montra la carte de Rubie ; son œil droit se mit à cligner convulsivement.

— Vos parents savent-il que vous êtes ici ? demanda-t-il enfin d'une voix altérée.

Rubie comprit que sa seule chance de pénétrer dans cette prison résidait dans la peur qu'elle pourrait inspirer aux deux Gardiens. Elle maintint donc son cap.

— Mes parents ? Depuis quand aurais-je besoin de leur autorisation ?

— Vous comprenez que sans l'accord explicite du Grand Traducteur ou de votre mère…

— Ma mère est actuellement au bal, menant plusieurs affaires pour le compte de mon père ; quant à ce dernier, il doit être déjà dans l'avion. Ils seront certainement ravis d'être dérangés pour un caprice de leur fille.

Les geôliers se regardèrent. Ni l'un ni l'autre n'avaient

l'autorité ni les compétences pour gérer une telle affaire. Allaient-ils réveiller leurs supérieurs au milieu de la nuit pour un « caprice » de jeune fille, comme elle l'avait si bien dit ? Sans compter que cette jeune fille serait un jour Grande Traductrice à son tour, et qu'elle n'oublierait pas de remercier ceux qui l'avaient aidée. Toutes ces pensées, ils se les communiquèrent silencieusement. Au bout d'une minute, la Gardienne sortit de son poste et ouvrit les grilles de la prison.

— Suivez-moi, Mademoiselle.

Accrochée à ses talons, Rubie traversa une cour pleine de Gardiens, puis pénétra par une porte encastrée entre de hautes colonnes dans un hall mal éclairé. Après avoir glissé quelques mots à un collègue, la Gardienne l'invita à emprunter un escalier qui descendait. L'adolescente, qui obéit passivement, sentait les questions s'amasser dans son esprit. Comment allait Anchise ? Quelle serait sa réaction lorsqu'il la verrait ? Devrait-elle enfin lui avouer qu'elle était la fille du Grand Traducteur ? Et ensuite, lorsqu'ils auraient parlé, que ferait-elle ? L'abandonnerait-elle à son triste sort ou devrait-elle tenter le tout pour le tout pour le faire sortir ?

— Nous y voilà, dit soudain la Gardienne en désignant une épaisse porte blanche.

Rubie retint son souffle.

— Je resterai dans le couloir, Mademoiselle. Si vous avez besoin de la moindre chose, n'hésitez pas, précisa-t-elle en ouvrant la porte.

L'adolescente marmonna des remerciements et pénétra dans la cellule.

27

— Anchise ? demanda fébrilement Rubie en devinant, au fond de la pièce, une silhouette accroupie.

À peine eut-elle prononcé ce mot que la forme se déplia. Rubie eut un mouvement de recul. De toute évidence, cette silhouette n'était pas celle d'Anchise : les épaules, qui se découpaient dans la pénombre, appartenait plus à un vieil homme malade qu'à un adolescent dans la pleine force de l'âge.

— Vous avez dit Anchise ? demanda une voix rocailleuse.

Rubie recula encore d'un pas. Seule une inexplicable curiosité la retenait encore dans cette cellule.

— Mademoiselle, répéta l'homme, avez-vous bien dit Anchise ?

Soudain, la figure qui enfantait cette voix affleura à la lumière. Rubie eut un étourdissement. Si cette figure aux traits émaciés n'était pas celle qu'elle cherchait, son regard irradiait une lumière si douce, si timide, et si semblable à celle qui l'avait éblouie la première fois qu'elle avait aperçu Anchise, qu'elle vit dans ce martyr une incarnation appauvrie du jeune homme. Elle s'avança vers lui. Ses yeux, remplis de larmes, cherchaient une confirmation ; mais de confirmation elle n'avait nul besoin, car *elle savait* qui il était.

— Vous êtes… vous êtes son père, n'est-ce pas ?

Son silence eut valeur de réponse.

Comme une rescapée, elle porta ses mains à sa bouche.

— Asseyez-vous ! dit le prisonnier en tirant une chaise près d'elle.

Chancelante, Rubie s'y laissa tomber.

— Buvez, cela vous fera du bien.

Elle saisit le verre qu'il lui tendait et avala une gorgée.

— Vous êtes vivant... C'est incroyable... Vous êtes vivant..., murmurait-elle hagarde, mais soudain son visage se voila d'inquiétude. Sa mère... votre femme... est-elle ?

— Elle est vivante, s'empressa-t-il de la rassurer.

Il s'assit face à elle.

— Qui êtes-vous et comment connaissez-vous mon Anchise ? demanda-t-il.

Il y eut un nouveau silence. Rubie tentait de rassembler ses idées.

— Je suis... Je suis une amie à lui.

— Comment va-t-il ? Dites-moi tout !

Rubie détourna le regard ; elle aurait préféré mentir, mais aucun mensonge ne venait à elle.

— Quoi, qu'y a-t-il ? s'exclama-t-il en la cherchant des yeux.

— Je...

— C'est à cause de moi, n'est-ce pas ? Ils ont découvert qu'il était mon fils et ils l'ont emmené !

Le malheureux, que le désarroi faisait passer du vouvoiement au tutoiement, saisit les mains de Rubie.

— Des Gardiens l'ont embarqué et tu le cherches, c'est ça ?

Une nouvelle fois, l'adolescente ne trouva pas la force de mentir.

Il lâcha les doigts de Rubie et saisit sa tête entre ses mains.

— Je n'avais pas le choix, comprends-tu ? J'ai travaillé pour Rénon, oui, mais c'était pour aider ma famille ! Et j'étais le seul responsable ; mon fils… mon petit garçon n'a rien à voir là-dedans !

Submergé par l'émotion, il étouffa un sanglot.

— A-t-on le choix quand on meurt de faim ? Ils doivent comprendre ! Ils doivent relâcher mon fils !

Rubie l'observait péniblement. Elle ne comprenait pas ce qu'il disait, mais elle était sûre d'une chose : ce n'était pas sa faute si on avait embarqué Anchise. Kevin Moller et ses équipes s'en seraient occupé il y a bien longtemps déjà. Non, la seule responsable, c'était elle ; elle, la fille du Grand Traducteur tombée amoureuse d'un Producteur ; elle qui n'en avait fait qu'à sa tête malgré les mises en garde et les avertissements.

— Vous n'y êtes pour rien, finit-elle par dire. C'est moi et moi seule qui l'ai fait venir à ce bal.

— Mademoiselle, l'interrompit-il, si je n'avais pas *vendu mon âme*, mon garçon serait un brillant Penseur aujourd'hui, et rien de tout cela ne serait arrivé. Les choix que j'ai faits… ce sont eux qui ont détruit ma famille.

— Vos choix…, répéta Rubie dans un murmure.

Soudain, son regard se figea.

— Les livres… ils vont trouver ses livres ! s'exclama-t-elle.

— Ses livres ? Quels livres ? demanda-t-il, surpris.

Elle s'approcha de son oreille.

— Ceux que vous aviez enterrés sous l'arbre ; il les a trouvés et cachés dans sa chambre. Voltaire, Descartes, Flaubert… Je suis au courant !

— Voltaire… Descartes… mais que racontes-tu ?

L'intonation de sa voix avait brutalement changé.

— Pourquoi me parles-tu de cela ?

Désormais, un véritable effroi y vibrait ; un effroi semblable à celui du voisin d'Anchise quand Rubie l'avait questionné sur Balzac. Tout à coup, il bondit sur ses pieds et pointa la sortie du doigt.

— Dehors ! hurla-t-il.

La jeune fille ne comprenait pas.

— Dehors ! Dehors ! Dehors ! répétait-il, ses yeux hors de leur orbite. Descartes, donné à mon Anchise… Quelle horreur ! Mais qui es-tu pour dire de telles choses ?

Il se précipita à la porte et cogna de toutes ses forces sur le métal.

— Qu'y a-t-il ? s'inquiéta la Gardienne en ouvrant.

— Elle doit sortir ! Vite !

Sentant à peine ses jambes, Rubie se leva. Elle voulut s'approcher de lui, mais il recula comme un animal traqué.

— Mademoiselle, cet homme n'a plus toute sa tête, dit la Gardienne. Il vaut mieux que vous sortiez.

Hagarde, Rubie obéit. Que signifiait une telle réaction ? Anchise lui aurait-il menti sur l'origine de ses livres ? La Penseuse était incapable de raisonner avec justesse, mais elle sentait que l'édifice romanesque qui s'était érigé dans son cœur au cours de ces derniers mois vacillait.

À peine pénétra-t-elle dans le taxi que Caroline et Benjamin l'ensevelirent sous les questions ; mais elle était muette de stupeur. Elle posa sa tête sur l'épaule du jeune homme et ferma les yeux. « Maman avait raison. Il faut que j'oublie Anchise… »

28

Le cœur dans un étau, Rubie passa le lendemain de cette nuit cloîtrée dans sa chambre. Des pensées et des visages défilaient devant ses yeux : son père emmenant Anchise dans le salon, Alexandra lui ordonnant de ne plus revoir le jeune homme, l'effroi de Monsieur Dephros… Si rien ne faisait sens, tout abîmait l'image qu'elle s'était construite du Producteur.

Depuis le début de la matinée, sa mère avait tenté de la faire sortir. Benjamin et Caroline aussi étaient venus. Tous n'avaient trouvé qu'une porte fermée. Allongée dans son lit, elle ressemblait extérieurement à une blessée : ses lèvres étaient serrées, ses sourcils ramassés, et son regard fixe. Vers dix-sept heures, Alexandra passa devant sa porte et lui demanda si elle souhaitait l'accompagner chez des amis ; Rubie prononça à cette occasion son premier mot de la journée : « Non ».

À l'instant où sa mère quitta la maison, elle posa son chat en peluche sur le lit et se mit à le vider des livres et revues qui s'y trouvaient ; quel que fût le plaisir qu'elle avait eu à les lire, le mystère qui entourait leurs auteurs l'obligeait à s'en débarrasser. Après une hésitation, elle sortit un sac de son armoire et le remplit de ces reliques de papier. Alors qu'elle s'apprêtait à le refermer, son regard croisa une publicité au dos d'un magazine et elle s'arrêta dans son mouvement.

INFINITE KNOWLEDGE

Vous avez toujours rêvé de connaître les secrets de l'univers, du corps humain, de la mécanique ou de l'histoire du monde? Alors surveillez votre boite aux lettres, et participez à l'aventure Infinite Knowledge le 21 Juin prochain!

Infinite Knowledge, c'est à 20h00 le 21 Juin prochain, alors ne le manquez pas!

« *Infinite Knowledge* » : aucun doute, elle avait déjà aperçu cette inscription auparavant ! Elle ferma les yeux pour rassembler ses souvenirs… Ses lunettes Panglassiennes ! Elle les sortit de leur cachette et les posa à côté du magazine. Convaincue que ce n'était pas le seul endroit où figurait cette inscription, elle se leva et se mit à arpenter sa chambre. Plongée dans ses pensées, elle ouvrit sa porte et se dirigea vers le couloir. Ses pas s'arrêtèrent devant la chambre de ses parents.

« Le porte-clés… », murmura-t-elle dans un sourire.

Lorsqu'elle eut trouvé ce qu'elle cherchait, elle retourna sur son lit et compara les trois écritures. Elle n'eut pas à fournir un grand effort pour constater qu'elles étaient parfaitement identiques. « Qu'est-ce que cela veut dire ? murmura-t-elle en parcourant la publicité des yeux. Sans doute s'agit-il d'une sorte de programme auquel papa a adhéré, et on lui aura envoyé ce porte-clés en cadeau. Mais dans ce cas, pourquoi cette inscription se trouve-t-elle également sur mes lunettes ? » Cette pensée lui donna une bouffée de chaleur. Sans lâcher le magazine, elle alla ouvrir sa fenêtre et s'assit sur son rebord. L'esprit éclairci par la fraîcheur hivernale, elle examina de nouveau l'annonce. Son regard s'arrêta sur un numéro de téléphone. Après une brève hésitation, elle se leva et attrapa son téléphone. « La ligne doit de toute façon être coupée… », songea-t-elle en composant le numéro. Passée la surprise de constater que le numéro était toujours attribué, une sensation déconcertante l'envahit : celle d'entendre, derrière la sonnerie de son appareil, une autre sonnerie. Elle laissa sonner le téléphone jusqu'à la messagerie vocale

« *Bienvenue chez Infinite Knowledge…* » puis elle raccrocha.

« Tout de même, cette sonnerie que j'ai cru entendre dans le lointain… », marmonna-t-elle.

Agacée par sa propre indécision, elle composa la touche « rappel ». Cependant, au lieu de porter l'appareil à son oreille elle le laissa sonner entre ses mains, réservant son attention au silence qui l'enveloppait ; ce silence qui n'en fut d'ailleurs bientôt plus un puisqu'une petite musique, à peine perceptible, chantait bien quelque part dans le jardin ; une petite musique répétitive, vague, lancinante, qui faisait lentement remonter son estomac à sa gorge…

Sidérée, Rubie glissa la clé dans sa poche et fusa dans les escaliers. Une vieille paire de bottes l'attendait dans l'entrée. Elle les enfila à la hâte, sortit dans le jardin et recomposa le numéro. La mélodie devint parfaitement audible et semblait même s'échapper de l'ancien atelier de son père, ce bâtiment condamné du fait des grenades toxiques qui y avaient explosé durant la Révolution. L'adolescente s'en approcha et y colla son oreille. Le son, un air de violon, gagna encore en volume. Elle disposa alors ses mains comme des œillères autour de ses yeux et tenta de voir à l'intérieur. Ne pouvant rien distinguer, elle attrapa la poignée et se mit à la secouer avec énervement. Sans surprise, la porte était fermée à clé. Une idée lui arracha alors une palpitation. Elle sortit de sa poche le porte-clés *Infinite Knowledge* et l'approcha de la serrure.

Deux cliquetis plus tard, la porte s'ouvrait dans un grincement.

Rubie fit un bond en arrière et enfouit son nez sous son pull. Les questions et les suppositions se succédaient dans sa tête, mais aucune ne parvenait à s'imposer. Cette sonnerie, cette clé, sans même parler de ses camarades en prison ou du tableau dans le bureau de son père, tout cela remettait en cause nombre de ses certitudes… dont l'existence de ce fameux gaz toxique. Dévorée par le besoin de savoir, elle poussa la porte et pénétra à l'intérieur.

29

La pièce dans laquelle Rubie s'avança était plongée dans une profonde obscurité. Avant de faire un pas de plus, la jeune fille alluma la lumière de son téléphone et chercha la présence d'un interrupteur. Elle en repéra rapidement un et l'enclencha. Une lumière blanche et puissante inonda la pièce et l'obligea à fermer les yeux. Elle attendit que son regard s'habitue à ce flot lumineux, puis elle rouvrit les paupières.

« Qu'est-ce que tout cela ? » s'exclama-t-elle d'une voix incrédule.

Face à elle, des tables blanches recouvertes de vieux ordinateurs, des étagères poussiéreuses croulant sous des rangées de livres, des murs tapissés d'écrans numériques et d'affiches en tout genre, sur le sol des monticules de cartons et de prospectus : cette pièce avait quelque chose à la fois d'une bibliothèque abandonnée, d'un laboratoire scientifique désaffecté et d'un magasin de bizarrerie déserté. Après un instant d'hésitation, Rubie progressa de trois ou quatre mètres. Tout son corps était tendu de surprise et de peur ; de peur surtout, celle de voir l'impériale figure de son père émerger dans l'embrasure de la porte. Il n'était censé rentrer que le lendemain soir mais cet homme n'était jamais avare en surprises.

D'abord, elle s'approcha des étagères alignées à sa droite et fit courir ses yeux le long des reliures en cuir :

Crime et Châtiment, La République, L'Utopie, Le Prince, Candide, Le père Goriot, Les Essais, etc. Sans savoir pourquoi, certains de ces titres bombardèrent son esprit d'images : le fou sur l'île du Levant, le tableau dans le bureau de son père, ses discussions avec Anchise, sa balade à Fontainebleau… tout cela surgissait dans le plus parfait chaos.

Elle secoua la tête et continua son chemin vers une table jonchée de feuilles. Toutes avaient le même aspect, comme ci-dessous :

SCENARII

Scénario 3
-Réunion de travail interrompue.

-Fuite avec des collègues par une issue de secours.

-Chute dans les escaliers.

-Combats dans la rue.

-Arrivée de soldats du Grand Traducteur.

Scénario 4
-Partie de football.

-Explosion dans les tribunes.

-Evacuation du stade.

-Sauve une femme des décombres.

Scénario 5

— Scenario 4… qu'est-ce que cela signifie ? marmonna-t-elle, mais soudain son regard s'arrêta sur une feuille un peu à l'écart et son trouble décupla.

SCENARII

Scénario 459
-Achats dans une pharmacie.

-Explosion dans la rue.

-Ecole maternelle attaquée.

-Sauve un enfant.

-Arrivée des soldats du Grand Traducteur.

Ce « scénario » ressemblait en tout point aux histoires racontées par John, au Levant, et par le curieux personnage du bal de Fin d'Année. Déjà, au cours du bal, elle se souvenait que cette similitude l'avait interpellée, alors aujourd'hui… aujourd'hui qu'en penser ?

Elle n'eut pas le temps de se remettre de sa confusion qu'un autre scénario la fit sursauter. Oubliant ses craintes de laisser des traces de son passage, elle le saisit entre ses doigts. « Benjamin et Caroline… Protéger Rubie… L'accompagner au sommet… Madame Poupart…, etc. » Que faisaient son nom, ainsi que ceux de ses amis, sur cette feuille ? Et quel était le rapport avec Madame Poupart, cette nourrice dont elle n'avait aucun souvenir ? Mais à peine se posa-t-elle ces questions que son sang se glaça dans ses veines ; la voix de son père venait de résonner dans la pièce.

« Bienvenue chez *Infinite Knowledge* ! »

Rubie enfouit la feuille dans sa poche et se tourna vers la porte.

Personne !

Dépassée, elle regarda autour d'elle et comprit bientôt d'où cette voix avait surgi : l'un des écrans numériques, à détecteur de présence, venait de s'allumer. Le cœur battant, elle se déplaça face à lui. Son père, plus jeune, invitait d'un mouvement de la main à choisir un chapitre parmi un menu déroulant.

Elle voulait savoir. Elle devait savoir.

— Concept, prononça-t-elle.

À peine eut-elle formulé sa demande que le Grand Traducteur se trouva transporté dans une immense et somptueuse bibliothèque. Il était assis, les jambes croisées, dans un fauteuil en cuir près d'un feu de cheminée crépitant. Il tenait entre ses mains une épaisse encyclopédie et portait sur le nez une paire de lunettes rondes. À sa droite, sur une console en bois, fumait une tasse de thé. L'ambiance était tamisée, chaude et accueillante.

« Chers investisseurs, chers clients, commençait-il d'une voix posée, je vous souhaite la bienvenue dans l'expérience *Infinite Knowledge*. Si vous regardez cette vidéo, c'est que vous êtes déjà conquis par notre projet, et que vous n'attendez donc que nos recommandations pour vous lancer dans l'aventure. Laissez-moi vous y conduire. »

Il se leva lentement, glissa l'encyclopédie sous son bras et s'avança en direction de la caméra. Soudain, il s'immobilisa et sourit ; un sourire ouvert, mordant, magnifique.

« Qu'est-ce qu'*Infinite Knowledge* ? Ou plutôt, qu'est-ce que n'est pas *Infinite Knowledge* ? Tout d'abord rassurez-vous, *Infinite Knowledge* n'est pas le projet insensé d'une poignée de savants mégalomanes ayant soudainement décidé de s'élever au rang de demi-dieux, ni une sombre expérience scientifique visant à prendre le contrôle de vos esprits, comme dans *Total Control 6*… »

Son sourire tendit un peu plus ses lèvres vermeilles et brillantes. Il s'avança vers un globe terrestre et le fit tourner avec tranquillité.

« Non… *Infinite Knowledge*, c'est avant tout l'aventure d'un groupe d'amis épris de la Connaissance, du Savoir, des Lettres et de la Science. C'est l'ambition extraordinaire, et pourtant bien réelle, de mettre à disposition de tous, petits et grands, riches et pauvres, gens de toutes origines et de toutes conditions, des millénaires d'exploits scientifiques, de chefs d'œuvre philosophiques et artistiques, de prouesses technologiques, de… »

Rubie n'en croyait pas ses oreilles. Lui, son père, qui ne jurait que par Panglass et qui ne voyait dans le passé que des erreurs ayant conduit à Rénon, le voilà qui s'exaltait pour la Nature, pour l'Histoire, pour l'Homme ! L'Homme, celui-là même qu'il accusait de tous les péchés, de tous les maux et de toutes les faiblesses, voilà qu'il le catapultait sur un piédestal, qu'il célébrait son ingéniosité, qu'il louait sa créativité et ses incroyables capacités ! Tout cela la laissait stupéfaite. Cependant, à bien y réfléchir, était-ce réellement surprenant ? N'avait-elle pas eu plus d'une fois la sensation que son père était différent ? Inexplicablement différent, mais différent tout de même ? Qu'il avait, dans sa façon de parler et de penser, quelque chose… d'original ? Sans oublier ce tableau dans son bureau et ce manuscrit sur lequel elle était tombée !

« Et tout cela, toute cette immense Histoire Universelle, dans une simple paire de lunette et sa télécommande ! Oui, oui, vous avez bien entendu ! Mettez simplement cette paire de lunettes sur vos yeux le 21 juin prochain à 20 heures précises et, munis de votre télécommande, vous pourrez choisir absolument… »

À la vue de ces deux objets, les pensées de Rubie se figèrent. Ces lunettes, c'étaient celles qui devaient protéger les rétines humaines du rayonnement du Panglassien au cas où celui-ci reviendrait sur Terre ; celles que tout le monde devait conserver chez soi ; celles qu'elle avait tout à l'heure sorties de son placard. Quant à cette télécommande, elle ressemblait à s'y méprendre au pendentif qu'Anchise gardait autour du cou. Ébranlée, elle recula, mais au second pas son pied cogna quelque chose et elle se retrouva les fesses par terre. Elle tourna la tête : ce quelque chose était une poignée fixée au sol. Après un instant d'hésitation, elle se releva, saisit la poignée à deux mains et tira de toutes ses forces vers elle. Une gueule effrayante de noirceur s'ouvrit sous ses pieds, laissant apparaître un escalier dans un nuage de poussière.

L'antre n'avait rien d'accueillant, mais le besoin de comprendre supplantait la peur dans son âme. Elle alluma la lumière de son téléphone et entama sa plongée dans les ténèbres. Une dizaine de marches plus tard, son pied touchait terre. L'odeur de renfermé qu'elle s'attendait à trouver était finalement supportable et le faisceau émis par son portable offrait une honnête zone de confort. Elle avança de quelques mètres. Soudain, une forme attira son attention. Elle y braqua la lumière de son téléphone.

— Un matelas ? s'étonna-t-elle à voix haute.

Mais elle n'eut pas le loisir de pousser plus loin sa réflexion que son cœur cessa de battre : une main, glaciale et osseuse, venait de se poser sur son épaule.

30

Depuis que Pierre Cuchet avait interpellé le Grand Traducteur en pleine présentation, il était devenu, au grand dam de sa femme, une sorte de célébrité locale, rôle que cet hâbleur de fortune endossait avec une fierté non dissimulée. Son petit appartement, situé au premier étage d'un immeuble rue de Douai, ne désemplissait plus de curieux qui souhaitaient le rencontrer et s'entretenir avec lui de cet acte héroïque.

Tous ces va-et-vient de badauds avaient récemment poussé sa femme, Elizabeth, à se munir d'une arme à feu dont elle espérait ne jamais avoir à faire l'usage.

Elizabeth avait accepté la main de Pierre sept ans plus tôt, et aurait probablement refusé de devenir sa femme si elle avait été mieux renseignée sur son compte. Cependant, la jeune fille vivait un tel calvaire chez sa tutrice qu'elle avait préféré fuir, héritage de son oncle en poche, avec cet homme morne et entêté plutôt que de rester chez elle.

Si au cours des premières années le bougre s'était montré plus d'une fois insupportable et capricieux, ses éclats n'avaient jamais franchi le seuil de leur appartement ; depuis peu en revanche, son obsession pour la Course à Panglass le poussait vers les délires les plus insensés, comme interpeller le Grand Traducteur en pleine présentation ou vouloir mettre de l'ordre dans les rues de la Capitale.

Lorsqu'il rentra chez lui ce soir-là, il arborait un sourire bouffi d'orgueil qu'Elizabeth considéra avec méfiance.

— Sais-tu ce qui m'est arrivé aujourd'hui ? demanda-t-il après avoir congédié un admirateur obséquieux. Figure-toi qu'on m'a interrogé sur mes exploits de la Révolution !

— Comment ça ? Qui t'a interrogé ? demanda Elisabeth inquiète.

— Des Gardiens qui sont venus au bureau !

— Que t'ont-ils demandé ?

— Ils m'ont interrogé sur Anchise et sur la Révolution.

— T'ont-ils dit pourquoi ?

— Non, mais cela doit avoir avec la Course à Panglass !

— Toi et ta Course à Panglass, marmonna-t-elle sans oser le regarder.

Pierre la fixa de ses yeux brillants. Sous son menton, sa pomme d'Adam s'agitait.

— Moi et ma... Moi et ma..., s'étouffa-t-il brusquement. Comment peux-tu… sale petite… Moi qui travaille si dur pour… La Course, c'est tout ce que nous avons, tout !

— Ce n'est pas ce que j'ai voulu dire.

— Ah tu l'as dit ! Tu l'as dit ! Mais tu ne devrais pas me prendre pour un bouffon tu sais, car je vais faire partie des cent gagnants, tu m'entends, et nous allons partir pour Panglass ! rugit Pierre en levant l'index vers le ciel. Oui, nous allons y aller, et je suis certain que l'examen de cet après midi était une formalité dans ce sens ! Certain !

Pierre Cuchet s'emporta encore une minute, mais vers la fin de son monologue sa voix se faisait moins virulente.

— Oui, il me l'a promis, il me l'a promis, se mit-il à

répéter comme un refrain, en balançant d'une manière in-quiétante la tête de droite à gauche.

Elizabeth le regarda et soupira.

— Tu viens dîner ? dit-elle avec douceur pour le sortir de sa confusion.

Les yeux dans le vague, il s'assit sans dire un mot.

— Alors, comme ça, on t'a posé des questions sur Anchise ? demanda-t-elle en lui servant une soupe et cinq pilules de différentes couleurs.

Il releva ses paupières ; toutes les lueurs folâtres qui animaient son regard un instant plus tôt avaient disparu.

— Oui, quelques-unes, répondit-il d'une voix morne, la voix qu'il avait lorsqu'il évoquait tout autre sujet que celui de « sa » Course.

Sa femme se servit à son tour et s'assit.

— Quel genre de questions ?

— Ils m'ont demandé si je le connaissais bien, ce genre de choses.

— Sais-tu pourquoi ?

— Non.

— Je ne l'ai pas entendu rentrer hier soir. Crois-tu qu'ils l'ont emmené quelque part ?

— Je ne sais pas. Ils m'ont dit qu'ils viendraient peut-être fouiller l'immeuble dans les jours suivants.

— Ah oui ? Mais ils ne t'ont donné aucune information supplémentaire ?

Pierre Cuchet avala une cuillerée de sa soupe et haussa les épaules.

— Non. Mais, de toute façon, s'il comptait aller sur

Panglass, c'est foutu, ricana-t-il. Ça en fait toujours un de moins !

— C'est un gentil garçon sans problème, je ne comprends pas.

Cependant Pierre ne l'écoutait déjà plus ; l'*étincelle Panglassienne* s'était rallumée dans son regard. Il se leva de sa chaise et s'approcha d'un calendrier.

— Nous partirons très tôt, le soir de la grande Course. Tout le monde voudra y assister et nous devrons être dans les premiers de la file.

Il fit une moue soucieuse et se gratta la tête.

— Non, en fait je poserai ma journée et nous irons le matin.

— Enfin, nous n'allons pas…

— Si, si, nous partirons le matin même, à la première heure.

Soudain, il se passa une scène presque invraisemblable.

Pierre Cuchet s'élança en direction de la chambre et se mit à fouiller la table de chevet de sa femme.

— Où est-elle ? hurla-t-il.

— Où est quoi ? demanda Elizabeth en posant avec lassitude son verre sur la table.

— L'arme, celle que tu as achetée !

Elizabeth se précipita à son tour dans la chambre.

— Pourquoi la cherches-tu ? demanda-t-elle d'une voix méfiante.

— Pour rien, dis-moi juste où elle est !

— Non, je veux savoir !

— Tu m'embêtes à la fin !

— Pierre, je veux savoir ! gronda Elizabeth en se plantant entre lui et la table de chevet.

— Mais laisse-moi donc vivre ! gémit-t-il. « Pierre où étais-tu ? », « Pierre, que t'ont-ils dit ? », « Pierre ceci, Pierre cela »… J'ai besoin de ton arme, donc donne-la moi ! Et si tu ne le fais pas, j'irai demander son fusil au vieux au-dessus !

Il allait d'un mur à l'autre de la chambre comme un lion en cage. Tout à coup, il se figea et leva les bras au ciel.

— Ah et puis zut, tu veux savoir eh bien je vais te le dire ! Cette présentation du Grand Traducteur, tout le monde voudra y aller, tout le monde ! Ce sera la cohue ! Je veux juste m'assurer que l'on s'écartera lorsque je voudrai passer, voilà ! Maintenant, dis-moi où elle est !

— Tu es malade Pierre…, laissa échapper sa femme en posant une main sur son cœur.

Ce propos arracha au bonhomme un mauvais rire.

— Si c'est être malade que de vouloir partir sur Panglass, alors oui je le suis ! lâcha-t-il d'un ton méprisant.

À cet instant, quelqu'un sonna à la porte de l'appartement. Trop heureuse de s'accorder un peu de répit, Elizabeth s'enfuit de la chambre et alla ouvrir. C'était un homme voûté au visage sillonné de rides, qui se présentait comme un « admirateur » de son mari. La pauvre femme, déjà au comble du désespoir, voulu le renvoyer et refermer la porte avant que Pierre ne l'entende, mais son mari avait l'ouïe fine ! Il bondit depuis la chambre, et se retrouva devant l'étranger avant qu'elle n'eût le temps de prononcer le moindre mot.

— Entrez donc mon cher ! dit-il en écartant sa femme. Comment vous nommez-vous ?

— Monsieur Boulevard, Monsieur, et j'aurais de nombreuses questions à vous poser !

31

Jamais dans son existence Rubie n'avait connu pareil effroi. Elle se sentait comme pétrifiée du bout de ses orteils jusqu'à la pointe de ses cheveux.

— N'aie pas peur, dit soudain une voix derrière elle.

Cette voix rocailleuse déchargea une secousse le long de son échine.

— Rubie n'aie pas peur, je ne te veux aucun mal, répéta la voix après un silence.

« Il connaît mon prénom ! », songea l'adolescente, dont le cœur battait à exploser dans sa poitrine.

— Rubie tu dois me faire confiance. Je vais allumer la lumière et tu vas me laisser tout t'expliquer, d'accord ? Vraiment, tu n'as rien à craindre. Voilà, je te lâche, tu es libre de partir !

À peine l'homme eut-il retiré sa main que Rubie regroupa ses forces et prit ses jambes à son cou. Mais son pied tapa le matelas qu'elle avait aperçu tout à l'heure et, une fois de plus, elle se retrouva au sol. À l'instant où elle voulut se relever et reprendre sa course effrénée, une intense lumière blanche éclaboussa la pièce. Entre elle et l'escalier se dressait l'objet de sa terreur.

« Igor Koprov ! »

Epouvantée, elle se redressa, leva un bras devant son visage et recula.

— Allons, n'aie pas peur, je ne suis pas qui tu crois…

Attends… laisse-moi t'expliquer !

Mais si, elle savait parfaitement qui il était ; elle savait que c'était Igor Koprov, le criminel le plus recherché du pays qu'on avait aperçu près de chez elle l'été dernier ! Son dos toucha un mur. Elle ne pouvait plus reculer. Désormais elle le regardait fixement, les yeux dans les yeux, sans émettre le moindre son, comme si l'air lui manquait.

— Enfin, tu vois bien que je ne te veux aucun mal ! Regarde, je m'écarte. Tu peux courir à l'escalier si tu le veux.

Tous les nerfs de Rubie tiraient vers la sortie, mais la bienveillance d'Igor Koprov paraissait à ce point naturelle qu'elle se mit à l'examiner avec curiosité. Sa maigreur et sa faiblesse l'interpellèrent. Son visage était pâle, livide même. Ses yeux avaient une lueur fébrile : une sorte de voile mortel semblait les recouvrir, mais en même temps une force guerrière y tremblait.

— Regarde-moi, comment pourrais-je te faire du mal ? Et encore une fois, tu es libre ! Vas-y, pars si tu veux !

Rubie fit un pas en avant. Il ne bougea pas.

— Si vous n'êtes pas qui je crois, qui êtes-vous dans ce cas ? demanda-t-elle.

— C'est… compliqué.

— Et que faites-vous dans cette cave ?

Un sourire fripa les lèvres d'Igor.

— Tout cela a un rapport avec *Infinite Knowledge*, n'est-ce pas ? demanda-t-elle.

— Je vais tout t'expliquer mais, avant, dis-moi : comment es-tu arrivée ici ?

Rubie hésita ; c'était à lui de répondre à ses questions, pas à elle ! Igor devina ses pensées.

— Je te promets de tout expliquer, mais avant je dois savoir ce qui t'a amenée ici, c'est important.

— Un magazine, finit par répondre Rubie, chez qui la méfiance diminuait.

— Un magazine d'avant Panglass ?

Rubie ne répondit pas.

— Comment as-tu eu ce magazine ?

— Quelqu'un me l'a donné.

— Qui ?

Rubie fronça les sourcils.

— Je… je n'ai pas à vous répondre.

— Veux-tu savoir ce qu'est *Infinite Knowledge* ? Veux-tu savoir ce qu'est cette pièce dans laquelle tu te trouves ? Veux-tu savoir pourquoi tu t'es toujours sentie… différente ?

La voix d'Igor avait changé ; quelque chose de résolu et d'impatient y vibrait. Devant l'hésitation de Rubie, il courut vers un bureau et en rapporta quelque chose.

— Veux-tu savoir pourquoi ton père, Victor Morsay et moi-même nous trouvons sur cette photo ? demanda-t-il en la tendant à Rubie.

La Penseuse saisit le cliché entre ses doigts ; de toute évidence, cet homme détenait la clé du secret entourant *Infinite Knowledge*.

— Anchise. Mon ami se nomme Anchise Dephros, finit-elle par répondre en lui rendant la photo.

Igor porta une main à son cœur.

— Anchise… Julien a donc réussi…

— Vous connaissez Anchise ? demanda Rubie en s'avançant vers lui.

— J'ai très bien connu son père, Julien. Il me parlait beaucoup de son fils. Le pauvre homme… Qu'il repose en paix désormais.

— Mais non, il est vivant !

Igor leva vers elle un regard indescriptible.

— Qu'as-tu dit ?

— Le père d'Anchise n'est pas mort ; je l'ai vu à la prison de l'Orangerie !

— Était-ce lui que tu as vu ? demanda-t-il en pointant du doigt un visage sur la photo.

Rubie plissa les yeux ; malgré la dégradation physique qu'avait subie Julien, aucun doute n'était possible.

— Oui, c'est tout à fait lui !

Igor s'avança vers une chaise et s'y laissa tomber.

— C'est incroyable, ils l'ont laissé vivant…

Rubie s'assit sur un tabouret en face de lui.

— Allez-vous tout m'expliquer maintenant ? demanda-t-elle après l'avoir laissé digérer la nouvelle.

Igor ravala les larmes qui envahissaient sa gorge et riva son regard sur elle.

— Oui, il est temps que tu saches la vérité.

32

— Il y a environ quinze ans, ton père et Victor nous ont contactés, Julien et moi, à propos d'une entreprise qu'ils voulaient créer, avec quelques amis à eux ; un projet *révolutionnaire* selon leurs propres termes. À l'époque, tous deux étaient cadres supérieurs dans de grandes entreprises, mais ils se voyaient surtout comme deux écrivains incompris des maisons d'édition. Avec le refus de leurs derniers romans, ils disaient vouloir vivre quelque chose de différent, de plus grand, de plus concret.

À l'évocation de ces livres, un frisson traversa Rubie. « Le manuscrit, dans le bureau de papa… »

— Le projet qu'ils avaient, et qui bien sûr excita nos nerfs de savants, était celui de… de rendre immédiat l'accès à la connaissance, à toutes les connaissances ; c'était le défi prométhéen d'offrir à tous la possibilité d'acquérir l'ensemble des données universellement accumulées au fil des siècles sur n'importe quel sujet, et tout ceci en à peine quelques secondes.

Ces paroles faisaient écho, en Rubie, à la vidéo qu'elle avait regardée un peu plus tôt.

— Après une longue réflexion, nous avons finalement décidé d'accepter leur offre ; le pouvoir de persuasion de ton père n'est plus à démontrer. Pendant quatre ou cinq ans, basant nos travaux sur ce qui avait été déjà tenté auparavant, nous nous sommes donc attaqués aux 100 000 milliards de signaux synaptiques générés chaque seconde par notre cerveau. Où ont-ils trouvé les fonds, je ne l'ai jamais su, mais toujours est-il qu'ils sont parvenus à regrouper autour d'eux certains des plus brillants neuroscientifiques, neuropsychologues et physiciens du pays. Jour et nuit, nous avons mis en commun nos connaissances pour simuler le fonctionnement du cerveau, analyser ses processus de mémorisation, comprendre le « syndrome de Proust » et le « chant cortical »...

À l'évocation de cette expérience, un sourire rêveur s'était dessiné sur ses lèvres. Mais il se rembrunit rapidement.

— Ce que je ne savais pas, bien entendu, c'est que ton père avait d'autres desseins en tête que d'offrir à l'humanité cet accès instantané à la connaissance...

Il jeta un coup d'œil à Rubie, qui le fixait avidement. L'adolescente sentait que les interrogations et les angoisses qui avaient mûries en elle au cours des derniers mois se concentraient dans les paroles qu'Igor allait prononcer.

— Ce qu'il voulait, lui, c'était se venger ; c'était prendre à son propre jeu un monde sclérosé par la finance, par la mise au ban des artistes, par l'actionnaire tout puissant, par un ministère de la Culture qui, pour faire des économies, fermait des musées, par des maisons d'édition en faillite et corrompues, par un peuple abreuvé d'internet, et qui avait selon lui perdu toute notion d'effort...

Il se tut et enfonça ses yeux dans les siens.

— Panglass, Rénon, la Révolution... Ça n'existe pas. Ça n'a jamais existé. C'est une création de l'esprit.

Un épais silence se fit. Le visage de Rubie devait être comme celui de Saint Augustin lors de la Révélation dans son jardin de Milan. Le sentiment qui l'envahissait était si puissant qu'il emportait toute possibilité de tristesse ou de joie ; c'était au-dessus de cela. Voltaire, la Course à Panglass, le Concours de l'Espoir Littéraire… une sorte de puzzle monstrueux s'assemblait devant ses yeux. Brutalement, elle se remémorait les récits de Monsieur Proudot, les sous-entendus de ses grands-parents, ses trois amis aperçus en prison ; tout cela appelait d'autres explications... tant d'autres explications.

— Ainsi, tandis que certains, comme Julien et moi, travaillions sur le projet tel qu'on nous l'avait présenté au début, d'autres équipes se servaient de nos avancées pour réaliser les véritables desseins d'*Infinite Knowledge* : absorber des morceaux de mémoire pour les remplacer par des scénarios conçus ici-même. Rénon n'a pas plus existé que ce fameux Représentant Panglassien ; c'est un prétexte, un personnage conceptuel imaginé pour incriminer la nature humaine et insuffler ce qu'il fallait de culpabilité en chacun de nous pour bâtir le monde dans lequel tu vis.

Igor vit que Rubie tremblait. Il se leva et apporta deux verres d'eau.

— Comment a-t-il fait cela ? demanda-t-elle sans toucher au sien.

— Je n'entrerai pas dans les détails du procédé scientifique, mais voici grossièrement ce qu'il s'est passé. Afin d'offrir l'accès illimité et instantané à la connaissance, nous avions mis au point, avec Julien, une technologie basée sur trois éléments : une paire de lunettes, une télécommande et un signal envoyé par un émetteur central. Au cours des mois précédant le grand événement, nous avons distribué à chaque citoyen une paire de lunette et une télécommande, et ceci de manière totalement personnalisée ; c'est-à-dire qu'une mère ne devait pas, par exemple, utiliser le matériel destiné à son fils. Nous avons également communiqué massivement sur leur utilisation, en insistant sur l'absolue nécessité de mettre leurs lunettes le 21 juin à vingt heures. Nous devions, à cet instant précis, envoyer une série de signaux - images, sons, etc. - depuis notre émetteur central qui circuleraient, grâce aux lunettes, jusqu'au cerveau de l'utilisateur ; de légères impulsions électriques émises depuis les branches devaient se charger, en outre, de stimuler le complexe amygdalien, et pour ainsi dire, d'imprimer émotionnellement les données dans le cortex. La télécommande devait quant à elle permettre de choisir parmi un menu déroulant les connaissances que l'on souhaitait acquérir.

Rubie tentait de toutes ses forces de comprendre.

— Cependant, ce processus a été… adapté pour réaliser les plans véritables de ton père et de Victor. Pour être honnête avec toi, je ne dispose pas de tous les éléments sur la façon dont ils ont opéré ; je sais seulement qu'une équipe s'est chargée d'intégrer un scénario, généré par un programme informatique qui m'était inconnu, au sein de chaque paire de lunettes. De fait, lorsque le signal a été envoyé à vingt heures précises, ce ne sont pas des connaissances que les gens ont ingérées, mais des souvenirs plus vrais que nature ! Comment, précisément, ont-ils réussi cela ? Comment, au-delà de ces scénarios, ont-ils effacé des mémoires des années de souvenirs et de connaissances culturelles ? Je n'ai toujours pas trouvé, mais ils n'ont pas pu tout détruire. Ils n'auraient pas pris le risque de créer une société d'amnésiques et de fous.

Il se tut et, étirant ses lèvres comme deux draps sortis de la machine à laver, secoua sa tête de gauche à droite.

— Enfin, reprit-il amèrement, ce qui est certain c'est qu'en ce qui concerne les scénarios, ton père a mené cela de manière parfaitement méticuleuse. En numérotant chacun d'eux et en suivant avec une rigueur diabolique tous les envois de lunettes, il pouvait savoir exactement qui s'était approprié quelle histoire ; et encore aujourd'hui il peut vérifier, pour toutes les personnes qui étaient en âge de subir l'expérience à l'époque, si chacune d'elles a bien été *panglassée* ! Par exemple, c'est tout l'intérêt de ce fameux concours littéraire pour lequel tu te prépares depuis ton enfance ; ce concours n'est rien de plus qu'un détecteur ! Il permet, en comparant les écrits des candidats avec leur scénario, de passer au scanner chaque génération !

Un frisson parcourut Rubie. Deux images venaient de traverser son esprit : celle de la feuille vierge qu'elle avait remise lors du concours blanc, et celle de ces trois amis, Adrien, Antoine et Daniel, aperçus en prison. En une seconde, elle comprit pourquoi elle les avait croisés là, et surtout qu'elle avait elle-même échappé à la catastrophe en rendant copie blanche. Une nouvelle pièce s'ajoutait à l'abominable puzzle qui se composait dans son cerveau.

— À mon sens, le coup de génie de ton père, si l'on peut dire, fut de comprendre que réécrire l'Histoire du pays, ne serait pas suffisant ; nécessaire mais non suffisant.

Que pour toucher les gens, pour *vraiment* les toucher, il faut pénétrer leur intimité. Il faut soulever le rideau de peau qui les recouvre et s'immiscer dans leur histoire, leur histoire personnelle et individuelle qui fera que, quoi que vous leur disiez plus tard, ils vous suivront jusqu'à la mort...

Immédiatement, Rubie songea au récit de John Proudot sur l'île du Levant, et à cette lumière qui ruisselait dans son œil lorsqu'il évoquait son père.

— Il a compris, grâce à ses lectures de Proust je crois, qu'en s'attaquant aux mémoires épisodiques des gens, celle des évènements personnels pris dans leur contexte, il pouvait devenir non seulement un héros national, mais surtout le héros de chaque membre composant cette nation. Oui, il a compris que pour une mère, sauver son enfant des flammes signifie bien plus que le bombardement d'un camp ennemi.

— C'est insensé..., murmura Rubie. Distribuer toutes ces lunettes a dû demander des milliards d'investissement ! Et puis, quel est le plaisir d'apprendre dans une telle démarche ? Certaines personnes ont bien dû s'opposer à *Infinite Knowledge* ! Et qu'ont fait les autres pays ?

— Une question à la fois ! s'exclama Igor. Concernant la distribution, oui elle fut massive. Je n'étais pas dans le secret financier, mais je crois savoir qu'un actionnaire étranger a massivement investi dans le projet, et ainsi permis l'envoi gratuit d'au moins une paire de lunettes et d'une télécommande par personne ; et encore, cela ne prend pas en compte toutes les campagnes de publicité et de lobbying. J'ignore les contreparties qu'a obtenues cet investisseur mais elles n'ont pas dû être minces ! En ce qui concerne l'absence totale de désir d'apprendre dans *Infinite Knowledge*, je dirais qu'elle était alors en phase avec l'état d'esprit de la société. Nous étions, d'un point de vue culturel, dans une triste décennie : fermetures de salles de spectacles et de musées, Orsay, Branly et l'Orangerie notamment, disparition du livre papier, homogénéisation de toutes les formes d'art… Apprendre sans faire d'effort était une démarche qui se fondait dans l'ère du temps. Malgré tout, beaucoup de gens, bien sûr, ont refusé de faire l'expérience. Si aujourd'hui certains sont encore en liberté et donc traqués, la plupart ont déjà été retrouvés et *panglassés*. Enfin, quant aux autres pays, je sais que ton père avait à l'époque pour ambition de leur vendre son concept. Qui sait ce qu'il est advenu ensuite…

Igor but une gorgée d'eau sans quitter Rubie des yeux.

— T'es-tu déjà demandé pourquoi tu te sentais différente ? Pourquoi tu ne te rappelais pas de Panglass, contrairement à tes camarades ?

Le cœur de l'adolescente s'emballa. Pour la première fois, un lien allait se coudre entre ce récit terrible et phénoménal et sa petite vie à elle.

— Car tu t'es toujours sentie différente, n'est-ce pas ? Tu n'en as jamais parlé à personne, mais au fond de ton cœur tu sais que tu n'es pas comme les autres ?

Rubie le regardait sans rien dire.

— Ta maman. Ta maman a pris la décision, contre la volonté de ton père, trop lâche pour le faire lui-même, de ne pas te mettre les lunettes, et de laisser à ton esprit sa fabuleuse indépendance, sa souveraineté, son insatiable curiosité.

Rubie ne l'écoutait plus. Cette révélation l'avait secouée

comme un coup de foudre. Toutes ces années d'errance intellectuelle, d'interrogations morales, de doutes et de remises en question plongeaient donc leurs racines dans l'initiative héroïque de sa mère, qui avait transgressé l'ordre de son père pour sauver son âme de la guillotine Panglassienne ! Sa rencontre avec Anchise, sa soif de lire et de penser, son incapacité à se souvenir de la Révolution n'étaient ni des hasards ni les séquelles d'une quelconque malformation qu'elle cherchait à corriger depuis son enfance. C'étaient les fruits d'un arbre qu'Alexandra avait planté en pleine déforestation, et qui depuis tombaient à foison sur sa vie.

— Maman…, murmura-t-elle, des larmes dans la voix. Ma petite maman que j'avais toujours trouvée si effacée, si lâche…, mais elle ne trouvait pas ses mots.

— Oui, elle t'a tout sacrifié et vit depuis dans la crainte que ton père ne découvre ce secret. Heureusement, il a si honte de ce qu'il pense t'avoir fait qu'il y a peu de chance pour qu'il l'apprenne un jour.

— Comment savez-vous tout cela ?

— Je discute beaucoup avec Alexandra.

L'étonnement se dessina sur le visage de Rubie.

— Comment penses-tu que j'ai pu survivre dix ans ici, à l'abri des recherches menées par ton père pour me retrouver ? Qui m'apporte à manger et à boire, et me tient compagnie de temps en temps ?

Le regard de Rubie se figea. Une pensée lui avait traversé l'esprit.

— Le soir où j'ai aperçu maman dans le jardin… Elle venait vous voir !

Le silence d'Igor confirma son intuition.

Rubie saisit sa tête entre ses mains. Tout son monde vacillait. Après un long silence, ses lèvres s'entrouvrirent et laissèrent filer une question qu'elle regretta à l'instant où elle la posa :

— Pourquoi a-t-il fait ça ?

33

À peine eut-elle posé cette question qu'Igor se leva de sa chaise et s'éclipsa vers son bureau.

— J'ai peut-être tort, mais je pense que tu as sous les yeux une partie de l'explication, dit-il en posant plusieurs livres sur la table et en se rasseyant.

Rubie avança son cou et les examina un par un.

— Balzac, Victor Hugo, Flaubert, Proust, lut-elle. Qu'est-ce que cela veut dire ?

— As-tu remarqué le tableau dans le bureau de ton père ? Alexandra m'a confié qu'il avait eu le culot de l'accrocher là.

Rubie acquiesça en silence.

— Pourquoi cela a-t-il attiré ton attention ?

— Car j'y ai reconnu des personnages de romans que j'avais lus…

— Est-ce tout ? Est-ce l'unique raison pour laquelle tu as examiné ce tableau ?

Ils se regardaient comme si aucun des deux n'avait la force de détourner les yeux.

— Non, ce n'est pas tout, finit par dire Rubie.

— Quelle est cette autre raison ? demanda Igor.

— J'ai remarqué des… des similitudes entre des héros de romans et des personnes réelles…

Igor saisit un roman de Balzac entre ses doigts et le brandit devant elle.

— Voilà ! Voilà comment tout a commencé ! Par

quelques scénarios inspirés de personnages de romans ! C'est ainsi qu'une jeune fille habitant rue Taitbout est soudainement devenue, le soir du 21 juin, Esther Gobseck ! Qu'un homme, habitant le même immeuble que Jean Valjean, est tout à coup devenu lui-même Jean Valjean, et qu'un autre s'est métamorphosé en Lucien de Rubempré !

Rubie respirait avec difficulté ; une nouvelle pièce venait de s'ajouter au puzzle.

— Pourquoi a-t-il fait ça ? reprit Igor, c'est difficile à dire. Comme je l'ai expliqué tout à l'heure, certainement par rancœur contre un monde « dépouillé de toute poésie » ; oui, par un ironique esprit de revanche contre cette société de « l'argent, du matérialisme et de l'abêtissement », comme il l'appelait lui-même. Mais pas seulement. L'impuissance et la jalousie maladive de l'artiste : voilà, à mon sens, l'autre moteur de sa folie. Si seulement j'avais su, le jour où il est revenu d'une visite à la maison Balzac, ce qui lui trottait dans la tête lorsqu'il s'est exclamé avec un désespoir moqueur qu'il n'aurait jamais la « ténacité et la puissance de création de ce bourreau de travail »... Comme il aurait aimé avoir le talent de tous ces grands auteurs, mais comme il aurait aimé, surtout, posséder leur force de travail et leur ardeur à la tâche ! Je suis tombé sur quelques papiers, écrits de sa main, qui m'ont aidé à cerner l'homme derrière le créateur de cette monstruosité. Il se décrivait comme un auteur incompris et talentueux, mais en même temps incapable de fournir le travail nécessaire pour réaliser son chef d'œuvre ; tout était très confus et contradictoire. Parfois il disait aimer la littérature et la philosophie plus que tout, et parfois les détester au point de vouloir « brûler tous les livres sur Terre » ; avec un tel dérangement de l'esprit, ce qu'il a fait paraît tout de suite moins surprenant !

Il se tut et devint pensif. Rubie, elle, songeait à son père ; ce père distant, froid comme le métal, mais qu'elle aimait malgré tout plus que tout. Que ressentait-elle alors qu'Igor lui dévoilait les rouages de cette abomination ? Elle n'aurait su le dire. Elle se sentait comme incapable de franchir la distance qui séparait son papa, celui qui rentrait tous les soirs à la maison, du manipulateur fou qu'Igor décrivait. Elle l'écoutait, donc, mais comme s'il parlait d'une autre personne.

— Enfin, dans tous les cas, amour ou haine, c'est bien sur la littérature qu'il s'est appuyé pour bâtir son empire ! s'exclama le scientifique. Car il y a bien plus que ces quelques scénarios inspirés de personnages de romans ; il y a ce système à trois cornes : Penseurs-Gardiens-Producteurs, directement inspiré de <u>La République</u> de Platon ! Il y a ce quadrillage géométrique de la société, qu'on trouve déjà chez More ! Il y a cette invention géniale, Rénon, qui n'est rien d'autre que l'équivalent Biblique de la faute originelle ! Et puis, pour en revenir aux trois ordres, les Penseurs… ce sont les Alphas, c'est l'Inner Party ! Huxley et Orwell ont imaginé ça bien avant lui. Tiens, l'éducation des Penseurs par les mathématiques, ça aussi ça vient de Platon ! Tocqueville, Montesquieu, Rousseau… il a lu, interprété et massacré la pensée de tous ces auteurs pour servir sa propre cause. Il a même transformé les musées qui venaient de fermer en prisons… en prisons !

Les yeux d'Igor avaient une lueur exaltée. Incapable de tenir en place, il sauta de sa chaise et alla chercher une tablette électronique qu'il posa sur la table.

— Les voilà ! Tous les scénarios ! Tous les fruits de son imagination détraquée ! Du premier au... 200 000ème ! Autant de souvenirs qui n'ont jamais été vécus. Mais si tu veux mon avis de scientifique, on ne touche pas impunément aux mémoires des gens sans subir le courroux de Dame Nature. Je ne sais pas exactement comment ils s'y prennent pour te faire croire que la vie que tu as eue... tu ne l'as pas vraiment vécue, mais en tout cas, à partir du moment où l'on t'embarque à Branly pour t'interroger, tu es foutu. Plus jamais tu ne penseras de la même façon, plus jamais tu n'aimeras de la même façon, plus jamais...

Mais Rubie ne l'écoutait plus : à ce mot, « aimer », une corde s'était déchirée en elle et l'image d'Anchise lui était tombée devant les yeux. Si elle ne pouvait se représenter son père comme ordonnateur de cette folie, elle sentait en revanche une colère illimitée monter en elle à l'idée qu'il pût la priver de celui qu'elle aimait.

— Il faut sauver Anchise ! s'exclama-t-elle en bondissant sur ses pieds.

— Que veux-tu dire ? demanda Igor en fronçant les sourcils.

— Anchise, ils l'ont embarqué, hier soir ! J'ai été à Orsay et l'Orangerie pour le sauver, mais pas à Branly ! Je lui en voulais de m'avoir mentie... quelle idiote ! Mais il faut l'aider maintenant, il faut le sortir de là !

— Calme-toi Rubie ! lui ordonna Igor. Ton père est bien

parti en voyage la nuit dernière ?

L'adolescente acquiesça fiévreusement.

— Et il ne revient que demain soir, n'est-ce pas ?

— Oui, demain soir !

— Il ne laissera personne l'interroger à sa place, tu as donc toute la journée de demain pour agir. Maintenant écoute bien ce que tu vas faire. Tu vas te rendre à l'appartement d'Anchise et trouver ses lunettes Panglassiennes. Sur leurs branches est inscrit un nombre : c'est le numéro de scénario qu'il est sensé avoir dans la tête et que ton père va vouloir entendre. Grâce à la tablette que je vais te donner, tu vas pouvoir déterminer ce scénario. Lorsque ce sera fait, tu n'auras plus qu'à te rendre à Branly pour le communiquer à Anchise. Est-ce clair ?

Sa parole exerça sur Rubie une influence extraordinaire. Au sentiment de révolte qui grondait contre son père vint se greffer une volonté et une détermination à toute épreuve.

— Très clair, oui !

— Bien, voilà ce que je veux entendre ! Maintenant, prends cette tablette et rentre vite chez toi ! Allez, va vite te mettre au lit ! Et ne parle à personne d'ici demain ; tu dois garder tes forces et ta concentration pour ce qui t'attend.

Rubie s'élança vers l'escalier.

— Attends ! lui cria Igor alors qu'elle était presqu'arrivée en haut.

L'adolescente se retourna.

— Pour te rendre chez Anchise… n'hésite pas à demander à Charles.

Rubie le regarda avec surprise, mais Igor n'ajouta pas un mot et s'éloigna en éteignant les lumières de la cave.

34

Conformément aux conseils d'Igor, Rubie s'enferma dans sa chambre sans attendre le retour d'Alexandra. Sur son lit se trouvaient les lunettes Panglassiennes qu'elle avait sorties un peu plus tôt du placard. Par curiosité, elle regarda le numéro qui figurait sur leurs branches et chercha son scénario dans la tablette. Puis, elle rangea ses lunettes et elle se coucha.

Lorsqu'elle constata, après une nuit mouvementée, qu'il était sept heures du matin, une hâte fébrile et désordonnée s'empara d'elle. Elle sauta sur ses pieds comme si on l'avait arrachée du lit, vérifia que la tablette était bien dans son sac, puis elle se prépara rapidement. Dehors, Charles attendait pour la conduire à l'école. Elle marqua un temps d'arrêt, s'approcha de la portière avant et toqua à la vitre.

— Charles, je…, hésita-t-elle en se souvenant des mots d'Igor. Je ne vais pas à l'école aujourd'hui. J'ai quelque chose d'important à faire.

— Voulez-vous que je vous y conduise ? demanda le chauffeur.

— Non, merci, j'irai seule, répondit Rubie après une courte d'hésitation.

C'était son combat et elle n'entendait faire aucune victime collatérale.

— Êtes-vous certaine?

— Oui, mais ne dites rien à ma mère, ni à mon père quand il rentrera… s'il vous plaît. Je peux compter sur vous ?

— Bien sûr, mais vous savez qu'il l'apprendra à l'instant où il posera les pieds dans la Capitale.

— Peu importe, ce que je dois faire ne peut attendre.

Charles la regarda et sourit ; un sourire étrange que Rubie ne put interpréter.

Au bout de la rue, le soleil jetait ses premières traînées de lumières sur l'asphalte détrempé. La jeune fille se mit en marche. Avancer dans la brume lumineuse du petit matin, entendre le bruit régulier de ses chaussures frappant le sol, s'humecter les lèvres de la vapeur s'exhalant de sa bouche, tout cela réveillait son esprit et ses sens engourdis. Une question vint alors naturellement à elle : comment allait-elle rentrer chez Anchise ? Elle ne possédait pas de clé, et elle n'allait pas enfoncer la porte ! Ce problème la hanta jusqu'à ce qu'elle passe devant la porte de Jean, le vieux voisin d'Anchise chez qui elle était entrée l'autre jour. Le cœur battant à grands coups, elle toqua.

— Ah c'est toi, dit Jean en ouvrant la porte.

Il portait toujours sur le dos sa vieille robe de chambre jaunâtre.

— Tu es toute rouge, que t'arrive-t-il ? demanda-t-il en posant son fusil contre le mur.

— J'ai besoin de vous Monsieur.

— De moi ? Mais pour quoi faire ?

— Pour récupérer quelque chose dans l'appartement d'Anchise, c'est très important.

Jean se frotta le menton avec hésitation.

— Et qu'est-ce qui me dit que je peux te faire confiance ?

— Si vous ne m'aidez pas, Anchise ne pourra plus jamais rentrer chez lui ; vous aimez parler de fleurs avec lui, n'est-ce pas ?

— Oui, c'est vrai que c'est un gentil garçon… Il me rend visite de temps en temps…

— Et ce serait malheureux que vous ne puissiez plus parler de votre passion avec lui, non ?

Jean se gratta de nouveau le menton.

— Bon, mais tu me la rapporteras, hein ! lança-t-il en s'éloignant vers une armoire.

Clé en main, Rubie remercia mille fois le vieillard et s'élança vers l'appartement d'Anchise. « Au moins, personne n'est encore venu le fouiller », songea-t-elle en y pénétrant. Elle regarda sa montre ; il était huit heures trente. « Quoi qu'il arrive, à dix heures je plie bagages… ».

Lorsque neuf heures trente sonnèrent, elle avait retourné l'appartement mais toujours pas mis la main sur ce qu'elle cherchait. Gagnée par le désespoir, elle s'assit et prit sa tête entre ses mains. Elle n'avait pourtant négligé aucune étagère, aucun placard, aucun recoin… Qu'allait-elle faire désormais ? Mais à peine se posa-t-elle cette question qu'une intuition jaillit dans son esprit : sur le pendentif qu'Anchise portait autour du cou, là aussi figurait un numéro ! Oui, oui, à côté d'*Infinite Knowledge* se trouvait bien un numéro, elle en était certaine ! Le cœur libéré des chaînes qui l'enserraient, elle se leva d'un bond, rassembla ses affaires et sortit de l'appartement. Elle marqua un temps d'arrêt devant l'appartement de Jean mais glissa finalement la clé dans sa poche ; celle-ci pourrait toujours servir plus tard…

Le moyen le plus rapide pour se rendre à la prison de Branly était le bus. Elle marcha à pas pressés vers l'arrêt le plus proche. Bien sûr, rien n'était encore joué, tout restait à faire même, mais ce soudain moment de joie avait comme éclairci son horizon.

Le panneau lumineux annonçait le prochain passage dans dix minutes. Rubie souffla d'impatience et s'assit sous l'abri. Bientôt, une mère et son enfant prirent place à côté d'elle. Le petit garçon parlait avec une volubilité ininterrompue.

— Jules Ferry ! Jules Ferry ! s'exclama-t-il soudain en tapant dans ses mains.

— Tais-toi Thomas ! Combien de fois t'ai-je demandé de ne pas répéter ce que tu lisais sur les panneaux ? Ce n'est pas fait pour ça !

Le petit garçon croisa honteusement les jambes et baissa les yeux.

— Je suis désolée Mademoiselle, dit la mère à Rubie. Depuis quelques temps, il ne peut s'empêcher de lire à haute voix les panneaux dans la rue, sans comprendre ce que cela signifie. Enfin, je me dis qu'il le saura bien assez tôt, n'est-ce pas ?

Rubie répondit quelque chose dont elle ne devrait garder aucun souvenir et détourna le regard. Que voulait dire cette dame par « sans comprendre ce que cela signifie » ? Il y avait manifestement des mystères que même Igor n'avait pas résolus… Le bus, qui s'était arrêté devant elle, la sortit de sa réflexion. Elle se jeta à l'intérieur et trouva une place le plus au fond possible.

Elle arriva en trente minutes devant la prison Branly.

Plus d'une fois elle était passée devant, mais elle n'en avait jamais vraiment apprécié les détails. « C'est étrange ces gros cubes de couleur ; ça ne sied pas du tout à une prison. En même temps, ça n'en était pas une avant… » Elle s'imagina même la beauté des jardins qui devaient serpenter *jadis* autour du bâtiment. « Voilà donc ce qui arrive aux condamnés avançant dans les couloirs de la mort : leur regard s'agrippe à la moindre chose autour d'eux… » Mais cette pensée n'était pas de celles qui lui permettraient de sortir Anchise de là, et elle se hâta de la bâillonner.

Sans s'en rendre compte, elle était arrivée près des grilles entourant l'édifice. Elle s'avança vers le poste de Gardiens situé près de l'entrée. Le visage d'un homme émergeait d'une ouverture ; dans son regard, fixe et imperturbable, se lisait un zèle intransigeant. Rubie prit une large inspiration et se présenta à lui avec autorité.

— Bonjour, je suis la fille du Grand Traducteur. J'aimerais voir quelqu'un dans cette prison, dit-elle en posant sa carte d'identité devant lui.

Le Gardien fixa son regard sur elle et attrapa la carte entre ses doigts. Contrairement aux geôliers de l'Orangerie, il ne laissait transparaître aucune émotion. Son visage était aussi dur et froid que la porte qu'il surveillait.

— Mes hommages, Mademoiselle. Avec tout le respect que je vous dois, je ne peux rien faire sans avoir prévenu au préalable mon directeur.

Rubie n'eut pas le temps de réciter le texte qu'elle avait préparé dans le bus que le Gardien avait décroché un téléphone et expliqué sa situation.

306

— Il arrive, dit-il en lui rendant sa carte.

L'adolescente la remit fébrilement dans son sac. Rien ne se passait comme elle l'avait prévu. Elle leva les yeux vers le ciel : même ce dernier, si bleu lorsqu'elle avait quitté sa maison, se couvrait d'épais nuages.

— Bonjour Mademoiselle, je me présente : Manuel Harrero, responsable de ce centre, dit soudain un homme en s'approchant d'elle.

Rubie se tourna face à lui.

— Bonjour Monsieur, répondit-elle d'une voix où s'entendaient les battements de son cœur.

— Mademoiselle, je suis certain que vous comprenez l'embarras de ma situation. Aussi, afin de la simplifier et d'éviter toute mauvaise surprise, voici ce que je vous propose : je vais appeler sans tarder votre père. Lorsque celui-ci m'aura autorisé de vive voix à vous laisser entrer, je m'empresserai de vous mener moi-même là où vous le désirez. Cela vous convient-il ?

Rubie sentit sa tête lui tourner. Appeler son père... il voulait appeler son père ! Quel cauchemar ! Pourquoi rien ne se passait donc comme à l'Orangerie ?

— C'est que, Monsieur, il doit actuellement être dans l'avion et risque de ne pas pouvoir répondre.

— Ne vous en faites pas, répondit-il en souriant, votre père répond toujours à mes appels. Et si ce n'est pas le cas, je contacterai votre mère en qui j'ai la plus grande confiance.

Sur ce, il sortit un téléphone de sa poche et le posa contre son oreille. Il s'éloigna de quelques mètres. La situation échappait totalement à Rubie. Elle aurait voulu lui crier de reposer ce téléphone et de la laisser entrer, mais elle ne pouvait plus faire un mouvement. Soudain ses yeux, rivés sur le visage du directeur, se mouillèrent de larmes : le sourire de Manuel Harrero s'était brutalement effacé. Lorsqu'il revint vers elle, son visage exprimait même la plus grande contrariété.

— Je suis désolé Mademoiselle, soupira-t-il, mais votre père m'interdit formellement de vous laisser pénétrer dans cette prison. J'aurais souhaité…

Mais Rubie ne lui prêtait plus aucune attention. Elle balbutia quelque chose et s'éloigna dans la rue. Il pleuvait désormais à grosses gouttes au-dessus d'elle et le vent soufflait en tempête. Elle fit encore quelques pas dans l'avenue principale puis tourna, plus morte que vive, dans une petite ruelle. Ses pas s'arrêtèrent sous le porche d'un immeuble. Grelottante de froid, elle s'assit sur les marches et serra ses genoux contre sa poitrine.

35

Pétrifiée dans le froid et la pluie depuis plus d'une heure, Rubie avait laissé la fièvre l'envahir. Ses yeux, qui regardaient droit devant elle, brillaient d'un éclat maladif et ses dents s'entrechoquaient. Elle ne songeait plus à rien. Soudain, son téléphone sonna. Elle le sortit machinalement de sa poche et retira le bout de papier que la pluie avait collé sur l'écran. C'était Caroline. Elle n'avait aucune envie de parler, pas même à sa meilleure amie. Elle laissa le téléphone vibrer et, inconsciemment, déplia la petite feuille.

SCENARII

Scénario personnalisé:
Benjamin et Caroline

- Elevés avec Rubie chez Madame Poupart : partage du lait nourricier.

- Madame Poupart tuée par des soldats de Rénon.

- Leur a fait promettre avant de mourir de protéger Rubie et de l'accompagner au sommet.

- Lien de fidélité tissé à vie.

Elle fit voyager ses yeux entre les lignes du scénario et le visage de Caroline qui clignotait sur le téléphone. Tout à coup, son front se contracta comme si une terrible douleur venait de la transpercer. « Leur amitié est un simple programme informatique… », murmura-t-elle en laissant tomber le papier de ses mains. En une seconde, elle se remémora toutes les fois où ses amis avaient accepté de l'aider, au péril de leur réputation et parfois de leur avenir. « Tout cela, ils l'ont fait car ils étaient conditionnés pour le faire. » À cette pensée, un indicible dégout l'envahit. Mais cette sensation ne dura qu'un instant, car bientôt une autre pensée lui traversa l'esprit. « Mais si c'est bien cela, si vraiment ils ne peuvent rien me refuser, alors ils entreront dans la prison à ma place… Oui, c'est cela, l'un des deux se chargera de cette mission pour moi. » Cette pensée était répugnante car elle signifiait utiliser leur conditionnement pour parvenir à ses propres fins. Mais le froid et la fièvre rendaient ses raisonnements confus, et la seule nécessité qui prévalait alors dans son esprit était celle de sauver Anchise. Elle rappela Caroline.

— Allo, Rubie ? Je t'entends très mal, je suis dans la cours de l'école et il y a beaucoup de bruit autour de moi ! Pourquoi n'es-tu pas là ? Comment vas-tu ? Nous sommes passés hier mais…

— Je… j'ai besoin de votre aide Caroline, l'interrompit Rubie.

— Que se passe-t-il ? Ta voix est étrange.

La jeune fille serra les lèvres et posa le téléphone sur son front.

— Je t'expliquerai… Pouvez-vous me rejoindre à l'arrêt de bus de Branly ? C'est vraiment très important.

Chaque mot luttait pour sortir de sa gorge.

— D'accord, oui, attends-nous, nous serons là bientôt.

Lorsque Caroline et Benjamin arrivèrent au point de rendez-vous, ils trouvèrent Rubie recroquevillée sur un banc.

— Elle n'a pas l'air en forme, chuchota l'adolescent à son amie.

À l'instant où elle les vit, Rubie se mit fébrilement debout et les saisit tous les deux par la main ; elle semblait en proie à une sombre exaltation. Benjamin se dégagea et toucha son front.

— Tu es brûlante, dit-il en la faisant asseoir à côté de lui. J'appelle immédiatement ta mère.

Alors que Benjamin portait le téléphone à son oreille, elle lui sauta dessus et lui arracha l'appareil des mains.

— Appeler ma mère… Il est fou ! s'écria-t-elle.

Caroline s'assit à son tour sur le banc.

— Tu sembles avoir attrapé un coup de froid ma chérie. Laisse-nous appeler Alexandra.

— Mais non ! Il ne faut pas appeler ma mère, il faut m'aider !

— Ce que nous voyons, c'est que tu es restée trop longtemps sous la pluie, et qu'à l'heure actuelle tu serais bien mieux dans ton lit.

— Vraiment, vous ne comprenez rien ! enragea Rubie après un silence. Panglass, tout ça… ça n'existe pas ! C'est une illusion, une chimère, une vue de l'esprit ! Ah, je savais que vous me prendriez pour une folle, je ne suis pas surprise !

Elle se leva et se campa face à eux.

— Igor Koprov, le soi-disant criminel, c'est lui qui m'a tout expliqué. Je suis tombé sur lui hier soir, il vit au fond de mon jardin.

Benjamin murmura quelque chose à Caroline. Un instant plus tard, tous les deux se mettaient debout et saisissaient Rubie par les épaules. Ils la conduisirent de force au café le plus proche et l'installèrent près d'un radiateur.

— Attends-nous ici, nous allons te commander quelque chose.

Ils s'éloignèrent vers le comptoir.

— Elle divague, dit Benjamin.

— Oui, je ne sais pas combien de temps elle est restée sous cette pluie.

— Sans oublier ce qu'elle a vécu au bal…

— J'ai envoyé un texto à Alexandra, elle ne devrait pas tarder.

Ils commandèrent trois bols de chocolat chaud et glissèrent dans celui de Rubie un sachet contre la fièvre. Environ trente minutes plus tard, et alors que la jeune fille continuait de les exhorter à sortir Anchise de prison, Caroline posa une main sur son poignet.

— Je suis désolée ma chérie, nous avons fait ce qu'il y avait de mieux pour toi.

— Que veux-tu dire ? De quoi parles…

Soudain, Rubie sentit dans son dos une présence et un parfum qui lui étaient familiers, et elle comprit. Le cœur figé dans sa poitrine, elle se retourna lentement.

36

Cela faisait plus de treize ans qu'Alexandra vivait dans l'angoisse de cet instant ; plus de treize ans que, tous les jours, elle redoutait de deviner sur le visage de sa fille l'horreur et le mépris que ses parents ne manqueraient de lui inspirer lorsqu'elle saurait la vérité ; plus de treize ans qu'elle ne pouvait fermer l'œil sans imaginer cette scène qui ferait tout basculer… mais plus de treize ans, surtout, qu'elle se félicitait de ce geste qui avait mis l'âme de son enfant à l'abri de l'implacable carcan Panglassien.

« Alexandra, Rubie est tombée malade. Elle divague. Elle répète que Panglass n'existe pas. Elle mentionne constamment Igor Koprov, qu'elle dit avoir rencontré dans son jardin. Nous l'avons emmenée au chaud mais le mieux serait que vous veniez la chercher. Caroline. »

Lorsqu'elle reçut ce message, Alexandra était dans la cuisine et préparait un gâteau. Au premier instant, elle crut que le ciel lui tombait sur la tête. Elle vacilla jusqu'à une chaise et s'y laissa tomber. Pendant une minute, elle fut incapable de dire ou faire quoi que ce soit. Puis, lentement, sa poitrine se mit à gonfler, les larmes affluèrent, et soudain il sortit de ses lèvres deux mots ; deux mots qui résonnaient dans son cœur comme la délivrance d'un sentiment sombre et douloureux, coulé dans les moules du mensonge au fil des ans :

« Elle sait. »

Égarée mais libérée, elle se jeta sur ses pieds et courut voir Igor.

Assis dans un vieux fauteuil, celui-ci semblait presque l'attendre.

— Qu'as-tu fait ? Que lui as-tu dit ? Elle sait tout… tout ! cria-t-elle en se figeant devant lui.

Igor se leva et posa ses mains sur ses épaules.

— Oui, Alex, elle sait tout, prononça-t-il lentement. Et elle en savait beaucoup avant d'entrer ici.

— Pourquoi est-elle venue ?

— Une vieille publicité, dans un magazine.

— Un magazine… oh peu importe, elle sait tout ! Que va-t-on faire ? Elle sait que son père est…. et que moi je ne lui ai pas… et que Panglass…

Ses pensées se rompaient et se chevauchaient comme des soldats sur un champ de bataille. Igor la fit asseoir dans son fauteuil. Il lui apporta un verre d'eau et s'accroupit en face d'elle.

— Tu savais qu'un jour tout cela remonterait, n'est-ce pas ? Je veux dire, à partir de la seconde où tu as décidé de ne pas lui mettre les lunettes, tu savais que ce n'était qu'une question de temps.

Après l'hébétement, les choses rentraient peu à peu dans l'ordre dans l'esprit d'Alexandra. Désormais, des questions purement pratiques et terrifiantes affluaient en elle.

— Mais que vais-je lui dire ? Et que se passera-t-il si son père l'apprend ?

— Rubie est intelligente, tu sauras lui faire entendre raison.

— Et Charles ! Charles la connaît mieux que son père, il va s'en apercevoir, c'est certain ! Et il dira tout à mon mari !

Le scientifique dévisagea Alexandra en silence.

— Tu n'as rien à craindre de Charles, finit-il par répondre.

— Que veux-tu dire ?

Une nouvelle fois, l'hésitation s'estampa sur les traits d'Igor.

— Charles ne dira rien.

— Comment ça, je ne comprends pas ?

— Il est de notre côté, Alex… Charles est de notre côté.

— De notre..., commença par répéter Alexandra, mais soudain elle s'arrêta dans sa phrase et leva une main devant sa bouche.

— Oui, c'est lui, confirma Igor en soutenant le regard accablé rivé sur lui. C'est Charles l'allié dont je te parlais.

— Mais je… Charles ! Charles, bon sang ! Presqu'un membre de la famille !

— Je sais Alex.

— Pourquoi ? Pourquoi ne m'avez-vous rien dit ? J'aurais pu vous aider, j'aurais pu…

— Pour protéger sa couverture, l'interrompit Igor. Nous ne t'avons jamais rien dit pour protéger sa couverture.

— Sa couverture ? s'emporta Alexandra. Enfin, Igor, tu sais bien que jamais je ne l'aurais compromise ! Non, vraiment, je ne comprends pas ! À moins que…

Une pensée venait de lui traverser l'esprit. Elle se leva et regarda Igor droit dans les yeux.

— Vous préparez quelque chose, n'est-ce pas ? demanda-t-elle d'une voix glaciale.

— Alex, je…

— Réponds-moi Igor.

Le scientifique soupira et détourna le regard.

— J'ai effectivement confié quelques missions à Charles.

— Quelques missions ?

— Eh bien, il me fait parvenir des informations, des coupures de journaux notamment. Nous recherchons toutes les personnes qui auraient échappé à…

— Il y autre chose, je le sais, dis-moi ce que c'est !

Quelques secondes passèrent.

— Tu sais très bien que la situation ne peut rester telle qu'elle est, finit-il par dire en levant les yeux vers elle.

Alexandra frissonna et croisa ses bras sur sa poitrine.

— Dis-moi de quoi il s'agit ! Dis-le moi !

— Nous travaillons sur un programme… Un programme informatique pour inverser ce qui a été fait.

Alexandra le fixa d'un regard lourd, le regard d'une mère sentant le danger rôder autour de son enfant.

— Rubie est-elle mêlée à cela ?

— Non, bien sûr que non ! En tout cas, pas directement, bien entendu.

Les yeux d'Alexandra lancèrent un éclair.

— Comment ça « pas directement » ?

— Non, pas directement… En revanche, lorsque notre programme sera au point, il nous faudra un évènement capable de rassembler les citoyens devant leur télévision, et surtout quelqu'un qui leur demande de mettre leurs lunettes…

Alexandra porta une main sur sa poitrine et détourna le regard.

— Le Concours de l'Espoir Littéraire… Vous voulez qu'elle le gagne…

— C'est notre seule chance, Alex. Rubie est notre seule chance… En invoquant l'arrivée du Panglassien, elle pourrait…

— Vous êtes fous.

— Alex…

— Vous êtes fous, répéta-t-elle en levant son regard effaré vers lui. Votre projet n'a aucune chance de marcher… aucune ! *Il* ne vous laissera jamais faire.

— Mais si, bien sûr que si, ça peut marcher ! Avec l'aide de Rubie nous pourrions…

— Jamais, m'entends-tu, jamais vous n'impliquerez ma fille là-dedans !

— C'est une cause qui nous dépasse tous Alex.

— Je refuse que vous impliquiez Rubie dans cette entreprise délirante ! le coupa-t-elle avec la rage d'une lionne aux abois. Et quand bien même vous réussissiez, as-tu songé une seconde à ce que ma famille deviendrait ?

Pour la première fois, un sourire illumina le visage du scientifique.

— Bien sûr ! Nous en avons parlé avec tes parents et ils vous accueilleraient, Rubie et toi.

Alexandra resta de nouveau frappée de stupeur.

— Mes parents ?

— Mais oui, tes parents !

— Mes parents... mes parents sont au courant de votre plan ?

— Comme de nombreux Levantins ! La Résistance est...

« Igor, Charles, papa, maman... Ils me mentent tous depuis des années... Mon Dieu... », songea Alexandra, qui ne l'écoutait plus. Un horrible sentiment de solitude et de trahison effleura son âme. « Comment est-ce possible ? Comment ai-je pu les laisser comploter dans mon dos et prendre de telles décisions sur ma fille ? Ma propre fille ! » Ce mot, qui résonnait avec une indicible puissance dans son cœur, éclaira soudain sa conscience d'une nouvelle lumière ; en un instant, elle réalisa que ce n'était pas elle l'objet de toutes les discussions, de toutes les spéculations, de toutes les manigances ... c'était sa fille ! Oui, c'était sa fille qu'on voulait exposer au danger !

Écrasées par cette prise de conscience, toutes les blessures d'amour-propre qui s'étaient levées en elle se prosternèrent, et elle s'élança au secours de Rubie.

37

Rubie se leva et se heurta au visage livide de sa mère. La jeune fille recula et voulut parler, mais la puissance avec laquelle sa mère la regardait refluait les mots dans son cœur.

— Viens Rubie, nous rentrons à la maison, dit Alexandra en lui tendant la main.

Il y avait quelque chose de si fixe, de si insensé dans ce regard, que Rubie ne songea pas à protester. Elle mit sa main dans celle de sa mère et la suivit jusqu'à la voiture.

Toutes les deux s'assirent sans un mot à l'arrière de l'automobile.

Charles démarra.

Après une minute, leurs yeux se rencontrèrent ; Rubie devait toute sa vie se rappeler cet instant. Jamais elle n'avait vu tant d'amour, tant de douceur, tant de tendresse dans le regard de sa mère. Transpercée au cœur, elle serra les lèvres, retenant les premières larmes d'un flot trop violent pour être contenu.

— Je sais que tu sais tout ma chérie, dit après un instant Alexandra, la voix brisée par l'émotion.

Rubie serra la main de sa mère entre ses doigts.

— Maman !

Tout, tout était contenu dans ce mot ; tout l'amour, toute la tendresse, toute l'adoration que des années de mensonges et de non-dits avaient étouffés débordaient dans ce mot.

Une divine minute s'écoula.

— Comment as-tu su que… ? demanda Rubie en tentant de reprendre ses esprits.

— Après avoir reçu le message de Caroline, je suis allée voir Igor et il m'a tout raconté.

L'émotion qui les possédait imposa un nouveau silence. Deux sourires illuminaient leurs visages. Mais soudain, celui de Rubie se rembrunit.

— Que va-t-on faire maman ?

Alexandra fronça les sourcils.

— Concernant papa… que va-t-on faire ?

— Nous ne dirons rien à ton père. Jusqu'à… jusqu'à ce que nous trouvions une solution, nous ferons comme si de rien n'était.

— Mais il sait que je suis allée à la prison !

— Il pensera que tu voulais simplement voir Anchise. Tout le reste doit rester entre nous, tu m'entends ?

Il y avait tant de douleur et de terreur dans cette voix que Rubie baissa les paupières et acquiesça de la tête. Les deux femmes ne se regardaient plus, mais leurs mains étaient toujours serrées l'une dans l'autre et elles tremblaient.

— Et Anchise ?

Un temps éclipsée par cette renaissance du lien maternel, l'image du jeune homme avait rapidement ressurgit dans sa conscience.

Le regard d'Alexandra s'échappa à nouveau. Elle emprisonna les doigts de sa fille dans l'étau de ses mains et secoua la tête.

— Maman, je sais où il se trouve. Maman !

« Non, non, tout ce qui compte, songeait Alexandra,

c'est de la protéger, elle. Comment libérer Anchise sans nous mettre… sans *la* mettre en danger ? »

— Igor m'a donné les scénarios, je peux encore le sauver ! Maman ! insista Rubie en se cramponnant à son bras.

Sans savoir pourquoi, Alexandra leva ses yeux vers le rétroviseur. L'espace d'un feu rouge, Charles et elle se regardèrent. Soudain, la mère de Rubie frémit. Une idée, comme une allusion, s'était glissée entre eux, un sous-entendu lourd de sens qui avait été compris des deux côtés. En un instant, elle discerna, derrière sa panoplie de chauffeur, le résistant, l'homme de conviction, l'esprit indépendant. Ce n'était plus, dans sa prunelle grise, la placidité ou le sens infaillible du devoir qu'elle avait toujours cru deviner ; c'était un feu ardent, une détermination farouche, une force morale insoupçonnée.

Ce feu, cette détermination, cette volonté se communiquèrent à son propre cœur, et quelque chose bascula en elle. « Personne ne m'a mise à l'écart, je m'y suis mise toute seule ; depuis toutes ces années, je vis dans l'ombre, dans la peur, mais ce n'est plus possible… Tout cela n'est plus possible ! » Le visage illuminé par une volonté maternelle indomptable, le front paré d'une ardeur puisée dans le sentiment du devoir à accomplir non pour elle mais pour sa fille, pour Julien, pour tous ceux que la folie de son mari avait détruits, elle sut qu'elle devait agir. Elle se tourna vers Rubie et lui dit d'une voix nette :

— Donne-moi les scénarios.

Rubie dévisagea sa mère : elle était transfigurée. Il n'y avait plus trace, sur ce visage, de la sclérose morale qui la rongeait.

Seuls éclataient les éclairs d'une volonté qui s'élance seule après une longue convalescence.

— Je vais te déposer à la maison et tu vas m'attendre. Je m'occupe de tout. Charles, voulez-vous bien déposer Rubie à la maison puis me conduire à Branly ?

Un plissement au coin de l'œil du chauffeur eut valeur de réponse.

Rubie n'avait jamais vu sa mère dans un tel état. Cet enthousiasme, cette volonté, cette exaltation, tout cela la bouleversait ; pour la première fois en bien des mois, elle se sentait épaulée, entourée et comprise. Brusquement, il lui semblait qu'elle pouvait déplacer des montagnes.

Comme convenu, Charles déposa donc Rubie chez elle puis reprit la route de la prison. L'adolescente, dont l'imagination et le cœur s'embrasaient, courut se réfugier sous ses couettes. Des frissons brûlants la parcouraient. « Quand maman va revenir, quand elle va passer le seuil de la porte et que j'entendrai ses pas dans l'entrée, je saurai... Je saurai si Anchise peut être sauvé. » Mais cette pensée était trop lourde pour la supporter plus d'une minute ; elle se tourna vers son papier peint et choisit un petit oiseau qui volait sur un fond bleu. Ce petit oiseau avait de longues plumes vertes sur le dos et un ventre tout rouge. Elle tenta de focaliser toute son attention sur cet oiseau, mais l'idée de sa mère passant la porte lui revenait par bouffées. Elle se redressa sur son lit et regarda fixement devant elle. « Peut-être devrais-je faire quelque chose pour m'occuper l'esprit ?

Pourquoi ne pas aller cuisiner ? » Mais, au lieu d'agir, elle laissa de nouveau sa tête tomber sur l'oreiller.

Soudain, elle entendit le bruit d'une voiture s'arrêtant devant chez elle. À peine lucide, elle s'élança vers la fenêtre du couloir ; la voiture de Charles était bien garée devant le portail. Les jambes molles, elle dévala les escaliers et se planta devant sa mère.

— As-tu réussi ? As-tu pu lui donner son scénario ? demanda-t-elle en lui saisissant les mains.

Rubie se sentait comme une condamnée face à son juge.

— Oui, j'ai réussi. Il m'a sans doute prise pour une folle…, mais à cet instant la porte d'entrée s'ouvrit et les mots glacèrent sur ses lèvres.

— Eh bien, je ne suis pas mécontent d'être rentré ! retentit la voix du Grand Traducteur.

En un regard, les deux femmes se communiquèrent leur terreur. Alexandra jeta un coup d'œil vers son sac : la tablette renfermant les scenarios en débordait. Elle la poussa du pied et se tourna vers son mari.

— Ne devais-tu pas rentrer plus tard ?

Immédiatement, elle regretta cette question. Le Grand Traducteur, qui était en train d'enlever son manteau, s'arrêta dans son mouvement et fit voyager ses yeux entre sa fille et sa femme.

— Quel accueil !

Alexandra bredouilla des excuses et s'élança vers lui.

Rubie, elle, ne pouvait décrocher son regard du visage de son père. C'était la première fois qu'elle le voyait depuis qu'elle avait appris la chose. Elle le regardait et, dans ses traits, elle voyait les traits du voisin d'Anchise, de John Proudot, des incarnations malheureuses d'Esther et de Lucien, de tous ceux que sa folie avait frappés. La colère qu'elle sentait monter en elle était inexprimable. Mais cette colère n'était pas dispersée ; tel un ensemble de fleuves se jetant dans une même baie, elle se concentrait sur une et une seule chose : comment, avec tout ce qu'il avait fait, osait-il la priver d'Anchise ? De quel droit se permettait-il, sans lui offrir la moindre explication, de l'arracher à elle ? Tout le dégout et toute la fureur qu'elle ressentait affluaient vers cette idée.

Le Grand Traducteur considéra sa fille un instant puis se dirigea vers l'escalier. Sa démarche trahissait une profonde indécision. Il monta quelques marches et tout à coup s'immobilisa.

— J'allais oublier…, dit-il après un silence. Peux-tu monter dans mon bureau, j'ai à te parler ?, puis il continua son chemin jusqu'à son antre.

Rubie et sa mère se regardèrent. Quelque chose d'étrange et d'inquiétant était en train de se passer. Mais cela n'éteignait en rien la colère de Rubie ; bien au contraire, ses manières de roi, dans de telles circonstances, faisaient bouillir le sang dans ses veines.

— Viens, allons-y, murmura Alexandra en prenant la main de sa fille.

Lorsqu'elles pénétrèrent dans son bureau, il était déjà enfoncé dans son fauteuil ; les mains croisées sous son menton, il regardait fixement devant lui. Malgré ses efforts, son regard ne brillait pas de son assurance habituelle.

— Tu t'es rendue à la prison aujourd'hui, n'est-ce pas ? demanda-t-il à sa fille.

Rubie serra les poings.

— Oui.

— La prochaine fois, je souhaiterais que tu me préviennes lorsque tu prends de telles initiatives, dit-il sans la regarder.

Non, vraiment, sa voix n'avait pas ses inflexions ordinaires.

« Une autre idée lui trotte dans la tête », songea Alexandra.

Rubie ne répondit pas.

— Tu comprends, cela m'a mis dans une position inconfortable.

Quelques secondes s'écoulèrent.

— As-tu fini ? demanda la jeune fille avec une impatience non dissimulée.

— Je… non, assieds-toi.

Le Grand Traducteur demanda cela en jetant un regard à sa femme. Un frisson la secoua.

— Bien, commença-t-il lorsque sa fille se fut exécutée, laisse-moi t'expliquer pourquoi je te retiens ici. Tu vas certainement penser que c'est tout à fait futile, et sans doute ne t'en souviens-tu même plus, mais Victor me soutient que… enfin bref, voici l'histoire : Victor est venu me chercher à mon arrivée dans la Capitale et, va savoir pourquoi, dans la voiture nous nous sommes mis à évoquer certains souvenirs communs, des souvenirs de la Révolution vois-tu.

Rubie se taisait, écoutait et observait son père avec attention. Ce bavardage sans assurance, récité d'une voix hachée et hésitante, ne lui ressemblait pas.

— D'abord, nous avons évoqué les combats que nous avons menés ensemble, les fêtes après les victoires, les trains que nous avons faits dérailler, ce genre de choses… des anecdotes camarades et militaires en fin de compte. Et puis, va savoir pourquoi, le voilà qui me parle de Madame Poupart, tu sais, ta nourrice…

Alexandra fixait son mari en silence. Depuis tout à l'heure, elle soupçonnait quelque chose ; oui, depuis cette scène dans le couloir, elle pressentait un danger, mais ce qu'elle pressentait était si impensable qu'elle n'avait osé l'envisager clairement. Et pourtant… « C'est donc bien cela, il fait passer un véritable interrogatoire à sa fille. Sa propre fille ! Cela a dû lui trotter dans la tête depuis le bal… » Horrifiée, elle riva son regard sur Rubie. Un masque aux traits contractés par la fureur semblait avoir recouvert son visage ; une fureur sourde, concentrée sur un ou deux points au-dessus des pommettes et entre les yeux.

— Tu dois te demander pourquoi je te parle de ça, n'est-ce pas ? Eh bien je t'en parle car Victor me soutient que lorsque la milice de Rénon a pénétré chez Madame Poupart et l'a abattue, Arnaud se trouvait avec toi dans la chambre pour enfant. Et pourtant je suis persuadé qu'il n'y était pas ! Je voulais donc savoir si, toi, tu te souvenais de qui se trouvait dans cette chambre d'enfant lorsque c'est arrivé… pour mettre fin à cette ridicule querelle, vois-tu.

Rubie jeta un coup d'œil vers sa mère, dont le regard terrifié était anxieusement fixé sur elle. Ce fut pour mettre fin à ce supplice qu'elle répondit rapidement :

— Arnaud n'était pas présent. Je me rappelle simplement de Caroline et de Benjamin.

Un soulagement que même lui n'aurait pu feindre détendit le visage du Grand Traducteur.

— J'avais donc raison ! Je pourrai dire à Victor que…

— Cette fois, as-tu fini ? le coupa Rubie d'une voix glaciale.

Un lourd silence suivit cette intervention.

— Tu n'es pas… Ce n'est pas une façon de parler à son père, dit le Grand Traducteur en tentant de retrouver sa contenance.

La colère étouffa en Rubie toute prudence. Elle se leva et, posant ses mains sur le bureau, cloua ses prunelles dans les siennes.

— Ce que tu m'as fait, aucun père ne le ferait à sa fille, prononça-t-elle lentement.

Le Grand Traducteur jeta un coup d'œil à sa femme, tétanisée derrière Rubie.

— Que veux-tu dire ?

— Comment peux-tu me poser cette question ? s'étouffa la jeune fille. Tu m'as arraché Anchise ! Tu l'as embarqué sans la moindre explication ! Comment as-tu pu me faire ça ?

Le Grand Traducteur resta muet.

— Je sais que nous ne communiquons pas beaucoup, continua-t-elle, et je sais que c'est un Producteur ; mais ce que je sais aussi, c'est que c'est un garçon d'une intelligence remarquable ! Et oui, cela fait deux jours que je le cherche ! Oui, je suis allée à Branly aujourd'hui et pas à l'école !

— Rubie, calme-toi…

— Non !

Le mot avait giclé de ses lèvres comme la lave d'un volcan éteint depuis des siècles. Des larmes de fureurs étincelaient sous ses cils.

— Ne vois-tu pas que tu me rends malheureuse ? Mais non, tu ne vois rien ! Tout ce qui compte à tes yeux, ce sont tes affaires ! Pour toi, Anchise n'est qu'un pion de plus sur ton immense jeu d'échec, alors que pour moi…

Sur ces mots, elle tourna les talons et s'isola dans sa chambre. Restés seuls, le Grand Traducteur et sa femme se regardèrent. Aucun des deux ne s'était attendu à pareille démonstration. Si chez Alexandra le soulagement dominait, sa fille ayant intelligemment pointé les flèches de sa colère sur l'emprisonnement d'Anchise, chez le maître de maison c'était la stupeur. Après un silence, il se leva et descendit dans l'entrée.

— Ne m'attendez pas pour dîner, dit-il en mettant un manteau sur son dos, j'ai quelque chose d'urgent à faire.

38

Lorsqu'Anchise fut conduit hors de sa cellule, il continuait de se repasser en imagination la scène invraisemblable à laquelle il avait pris part quelques heures plus tôt.

« Vraiment, cela ne fait aucun sens, songeait-il en progressant le long d'un étroit couloir. Qui était cette femme ? Si seulement j'avais au moins pu apercevoir son visage… Et puis, pourquoi m'a-t-elle demandé ce numéro sur mon pendentif ? Quant à cette histoire de jardin d'enfant qu'elle veut absolument que je raconte… »

Il jeta un coup d'œil aux deux Gardiens qui lui serraient les bras.

« Et d'ailleurs que me veulent-ils ceux-là ? Où m'em-mène-t-on ? »

Depuis deux jours, il n'avait pas dormi une seule seconde. Lui d'ordinaire vif et alerte se sentait incapable de raisonner avec justesse. Alors qu'il aurait dû apprécier la situation dans son ensemble, en mesurer les menaces et les opportunités, juger l'intervention de cette dame de manière froide et réfléchie, il s'arrêtait sur des détails insignifiants et s'excitait sur des futilités. Une phrase, en particulier, trottait dans sa tête : « Une jeune fille compte sur vous, ne la décevez pas. » Cette phrase, qu'avait prononcée la dame avant de s'en aller, concentrait une bonne partie de son attention. « S'il s'agit de Rubie, pourquoi ne me l'a-t-elle pas dit franchement ? Et d'ailleurs, s'il s'agit vraiment d'elle, pourquoi n'est-elle pas elle-même venue me voir ? Sans doute ne le pouvait-elle pas... »

Enfin il arriva devant une porte. Deux Gardiens, dont l'équipement aurait suffi pour ouvrir une armurerie, attendaient de part et d'autre. L'un des hommes qui l'accompagnait s'avança vers eux et, une minute plus tard, on le laissa entrer. La salle dans laquelle il pénétra baignait dans l'obscurité ; seules deux petites lucarnes sur le mur d'en face laissaient passer la lumière d'un réverbère. On le fit asseoir sur une chaise derrière une table.

Après une interminable attente, durant laquelle on s'était silencieusement affairé autour de lui, il entendit qu'on ouvrait une porte, de l'autre côté de la pièce. Puis un homme s'assit en face de lui. Anchise n'avait aucun moyen d'apercevoir son visage mais la silhouette, qui se découpait à la lumière des fenêtres, semblait massive.

— Êtes-vous bien Anchise Dephros ? demanda l'homme d'une voix froide.

Anchise resta interdit juste assez longtemps pour sentir la crosse d'un fusil effleurer son bras.

— Oui, Monsieur.

— Étudiez-vous au lycée Forbol ?

— Oui, Monsieur.

— Résidez-vous bien rue de Douai ?

— Oui, Monsieur.

« À quoi tout cela rime-t-il donc ? Qui est cet homme et pourquoi ces questions ? », songea Anchise. En plus de cette histoire de jardin d'enfants qu'elle lui avait fait promettre de répéter, la mystérieuse femme lui avait également conseillé de répondre de manière courte et nette aux questions et de ne pas se perdre en bavardages inutiles. « Ils essaieront de vous déstabiliser, ne montrez pas votre nervosité. » Ce conseil lui parut alors très sage.

— Bien, voici comment va se dérouler cet entretien, reprit l'homme. Je vais vous poser quelques questions sur la Révolution, et plus précisément sur vos souvenirs de cette Révolution. Répondez de manière franche et honnête aux questions. C'est très important. Je n'essaierai pas de vous piéger, mais simplement de recueillir certaines informations. Si vos réponses nous satisfont, vous serez libéré immédiatement. Est-ce clair ?

Anchise tressaillit. Des questions sur la Révolution… mais qu'est-ce que cela voulait dire ? L'homme qui l'interrogeait savait-il qu'il ne se souvenait de rien ? « Pourtant je ne l'ai dit qu'à Rubie… Mais non, cela est impossible. Le mieux est encore de s'éviter de penser. »

— Oui, Monsieur, répondit-il d'une voix qui lui parut étrangère.

— Monsieur Dephros, vous aviez environ quatre ans lorsque *tout cela* est arrivé, est-ce exact ?

— Oui, Monsieur, environ.

— Vous n'ignorez pas qu'une milice de Rénon est entrée chez vous, pendant la Révolution, pour y enlever vos parents, n'est-ce pas ? Vous souvenez-vous où vous étiez lorsque cela s'est passé ?

Quelques secondes s'écoulèrent.

Les lèvres d'Anchise étaient légèrement entrouvertes et ses yeux regardaient fixement devant eux. Soudain, sa tête s'inclina comme s'il avait reçu un coup sur la nuque. Une image, ou plutôt une vision, venait de tout emporter en lui ; une vision floue et brumeuse, mais qui n'avait rien d'un mirage. « Une milice… papa… maman… »

Dans cette apparition, tout lui paraissait gigantesque, disproportionné. Une curieuse sensation envahit son cœur. Cette scène, qui se jouait dans sa conscience, il ne l'avait pas inventée. Elle se trouvait enfouie en lui, et la voix métallique du mystérieux enquêteur l'avait brutalement tirée à la surface. Il n'était désormais plus dans cette pièce sombre et froide, il était là-bas, dans ce salon aux murs bleus, entouré de géants qui hurlaient et s'agitaient. Tout à coup, parmi ces titans, il crut reconnaître un visage qui lui était familier, un visage de femme. Son cœur s'enflamma. « Serait-ce maman ? », mais la voix sonore de l'homme le ramena à la réalité.

— Vous paraissez troublé jeune homme.

Sans savoir pourquoi, cette phrase lui souleva le cœur. En un instant, il comprit qu'il était testé et analysé, qu'il ne pouvait s'abandonner à la rêverie. Il ne savait pas ce qu'on lui voulait ni ce qu'on attendait de lui, mais il réalisa, presque pour la première fois, le danger qui l'oppressait. Cette voix qui surgissait du néant, cette salle impersonnelle et sombre, ce fusil rasant son bras… il mesurait tout à coup l'hostilité oppressante de cet environnement. Il se souvint alors des mots de l'inconnue : « Ils feront tout ce qui est en leur pouvoir pour vous déstabiliser, surtout, tenez-vous en à ce que je vous ai dit. Une jeune fille compte sur vous. » Porté par son instinct de survie, il releva la tête et effaça de son visage les émotions que sa vision y avait dessinées.

— Je ne m'en souviens pas très bien monsieur, mais je crois que j'étais au jardin d'enfant lorsque c'est arrivé. Des gens sont venus me chercher et m'ont dit quelque chose… quelque chose de vraiment affreux sur papa et maman.

— Qui est venu vous chercher, vous en souvenez-vous ?

— Il y avait une vieille femme, je crois… qui sentait le pain d'épice. J'ai pleuré dans son cou. Oui, elle sentait le pain d'épice… Et il y avait un homme aussi, avec une écharpe verte… C'est tout ce dont je me souviens.

L'homme griffonna quelques mots sur un carnet, puis se leva et quitta la pièce par la porte d'où il avait surgi. Arrivé dehors, il s'engouffra dans une voiture.

— À la maison, Charles !

39

Après un sommeil encombré de mauvais rêves, jamais Rubie n'aurait pu imaginer la surprise qui l'attendait sur la table de la cuisine ce matin-là. Alors qu'elle avait soigneusement attendu que son père quitte la maison pour se lever, elle trouva en effet, près d'un bol de céréales qu'il avait lui-même dû préparer, un mot qui la fit chanceler de bonheur :

> « Ma chérie, j'ai compris à quel point Anchise était important pour toi… Il est libre. Papa »

Elle lut et relut la phrase plusieurs fois, retourna le papier, mais non, il n'y avait aucun doute possible : Anchise était libre. Ivre de joie, elle se précipita dans la chambre de sa mère afin de lui annoncer la nouvelle. Puis, le cœur assourdi par toutes les voix qui y chantaient, elle courut se préparer dans la salle de bains. Non, elle n'oubliait pas tout ce que son père avait fait ; mais l'espace d'une journée, n'avait-elle pas le droit de mettre de côté ces assommantes préoccupations ?

Charles étant absent, elle décida de se rendre chez le jeune homme à pied ; l'idée d'emprunter le même chemin que la veille dans des circonstances aussi différentes avait d'ailleurs une incomparable saveur. Le corps momentanément libéré de son armure de doutes et de douleurs, elle arriva devant l'immeuble d'Anchise sans même s'en rendre compte. Elle s'arrêta un instant au pied de l'escalier puis commença à gravir les marches.

Mais voici enfin l'appartement du garçon ! Son cœur cogne violemment dans sa poitrine. Elle le couvre d'une main pour le ralentir, mais il ne ralentit pas. Au contraire, il accélère, il accélère, elle le sent prêt à exploser. Ne soutenant plus cette chamade qui vibre dans ses tempes, elle pose son doigt sur la sonnette et elle appuie. Est-ce que ses sens lui jouent des tours ou bien entend-elle vraiment des pas qui résonnent ? Elle recule, tremblante, et rive son regard sur la porte. Les bruits de pas se font plus distincts. Elle retient son souffle, elle n'a plus conscience de rien. Un instant plus tard, elle entend qu'on tourne une clé dans la serrure.

Elle croit défaillir.

La porte s'ouvre.

C'est LUI.

Ils se contemplent fixement.

Rubie se sent éperdue. Elle tremble. Elle tremble au point que, s'il continue de la regarder ainsi, sans rien dire, sans respirer, sans même cligner des yeux, elle va sans doute s'évanouir.

Une minute s'écoule.

Et puis, tout à coup, elle distingue quelque chose sur son visage, comme un sourire, un petit grain brillant dans ses yeux, et elle comprend. Il n'y a plus aucun doute pour elle : il l'aime. Il l'aime sans borne. Il l'aime exactement comme elle l'aime.

Elle veut dire quelque chose mais ses lèvres remuent inutilement. Une sensation telle qu'elle n'en a jamais connue auparavant s'empare d'elle ; une sensation insaisissable qui ébranle l'ensemble de ses sens. Ses capacités de respirer, d'entendre, de voir, de sentir, de *vivre* se décuplent, comme si le corset de fer qui les avait toujours enserrées explosait violemment.

Elle marche vers lui et le regarde par en dessous, souriante et confuse. Ils sont tous les deux pâles et épuisés ; mais sur ces visages pâles et épuisés rayonne déjà l'aurore d'un jour nouveau, d'une résurrection à la vie.

Son corps est maintenant tout serré à celui d'Anchise ; elle sent son cœur, son cœur à lui, cogner en elle.

Sa respiration s'accélère.

Elle enroule ses bras autour de son cou… comme elle tremble !

Ce ne sont que deux épidermes prêts à se toucher, mais entre ces deux épidermes palpite un instant d'éternité.

Rubie ferme les paupières, rompant officiellement avec tout intérêt terrestre, et, la gorge pleine des battements ronds de son cœur, jette ses lèvres contre celles d'Anchise.

En un frisson, leur baiser s'affranchit des barrières dressées par leur timidité ; une étincelle s'allume dans leurs veines. Ils se désirent comme jamais ils n'ont désiré quelque chose ; leurs corps ne sont plus recouverts du vernis de l'interdit mais d'une chair rose et parfumée dont ils veulent s'enivrer. Où sont-ils ? Partout et nulle part : ils flottent entre les deux infinis du temps et de l'espace, dans un monde où midi devient minuit, dans la plénitude d'un présent enrobé d'indicible. Coulés l'un à l'autre dans le magma de l'ivresse, ils se dépouillent des étoffes de leur pudeur et tombent sur le lit. Eveillées par les bruits de leurs caresses, des colonnes de pensées rapsodiques se lèvent en Rubie. L'adolescente se glisse par-dessus Anchise et le regarde avec sérieux ; sur ses joues, rouges comme des pivoines, scintillent des larmes d'émotion ; ses longs cheveux blonds ruissellent en torrents d'or sur ses épaules. Les colonnes de pensées se sont regroupées en trois mots qui bourdonnent à ses lèvres ; trois mots qu'elle n'a jamais prononcés, mais dont l'immensité couvre désormais tout son horizon :

« Je t'aime. »

L'adolescent se cramponne à elle et la fait basculer sous lui.

« Je t'aime aussi. »

Expirées dans un murmure, ces délicieuses syllabes déchargent une onde brûlante dans les veines de Rubie ; elle attire Anchise à elle et, par un mouvement de bascule, arrache au plasma de l'hypocrisie Panglassienne un petit mais ineffable morceau de réel.

À quinze heures, bercés par les voluptés que distille l'amour, tous deux dormaient d'un sommeil profond. Lorsqu'Anchise se réveilla, il trouva Rubie assise au bord du lit ; un drap blanc posé sur ses cuisses, elle le contemplait. La lumière de la Lune, qui s'infiltrait par la petite fenêtre au dessus du lit, glissait sur sa peau comme sur une étoffe nacrée.

— Ça ne va pas ? demanda-t-il en se redressant, car en effet une expression soucieuse se peignait sur son visage.

L'adolescente remonta le drap jusqu'à ses épaules et sourit, mais ce sourire sonnait faux. Après un instant, Anchise enfila son jean et son t-shirt et se dirigea vers la cuisine. Il en rapporta deux grandes tasses de café.

— C'est un peu chaud, fais attention.

Rubie, qui s'était également rhabillée, avala une gorgée puis fixa d'un air absent le liquide brunâtre. Toutes les idées agglutinées en elle, et que son désir avait jusque-là étouffées, débordaient dans son esprit.

Anchise se lança dans le récit de ses deux jours en prison mais la Penseuse ne l'écoutait pas. L'ensemble de ses pensées voltigeait autour d'une seule considération, essentielle, glaçante : elle devait lui dire qu'elle était la fille du Grand Traducteur, elle n'avait plus le choix. « Mais comment lui dire, à lui qui vient d'être enfermé en prison par ce même Grand Traducteur ? Comment lui avouer que, durant tout ce temps, je lui ai menti sur un point aussi crucial ? » En songeant cela, Rubie sentait la terreur se lever en elle. « Et pourtant, comme j'aimerais lui avouer que ses parents sont en vie ; que j'ai rencontré son père… Mais non, décidément, je dois d'abord lui dire. »

Elle posa sa tasse et se pencha vers lui. Elle savait ce que cela signifiait, mais elle ne pouvait plus retenir ce fardeau.

— Je suis… je suis la fille du Grand Traducteur.

Anchise sourit nerveusement et pencha la tête de côté.

— Pardon ?

— Je suis la fille du Grand Traducteur.

La phrase retentit comme le bruit d'une tronçonneuse dans une forêt. Lentement, le sourire d'Anchise s'effaça. Il leva une main pour l'empêcher d'en dire plus et, prenant appui avec son autre main sur le dossier de sa chaise, il se mit debout. Il marcha vers sa fenêtre et l'ouvrit en grand. Rubie, elle, se sentait comme paralysée. Comme elle aurait préféré qu'il hurle ou qu'il pleure ! Au moins aurait-elle pu hurler et pleurer à son tour ! Tout valait mieux que cette muette souffrance.

Après un insoutenable silence, elle s'approcha de lui.

— Je t'en supplie, dis quelque chose…

Il y eut un nouveau silence, puis Anchise se retourna enfin.

— Pourquoi ne m'as-tu rien dit ?

Ces quelques mots suffirent à la jeune fille. Sans attendre, elle jeta ses bras autour de son cou et réfugia son visage dans le creux de son épaule. Bientôt, Anchise sentit qu'elle pleurait. Ce corps tremblant contre le sien fit sur lui une puissante impression. Il la saisit par les épaules et l'écarta délicatement. Jamais il ne l'avait trouvée aussi belle. Il sentait qu'un sentiment inédit, fait de pitié et d'admiration, naissait en lui ; un sentiment qui, en un éclair, balaya dans son âme toute trace de rancœur. Il l'embrassa sur le front et la fit asseoir à ses côtés sur le lit.

Lorsqu'elle eut repris ses esprits, Rubie lui fit le récit de ses découvertes depuis qu'il avait été emmené en prison. Elle lui parla d'*Infinite Knowledge*, d'Igor, des scénarios créés par son père, des lunettes Panglassiennes, de l'influence de la littérature dans cette monstrueuse machinerie, de l'aide fournie par sa mère pour le libérer…

Abasourdi, Anchise l'écoutait avec une attention tendue.

— Mais ce n'est pas tout, avoua-t-elle soudain en lui saisissant les mains. J'ai également appris une chose qui te concerne.

Elle sourit et se mordit les lèvres.

— Tes parents… Ils sont vivants et je sais où ils se trouvent…

40

Au premier instant, Rubie crut qu'il n'avait pas compris. Elle serra un peu plus fort ses mains entre ses doigts et prononça lentement :

— Tes parents sont vivants.

La nouvelle semblait avoir frappé Anchise comme la foudre ; les yeux couverts d'un voile de larmes, il la regardait sans rien dire. Mais cet état d'hébétude émerveillée ne dura pas. Tout à coup, il se jeta sur ses pieds et, les muscles du visage tirés de joie, hurla :

— Mes parents sont en vie ! Mes parents sont en vie !

En une seconde, la stupeur avait laissé place à un état d'excitation extraordinaire. Il allait d'un mur à l'autre de l'appartement, étouffant des sanglots, incapable de retenir les flots de mots qui se déversaient en désordre de sa bouche.

— Mais où sont-ils ? Et comment vont-ils ? Pourquoi ne me l'as-tu pas dit plus tôt ? Mais non, tant pis, cela ne fait rien ! Quand irons-nous les voir ? Pourquoi pas maintenant ! Oui, c'est cela, allons-y maintenant !

Rubie le contemplait en souriant. Elle profita d'un moment de répit pour répondre :

— Tes parents sont tous les deux en prison. Quant à les voir, je pense que…

— En prison ? l'interrompit le Producteur en fronçant les sourcils.

— Oui, ils sont à l'Orangerie.

— Que font-ils là-bas ?

Rubie calma son inquiétude en lui expliquant que son père avait participé au projet *Infinite Knowledge* sans jamais connaître les véritables desseins de l'entreprise.

— Pourquoi les maintient-on enfermés alors qu'ils ne représentent plus aucun danger, conclut-elle, je n'en ai aucune idée. Ce que je sais en revanche, c'est que…

« Quelle injustice ! »

Toute l'indignation et la colère d'Anchise avaient retenti dans ce cri.

— Nous allons les libérer, n'est-ce pas ?

— Ce n'est pas si simple…

— Mais si, c'est simple ! C'est très simple même ! Et qui sait combien d'autres innocents pourrissent ainsi en prison ? Combien ont vu leur vie détruite pour satisfaire le besoin de vengeance de ton père ? Tout ce mal qui a été fait… ce n'est plus possible Rubie ! Quel délire !

Anchise avait saisi les mains de Rubie et, presqu'à chaque mot, il les serrait un peu plus fortement, comme dans un étau, jusqu'à lui faire mal, et il la dévorait des yeux.

— Tu comprends, n'est-ce pas ? Maintenant que nous savons tout, nous pouvons enfin agir, nous pouvons mettre fin à cette folie !

Rubie sentait dans son cœur que quelque chose d'effrayant et d'inarrêtable était en train d'émerger devant elle ; le regard du jeune homme brillait tel celui du général qui découvre devant lui le champ de bataille et les lignes ennemies.

— Rappelle-toi ce que tu as lu chez Montaigne, chez Voltaire, chez Descartes !

Il se jeta sous son lit et brandit un livre.

— Tocqueville !

Il l'ouvrit et se mit à lire un passage que, manifestement, il avait déjà parcouru de multiples fois :

— « *Je peux imaginer sous quels traits nouveaux le despotisme pourrait se produire dans le monde ; je vois une foule innombrable d'hommes semblables et égaux qui tournent sans repos sur eux-mêmes pour se procurer de petits et vulgaires plaisirs (…) Chacun d'eux, retiré à l'écart, est comme étranger à la destinée de tous les autres (…) Au dessus de ceux-là s'élève un pouvoir immense et tutélaire qui se charge, seul d'assurer leur jouissance et de veiller sur leur sort (…) C'est ainsi que tous les jours, il rend moins utile et plus rare l'emploi du libre arbitre ; qu'il renferme l'action de la volonté dans un plus petit espace, et dérobe peu à peu à chaque citoyen jusqu'à l'usage de lui-même.* »[1]

Ses yeux couraient, volaient, au-dessus des lignes ; sa voix vibrait comme la corde d'un arc ; un enthousiasme exalté y résonnait. Il savait exactement quelles phrases piocher pour exposer de manière claire et précise ses idées.

— « *Il ne brise pas les volontés, mais il les ramollit, les plie et les dirige (…), il ne détruit pas, il empêche de naître ; il ne tyrannise pas, il gêne, il comprime, il énerve, il éteint, il hébète* - il appuyait énergiquement sur chacun de ces mots - *et il réduit enfin chaque nation à n'être plus qu'un troupeau d'animaux timides et industrieux, dont le gouvernement est le page.* »

Il referma le livre.

---

1 Alexis de Tocqueville, <u>De la Démocratie en Amérique</u>, 1835— 1840

— Tu as entendu, tout s'explique désormais ! On nous a menti, abruti, abêti, endormi ! Oui, endormis pour mieux nous tordre ! Le ministère de la Comptabilité, les mariages arrangés, la Course à Panglass… tout ça, c'était pour nous empêcher de penser ! Ah, je savais que quelque chose n'allait pas ! Tout s'éclaire !

Dans son regard, Rubie reconnaissait la fièvre avec laquelle Igor s'exprimait en évoquant Platon et Montesquieu.

« Ils ont tous les deux raison, cette folie, ce n'est plus possible », songea-t-elle, mais au même instant le visage de ses parents se superposa à cette pensée, et sa situation lui parut inextricable. Son père, sa mère, Igor, Panglass… autant de rocs suspendus au-dessus de sa tête ! Autant de flèches pointées sur son cœur ! Autant d'inconnues dans cette insolvable équation ! Elle étouffait.

Anchise avait attrapé un autre livre.

— Ensemble, nous pouvons retourner ce pouvoir, nous pouvons rendre au peuple sa liberté ! Oui, ensemble, nous pouvons désenchaîner ce monde de l'ombre Panglassienne !

L'adolescent était en proie à une frénésie presque maladive, mais il exposait ses idées de façon si tranchante qu'il était évident qu'il avait plus d'une fois réfléchi à tout cela.

— « *Celui qui vous maîtrise tant n'a que deux yeux, n'a que deux mains, n'a qu'un corps, et n'a aucune autre chose que ce qu'a le moindre des hommes de toutes vos si nombreuses villes, si ce n'est l'avantage que vous lui faites pour vous détruire.* »[2]

---

2 Étienne de La Boétie, <u>Discours de la servitude volontaire</u>, 1549

Il se tut et, le dos bien droit, les poumons gonflés d'indignation, le regard volant entre Rubie et son texte, prononça d'une voix lente et solennelle :

— « *Soyez décidé à ne plus servir et vous voilà libres.* »

« Si avec une telle démonstration je ne la rallie pas à ma cause, c'est à n'y rien comprendre ! » : voilà ce qui se lisait sur le visage d'Anchise alors qu'il posait avec gravité le livre sur la table. Mais Rubie n'avait rien, dans son regard, du soldat galvanisé par l'appel du général ; après un silence, elle lui saisit les mains et, la gorge nouée d'embarras, bredouilla :

— Je t'en supplie, pour l'instant, ne fais rien…

L'adolescent, qui s'attendait à la trouver brûlante et acquise à sa cause, ne put articuler un mot.

— Je dois réfléchir, reprit-elle. Nous allons trouver une solution, bien entendu… mais il faut réfléchir. Il ne faut pas se précipiter.

Anchise grimaça : cette peur, cette réserve, cette fadeur même… tout cela était si loin de sa propre disposition d'esprit !

— Et mes parents ? Mes parents sont en prison, Rubie ! Alors, quoi, nous ne devrions rien faire, c'est cela ?

— Mais non, tu ne comprends pas, se défendit Rubie avec un douloureux sourire. Il faut… laisse-moi le temps de réfléchir. S'il te plaît… c'est tout ce que je demande, un peu de temps.

Anchise poussa un râle et secoua furieusement la tête.

— Du temps, et pour quoi faire, du temps ? marmonna-t-il.

Il y eut un nouveau silence.

— Songe donc que si tu soulèves les gens contre mon père, c'est également ma propre vie que tu mets en danger ! s'écria-t-elle soudain.

Cet argument, le plus lâche de tous, avait surgi de manière inattendue dans sa conscience. Immédiatement, il produisit son effet.

— Très bien, concéda Anchise en soupirant, je ne ferai rien sans ton approbation. Mais crois-moi, je ferai tout pour l'obtenir le plus rapidement possible.

41

Le lendemain de cette journée, le Grand Traducteur prit part à sa réunion mensuelle de Coordination.

Enfermé dans la salle prévue à cet effet, dans ses bureaux Place du Grand Traducteur, il considérait d'un œil fatigué les vingt-quatre fenêtres de l'écran numérique face à lui. Les yeux pochés par trois éprouvantes heures de réunion, il posa sa tasse de café sur son sous-main et sortit un dossier d'un tiroir.

— Le prochain sujet que je souhaiterais aborder, avant d'évoquer l'organisation de vos Courses à Panglass respectives, est sans doute le plus crucial et le plus délicat de cette réunion. Il requiert notre attention à tous, et surtout notre plus extrême vigilance.

Il tira une feuille de son dossier et la scanna en direction de chacun des participants.

— Ceci, Messieurs, est une liste des failles récemment détectées de l'intranet Féen.

Après un instant de stupéfaction, les personnages qui lui faisaient virtuellement face laissèrent éclater leurs inquiétudes et leurs incompréhensions. Tous ces grands hommes, dans leur propre langue, s'interpellaient entre eux, répondaient à des questions qui ne leur étaient pas adressées, se chamaillaient, s'indignaient, débâtaient avec eux-mêmes, parlaient pour parler, le tout avec la pugnacité et l'ardeur d'une bande de gamins dans une cour de récréation.

Le Grand Traducteur grimaça et enleva son oreillette.

« Quelle idée n'ai-je pas eu de leur vendre mon concept…
Ils sont incontrôlables », songea-t-il.

Il remit le matériel de traduction dans son oreille et
prononça avec autorité :

— Messieurs, voulez-vous que l'Investisseur l'apprenne ?
Car c'est ce qui arrivera si nous ne coordonnons pas nos
efforts.

Cette interpellation eut l'effet escompté : tous se turent
en même temps.

— Merci. Comme je m'apprêtais à vous le dire, il
semblerait donc que quelques villes, près des frontières,
aient eu accès l'espace de dix ou quinze minutes à l'intranet
d'autres pays.

— Quels pays ? demanda vivement un vieillard aux yeux
bleus et au teint pâle.

— Ne vous inquiétez pas, Zlatan, le vôtre n'est pas
concerné. Seul des pays limitrophes à F. ont pu être touchés.

— Comment cela a-t-il pu arriver ? s'exclama un homme
au visage décoré de favoris bruns.

— Nous ne l'avons pas encore déterminé Miguel. En
revanche…

Sa secrétaire fit brutalement irruption dans la salle, un
téléphone à la main.

— Qu'est-ce que cela veut-dire ? dit le Grand Traducteur
en la consumant du regard. J'avais expressément demandé à
ne pas être dérangé.

— Veuillez me pardonner Monsieur, mais c'est *lui*.

Il y eut un instant de flottement mais le Grand Traducteur se ressaisit rapidement.

— Messieurs, il faudra remettre la suite de ce meeting à plus tard. Ma secrétaire vous contactera rapidement. À bientôt.

Il but une gorgée de café et saisit le combiné que son assistante lui tendait. D'un coup d'œil, il la fit sortir.

— Bonjour Monsieur. Je vais bien merci, et vous-même ? Je m'en souviens parfaitement oui, c'est celui que vous m'avez fait rencontrer, n'est-ce pas ? Je le recevrai avec plaisir. La charge d'un ministère ? Mais c'est que... Très bien, vous avez raison. Igor Koprov ? Oui, je vous avais certifié qu'en rentrant j'aurais plus de nouvelles, mais malheureusement ce n'est pas le cas. Un avis de recherche dans l'ensemble de la Confédération ? Très bien, je ne manquerai pas d'aborder le point. Merci, bonne soirée également. Au revoir Monsieur.

Le Grand Traducteur posa le combiné sur une table et s'avança vers les fenêtres de la salle.

— Des contreparties… ce ne sont que de petites contreparties, murmura-t-il en abandonnant son regard à la neige qui tombait sur le parc.

Soudain, il entendit qu'on toquait à sa porte.

— Entrez !

Le visage contrarié de Victor Morsay apparut dans l'embrasure.

— As-tu vraiment libéré Anchise ? demanda-t-il en refermant la porte derrière lui.

Le Grand Traducteur ne répondit pas.

— Pourquoi as-tu fait cela ? s'emporta le Premier Ministre.

— Pour ma fille. J'ai fait cela pour ma fille.

— Ta fille ? Enfin ta fille est-elle plus importante que…

— Oui, elle l'est. Et ne t'inquiète pas, je me suis moi-même chargé de l'interroger ; il ne représente aucun danger.

— Peut-être, mais c'est tout de même du fils de Julien dont nous parlons !

Le Grand Traducteur passa une main sur son visage avec lassitude.

— J'ai fait ce que je devais faire. Maintenant, si tu veux bien m'excuser, l'Investisseur m'a appelé et j'ai du travail.

L'inquiétude assombrit un peu plus le visage du Premier Ministre.

— Que voulait-il ?

— Il veut que je place quelqu'un à la tête d'un ministère.

— De qui s'agit-il cette fois ?

— Un jeune cousin à lui que j'ai rencontré avant-hier.

— Va-t-on devoir créer un nouveau ministère ? Ce ne serait pas la première fois…

— Je n'y ai pas encore réfléchi.

Il y eut un silence, puis Victor Morsay se mit à déambuler pensivement dans la salle. Il avait l'expression d'un homme qui veut parler mais qui hésite à le faire.

— Concernant Rubie et Arnaud…, finit-il par dire.

— Je t'arrête tout de suite Victor, je n'ai absolument pas la tête à cela, répondit le Grand Traducteur avec fermeté.

Sans un regard pour son Premier Ministre, il se dirigea vers la porte.

— Nous en reparlerons sans faute plus tard, ajouta-t-il avant de disparaître dans un couloir.

Il rejoignit son cabinet de travail, une pièce composée de panneaux décoratifs peints et dorés, mais son esprit n'était pas aux affaires publiques. Il s'enferma à clé et se dirigea vers un tableau accroché à un mur. Il le décrocha. Derrière ce tableau se trouvait un coffre-fort. Il l'ouvrit en composant un code et en sortit un petit cahier.

« Je ne peux pas lire ça ici… », se dit-il à haute voix en considérant les papillons séchés qui décoraient la couverture.

Trente minutes plus tard, il était rentré chez lui et s'isolait dans son bureau. Il s'assit dans son fauteuil, jeta un regard vers la photographie de sa fille et ouvrit le carnet sur une page au hasard.

« Vivre ! Vivre ! Vivre quelque part, sur un rocher, entouré de ténèbres, de monstres, de tempêtes, sur un espace si réduit qu'il n'y aurait de la place que pour mes pieds, debout, ayant perpétuellement faim et soif, mais vivre, mon Dieu, vivre ! Comment pourrions-nous mourir, nous qui avons créé ce monde ? Nous qui lui avons donné ses règles, sa logique, son ordonnancement, ses valeurs… ses valeurs surtout ! Bien sûr, dans un roman aussi, il y a des valeurs… mais un roman, c'est un monde fixe, immobile. Un roman, ça n'a pas besoin de son créateur pour subsister. Un écrivain peut bien mourir que son œuvre, c'est-à-dire son monde, continuera d'exister. Ses personnages sont protégés par la fixité de l'écriture ; leurs valeurs, leurs actions, leurs vies sont à l'abri du chaos entre les hautes murailles que constituent les lignes d'un livre !

Voilà notre différence avec la légion d'écrivains prosaïques à laquelle nous voulions nous comparer ! Leurs livres… ce sont des statues de papiers ! Ça ne bouge que dans l'imagination des gens. Balzac, Hugo, Flaubert… ce sont des sculpteurs ! Mais nous, nous serons des Dieux ! Nous, nous créerons le mouvement, nous créerons la vie. Notre livre, notre immense livre, ne cessera jamais d'être écrit. Lamartine, Zola, Camus, Montaigne, Rabelais… : nous les dépasserons, nous les écraserons ! »

Il sourit avec une sorte de bienveillance et tourna quelques pages. Soudain, son regard se figea.

«   <u>*Semaine 71*</u>

Ma petite Rubie est née. Elle est magnifique. Elle a déjà le cou d'impératrice de sa mère ; ses yeux brillent comme deux saphirs. Lorsque je l'ai prise dans mes bras, j'ai cru défaillir. La voilà, ma plus belle création, l'ouvrage de ma vie… ma petite Rubie dont les jolis doigts potelés s'enroulent autour de mon index.

Je pensais que la regarder dans les yeux, que la presser contre mon cœur, éteindrait en moi toute hésitation ; qu'en un instant je saurais, sans le moindre doute, la conduite à adopter… mais c'est tout le contraire. D'un côté, l'indépendance d'esprit, la curiosité, mais également la probabilité qu'un jour elle apprenne ce que je m'apprête à faire ; de l'autre, le savoir pratique, la connaissance des règles, la possibilité de s'élever au-dessus de la masse tout en la comprenant et en répondant à ses attentes… et la quasi-certitude que jamais elle ne connaîtra mon secret. Que faire ? Vraiment, cela me paraît insoluble.

Semaine 72

J'en ai discuté avec Victor, qui semble ne pas comprendre mon hésitation ; pour lui, la question ne se pose même pas : nos enfants ne pourront être heureux et ne pourront réussir que s'ils se fondent dans le monde qui les entoure. « Il en va de la survie de l'entreprise », a-t-il ajouté. Sans doute a-t-il raison…

Lorsque je regarde la foule, par ma fenêtre, toutes ces petites fourmis qui ont perdu le désir d'apprendre, je me sens plein de force, rempli d'une volonté illimitée, sûr de mes choix ; mais lorsque je contemple ma Rubie, que je respire son parfum de bébé, que je l'entends gazouiller, toutes ces forces, toutes ces certitudes s'envolent. Je n'ai plus rien d'un visionnaire ou d'un conquérant ; une lâcheté apathique et illimitée s'empare de moi et m'assomme.

Semaine 78

J'ai annoncé à Alexandra ma décision concernant Rubie, et l'ai priée de s'en charger. J'ai fait mon empereur ; je lui ai lancé cela entre deux portes, d'un air détaché et froid, comme si je lui demandais de me faire un café. « N'en parlons plus, j'ai du travail ; et c'est de toute façon l'unique chose à faire », lui ai-je dit en retirant mon bras de son étreinte désespérée. Cette rigueur, cette distance, ce sont mes seules portes de sortie.

(…)

Je l'aime trop pour assumer mes choix. »

Alors qu'une larme, qui avait lentement gonflé sous sa paupière, s'écrasait sur le dernier mot de sa lecture, son téléphone sonna.

— Allo ? Elle n'est pas venue de toute la journée ? Merci de m'avoir prévenu. Au revoir.

Pour rien au monde n'aurait-il voulu que Rubie aille à l'école aujourd'hui. Un sourire suspendu aux lèvres, il referma son carnet et le rangea dans le premier tiroir de son bureau.

42

Les quelques semaines qui s'écoulèrent jusqu'à la Course à Panglass furent pour Rubie une période étrange et paradoxale. Si son cœur se dilatait chaque jour un peu plus du bonheur de voir librement Anchise, les choix auxquels elle devait faire face enfermaient au contraire son esprit dans un cachot d'où aucune issue ne semblait possible.

C'est l'âme ainsi écartelée qu'elle se rendit, en cette soirée du 10 mars, dans l'immense verrière où se tenait la cérémonie. Entraînée par Benjamin et Caroline, et protégée par trois Gardiens, la jeune fille se retrouva à son insu dans les premiers rangs de la foule ; cette dernière, massive et excitée, se pressait autour d'une porte d'où devait sortir d'une minute à l'autre le Grand Traducteur.

Soudain, une rumeur nerveuse se répandit telle une traînée de poudre dans la salle. Rubie sentit les corps autour d'elle se tendre pour tenter d'avancer, malgré les rangées de Gardiens dépliées devant eux. « Il est là ! », « Je le vois, c'est lui ! », « Comme il est beau ! », hurlait-on de tous côtés, alors que le Grand Traducteur venait de faire son apparition.

L'adolescente balaya la marée du regard. Tous ces visages extasiés, clamant leur dévouement pour son père, faisaient défiler dans sa conscience les mots d'Anchise citant Tocqueville : « *Au-dessus de ceux-là s'élève un pouvoir immense et tutélaire, qui se charge seul d'assurer leur jouissance (…) Il ne brise pas les volontés, il les amollit.* »

L'adolescente fut tirée de sa rêverie par une main qui s'était posée sur sa hanche. C'était son père. Devant les regards émus de ses sujets, il déposa un baiser sur la joue de sa fille et reprit sa marche triomphale. Rubie resta un instant pétrifiée. Une pensée, écœurante, monstrueuse, venait de faire une percée dans son esprit : « Serait-ce donc lui qui a fait *tout cela* ? » Cette pensée, c'était pour Rubie l'éclaireur revenu du camp ennemi et s'horrifiant de la puissance de ses forces ; c'était la première fissure dans le muret qui avait jusque là séparé son papa, celui qui avait libéré Anchise par amour pour elle, du géniteur fou de Panglass.

Cependant Benjamin et Caroline l'avait saisie par les poignets et conduite près de l'estrade où se produisait le maître de cérémonie.

— Mes chers amis, annonça-t-il en souriant paternellement, le grand jour est enfin arrivé. Bientôt, cent Féens auront la chance de s'embarquer à bord d'une navette en direction de Panglass, démarrer une vie délicieuse et douce, à l'image de cette merveilleuse planète qui…

Rubie regarda de nouveau les visages autour d'elle ; par une sorte de sinistre magie, cette pensée avait comme soulevé les voiles de chair les recouvrant. Oui, elle avait désormais la sensation de pouvoir lire dans ces âmes, dans ces caricatures de vies, dans ces plaies purulentes d'espérance que le Parti se gardait bien de désinfecter. Elle devinait, derrière le crâne jauni du vieillard à sa gauche, les économies d'une vie de labeur gaspillées dans des breloques pour faire *marcher la machine économique du pays* ; elle discernait, sous le front soucieux de l'homme à sa droite, le quotidien d'une famille sacrifiée sur l'autel du rêve Panglassien ; aucun drame de ces existences ne semblait plus lui échapper. Et la douleur qu'elle en ressentait était écœurante.

Un hurlement de joie la fit sursauter :

— C'est moi ! Haha, c'est moi ! Je vais à Panglass, je vais à Panglass ! J'ai gagné ma place ! Je vais y aller !

Rubie considéra avec effarement la femme qui gesticulait à quelques mètres d'elle. Une nouvelle pensée se manifesta à sa conscience : puisque Panglass n'existait pas, qu'allait-on faire d'elle ? Un frisson la parcourut.

Pendant ce temps, le Grand Traducteur continuait de nommer les gagnants.

— Cécile Patrouille… Sophie Ecotone... Alexandre Farn... Olivier Reulenne... Julien Foga… Théophile Jonneat…

Des cris de joie éclatèrent dans le fond de la salle. Un homme, un peu devant Rubie, se retourna ; elle reconnut Pierre Cuchet. Rendu fou par tous ces noms qu'on appelait et parmi lesquels ne se trouvait pas le sien, il avait mis son poing dans sa bouche, et il le serrait si fort que du sang coulait sur son menton. Personne ne lui prêtait attention hormis une femme qui semblait le conjurer d'arrêter.

« On a transformé cet homme en animal », songea Rubie avec effroi.

Mais la voix de son père retentit de nouveau.

— Et pour finir, Mesdames et Messieurs, la dernière personne qui aura l'immense chance de partir pour Panglass…

D'un coup, tout le monde se tut et s'arrêta de bouger.

Pierre Cuchet, qui tremblait tant que c'était à se demander comme il tenait encore debout, se retourna vers le Grand Traducteur.

— Se nomme…

Il prit une profonde inspiration et entrouvrit lentement ses lèvres.

— Claire Londora !

Toujours le même silence. Il n'y avait manifestement pas de Claire Londora dans cette salle. Les gens se regardèrent en partageant leur désespoir puis s'ébranlèrent en même temps vers la sortie, sans plus prêter la moindre attention au père de Rubie qui les invitait pourtant à ne pas baisser les bras, mais au contraire à redoubler d'efforts en vue de l'année prochaine.

Rubie chercha Pierre Cuchet des yeux, mais celui-ci s'était évaporé.

— Dépêchons-nous de sortir, proposa Benjamin, car ça va bientôt être la cohue.

Caroline et Rubie acquiescèrent et les trois amis se mirent en direction d'une porte réservée aux Penseurs.

Soudain, alors que cette troupe désenchantée avançait calmement, un, puis deux, puis trois coups de feu retentirent. Rubie, Caroline et Benjamin s'immobilisèrent et se regardèrent. Qu'est-ce donc ? Autour d'eux, les gens semblaient se poser la même question. Cet état d'incompréhension générale dura quelques secondes, puis quelqu'un s'écria :

— On nous tire dessus, on nous tire dessus !

Immédiatement, les visages changèrent d'expression et exprimèrent une terreur indescriptible. Tel un troupeau de gazelles devinant un guépard tapi dans les hautes herbes, la foule chargea. En un instant, toutes les portes de la verrière se trouvèrent engorgées d'hommes, de femmes et d'enfants, qui n'obéissaient plus qu'à leur seul instinct de survie.

Rubie regardait autour d'elle, mais elle ne semblait pas comprendre ce qui se passait. À ses pieds, une femme était allongée. De sa tête, qui avait dû cogner le sol, coulait un filet de sang. Les gens montaient, marchaient sur cette femme, lui écrasaient les mains, les cuisses, les chevilles. « Mais que font-ils ? se demanda l'adolescente. Le monde a-t-il chaviré ? »

— Il faut absolument sortir d'ici ! hurla Benjamin en lui attrapant la main, alors qu'il tenait déjà dans l'autre celle de Caroline.

Rubie se laissa faire, mais elle ne pouvait décrocher son regard de cette femme gisant au sol et dont les os devaient craquer sous les talons de cette marée humaine. « Pousse-toi ! », « Dégage ! », « J'étouffe ! », « Au secours ! » ; les coups, les hurlements et les insultes montaient en intensité. Il semblait ne plus y avoir aucune limite face à la nécessité de sortir de cette verrière.

Soudain, Rubie se figea sur place, stoppant Caroline et Benjamin dans leur élan.

— Mais qu'est ce que tu fais ? hurla l'adolescent en tirant sur son bras.

Rubie ne répondit pas ; tout son corps s'était durci comme du métal. Là-bas, sur l'estrade, quelque chose se passait.

Elle chercha du regard ses parents, mais tout ce qu'elle distinguait, c'était une armée de Gardiens s'agitant confusément. Benjamin tirait, tirait, tirait pour la faire bouger, pour fuir ce chaos, mais Rubie ne bougeait pas d'un pouce ; le besoin de savoir ce qui se passait là-haut, sur cette estrade, démultipliait ses forces.

Soudain, la terreur glaça le sang dans ses veines.

— Papa !

Elle s'arracha à la tenaille de chair de Benjamin et s'élança à contre-courant de la foule. Elle serrait les dents, elle poussait, elle hurlait, elle était exactement comme cette masse humaine contre laquelle elle essayait désespérément de progresser. Soudain elle entrevit, la durée d'un éclair, un espace vide ; elle s'y engouffra. L'estrade était là, devant elle ! Une dernière fois les remous de la foule tentèrent de la refluer en arrière, mais deux Gardiens sautèrent de la tribune et l'aidèrent à y monter.

À quelques mètres d'elle, son père gisait au sol. Alexandra et Victor Morsay étaient agenouillés à ses côtés mais Rubie ne les voyait pas. Elle marcha vers lui. Ses jambes tremblaient, fléchissaient, ployaient sous elle, mais ne rompaient pas ; elles s'arrêtèrent près de sa tête. Lorsqu'il aperçut sa fille, le Grand Traducteur tenta de se redresser ; le sang qui jaillit de son flanc gauche le maintint au sol.

— Ne bougez pas Monsieur, ne bougez pas ! le supplia un médecin.

Le Grand Traducteur lui lança un regard étincelant de haine et d'impuissance, et se mit à gesticuler comme un noyé cherchant de l'air. Les sons qui sortaient de son gosier s'étranglaient entre eux. Après un effort qui lui arracha un râle, il agrippa ses doigts autour de la cheville de Rubie.

Était-ce son père ? Était-ce vraiment son père, cet homme qui gigotait comme un petit ver se cramponnant à la vie ? Rubie le regardait, mais elle semblait ne pas comprendre ; elle semblait ne pas comprendre que le plus grand, le plus terrible malheur de l'existence humaine, pendait au-dessus de sa tête. Tout cela ne faisait pas de sens pour elle. Un homme comme son père, un homme qui a mis le monde à ses pieds, ça ne rampe pas, ça ne gémit pas que ça veut vivre ! Elle fut même près d'en rire, mais une douleur indescriptible lui broya la poitrine. Elle délirait.

Un mouvement involontaire lui fit lever les yeux vers la foule. Son regard se figea : pétrifié au milieu des flots, Anchise la regardait.

« Que fait-il ici ? » Cette question lui traversa l'esprit mais n'y resta pas plus d'une seconde. Un besoin purement instinctif s'empara d'elle : celui de se jeter dans ses bras, sans attendre. Elle fit un pas vers le bord de l'estrade mais sa cheville était toujours prisonnière de la main de son père. Elle fit voler ses yeux entre les deux hommes. Un pressentiment trop immonde pour faire l'objet d'une phrase s'empara d'elle. En un instant, celui-ci prit dans son âme des proportions inimaginables. Elle riva de nouveau son regard sur Anchise. Comme si cette ignoble intuition avait éclairci son jugement, elle remarqua qu'il avait les mains dans le dos, et que trois Gardiens l'entouraient. L'un des Gardiens tenait dans ses mains un sachet, et dans ce sachet se trouvait un revolver.

Rubie sentit sa vue se brouiller. Ne sachant plus ce qu'elle faisait ni où elle était, elle se tourna vers son père, dont le corps avait arrêté de remuer.

« Serait-il... ? »

Elle regarda sa mère ; une terreur ahurie se devinait sur ses traits. Autour d'elle, beaucoup de gens pleuraient : des ministres, des médecins, des Gardiens... Caroline et Benjamin aussi étaient là, et eux aussi pleuraient. Personne n'osait plus bouger.

Soudain, un homme se leva et s'approcha d'elle. Cet homme, c'était Kevin Moller, le chef de l'Ordre des Gardiens. Il marcha jusqu'à elle et, posant un genou à terre, lui demanda :

— Que doit-on faire maintenant, Mademoiselle la Grande Traductrice ?

Première impression
Décembre 2014

ISBN
978-2-9550241-0-2
EAN
9782955024102

www.ingramcontent.com/pod-product-compliance
Lightning Source LLC
Chambersburg PA
CBHW070846280626
47161CB00017B/2543